Gisela B. Schmidt ist 1984 in Ravensburg geboren und aufgewachsen. Nachdem sie sich im Kindergartenalter das Lesen selbst beigebracht hatte, waren Bücher aus ihrem Leben nicht mehr wegzudenken. Ihre schriftstellerische Kreativität lebte sie zunächst nur zum privaten Vergnügen aus, entschied sich 2020 dann aber für eine Veröffentlichung.
Von Psychothrillern über Familiengeheimnisromane bis Cosy Crime fühlt sich die Autorin in allen Genres wohl, die von Spannung und gesellschaftlichen Abgründen leben.

GISELA B. SCHMIDT

Erstausgabe Juni 2024

Copyright © 2024 dp Verlag, ein Imprint der
dp DIGITAL PUBLISHERS GmbH
Made in Stuttgart with ♥
Alle Rechte vorbehalten

Beinahe tot

ISBN 978-3-98778-808-6
E-Book-ISBN 978-3-98778-709-6

Covergestaltung: ArtC.ore-Design / Wildly & Slow Photography
Umschlaggestaltung: ARTC.ore Design
Unter Verwendung von Abbildungen von
shutterstock.com: © Konmac, © alexilena, © Globe photo
Lektorat: Astrid Rahlfs
Satz: dp DIGITAL PUBLISHERS GmbH
Druck und Bindung: Books on Demand GmbH, Norderstedt

Meinen Leserinnen und Lesern gewidmet, die meine Mia Midway Mysteries lieben.

Danke, dass ihr immer wieder mit mir nach Pennygrave kommt.

I

Erschrocken fuhr Mia in ihrem Bett hoch. Was für ein wunderbarer Traum. Gemeinsam mit Sir William hatte sie auf der kleinen Bank an den Klippen gesessen, aufs Meer hinausgeschaut und die winzigen Schaumkronen bei ihrem wilden Tanz auf der Gischt beobachtet. Gerade war er aufgestanden und im selben Moment, als er eine kleine Schatulle aus seinem Revers ziehen wollte, hatte dieses eigenartige Geräusch sie aus dem Schlaf gerissen.

Intuitiv zog Mia die Decke bis zur Nasenspitze. Es dauerte ein paar Sekunden, bis sie begriff, dass das leise Kratzen real war und sie nicht auf einer Bank an den Klippen, sondern im Bett von Tante Lenas kleinem Cottage saß. Erneut hörte sie das kratzende Geräusch, sogar etwas lauter als zuvor. Mäuse? Igitt, das wäre ja ekelhaft. Nein, Moment, das waren keine Mäuse, da machte sich jemand an der Haustür zu schaffen. Irritiert sah sie aus dem Fenster. Draußen war es stockdunkel. Die Zeiger des altmodischen Weckers auf dem Nachttisch wiesen auf kurz nach Mitternacht. Wer um Himmels Willen tauchte mitten in der Nacht unangemeldet hier auf? Sir William? Nein, der war übers Wochenende in Vermögensangelegenheiten unterwegs und würde erst am Montag nach Gellam Manor zurückkehren.

Es klickte laut. Da malträtierte jemand das Türschloss. Einbrecher! Auch das noch. Als genügte es nicht, dass sie in den fünf Monaten, die sie in Pennygrave lebte, schon vier Morde und einige üble Geheimnisse aufgedeckt hatte. Ein Einbrecher fehlte gerade noch in der Verbrecherbiografie. Mist, Mist, Mist!

Als Tante Lena ihr vorübergehend die Leitung der Bibliothek von Pennygrave übertragen hatte, hatte sie diesen Ort als idyllisch angepriesen. Idyllisch? Mitnichten. Verrückt war dieses Dorf, geheimnisvoll, schrullig, voller menschlicher Abgründe, aber ganz sicher nicht idyllisch. Nicht, wenn man hinter die Fassade der hübsch hergerichteten Gärten und Menschen blickte.

Mit einer Mischung aus Verärgerung und Angst stieg Mia aus dem Bett, warf sich einen leichten Morgenmantel über und tappte barfuß die Treppe hinunter. Bei jedem Schritt knarzte das alte Holz, ein Geräusch, das sie für gewöhnlich liebte, unter diesen Umständen aber war es der blanke Horror.

Auf leisen Sohlen schlich sie in die Küche und schnappte sich die Bratpfanne. Wer auch immer versuchte, sich mitternächtlichen Zutritt zum Cottage zu verschaffen, würde morgen mit verdammt fiesen Kopfschmerzen aufwachen. Selbst wenn der Einbrecher sie letztendlich überwältigen sollte, den ersten Schlag würde sie gezielt platzieren. So leicht ließ sich eine Mia Midway nicht überfallen.

Geräuschlos stahl sie sich zum Eingang, die Pfanne zum Schlag bereit erhoben, riss die Haustür auf und ließ sie auf die Gestalt vor sich niedersausen.

Im letzten Moment wich die kleine Dame geschickt aus. „Ach du liebe Zeit, bist du verrückt geworden?", rief

Lady Sophie entsetzt und nahm der perplexen Mia flugs die Pfanne aus der Hand.

„Sag mal, bist *du* verrückt geworden? Ich hätte dich fast niedergeschlagen."

„Das habe ich gemerkt."

„Na zum Glück. Ich dachte, du wärst ein Einbrecher."

„Sehe ich etwa so aus?" Lady Sophie wies an sich hinab und Mia konnte sich ein Grinsen nicht verkneifen. Nein, wie ein Einbrecher sah die Achtundsechzigjährige wahrlich nicht aus, wie sie da in ihrem brokatbestickten Nachthemd vor ihr stand. Die Haare hatte sie mit großen Lockenwicklern akkurat aufgetürmt, ein langer Pelzmantel verhüllte das Schlafgewand notdürftig, war aber vorne nicht geschlossen und gewährte beinahe unzüchtige Einblicke.

Mia verschränkte die Arme vor der Brust. „Genaugenommen wolltest du trotzdem einbrechen. Du hast mir einen riesigen Schrecken eingejagt, Sophie."

„Tut mir leid. Ich hatte kurz überlegt, zu klingeln, aber ich habe kein Licht mehr gesehen und wollte dich nicht so unsanft aus dem Schlaf läuten."

„Sehr rücksichtsvoll von dir. Noch rücksichtsvoller wäre es allerdings gewesen, bis morgen früh zu warten und dann zu klingeln." Mit gerunzelter Stirn musterte sie ihre Freundin. „Was ist denn überhaupt los? Ist was passiert?"

„Natürlich ist was passiert. Würde ich sonst mitten in der Nacht vor deiner Tür stehen? Noch dazu in diesem Aufzug?"

Erschrocken schlug Mia eine Hand vor den Mund. „O Gott, ist was mit William? Geht es ihm gut, hatte er einen Unfall? Ich hole meine Jacke." Schon war sie an der Garderobe, da spürte sie eine Hand auf ihrer Schulter.

„Keine Sorge, mit meinem Sohn ist alles in Ordnung. Er ist noch in der Stadt, um ein paar Dinge mit unserem Vermögensverwalter zu besprechen. Am Montag kommt er zurück."

„Ja, davon weiß ich. Aber was ist denn dann passiert?"

Lady Sophie schlug sich mit der flachen Hand an die Stirn. „Aber natürlich weißt du das. Manchmal vergesse ich, dass ihr ja jetzt ein Paar seid. Nimm es deiner alten Sophie nicht übel."

„Das Einzige, was ich dir übelnehme ist, dass du mich aus einem wunderschönen Traum reißt und dann nicht damit rausrücken willst, weshalb."

„O natürlich, entschuldige vielmals." Sie schlüpfte aus ihrem Mantel und reichte ihn Mia, die ihn wie selbstverständlich an den Garderobenhaken hängte. „Ich muss heute bei dir schlafen."

„Das kannst du gerne tun, aber warum?"

„Weil es auf Gellam Manor spukt."

Mia prustete los. Empört stemmte Lady Sophie ihre Hände in die Taille. „Da gibt es gar nichts zu lachen, junge Dame. Es spukt dort wirklich. Und so lange William nicht im Haus ist, um mich zu beschützen, werde ich den alten Kasten nicht mehr betreten." Mit selbstbewussten Schritten marschierte sie ins Wohnzimmer und setzte sich in einen der kitschig bunten Blümchensessel, die Mia so ans Herz gewachsen waren. Sie folgte und blieb dann grinsend vor ihrer nächtlichen Besucherin stehen.

„Sophie, der alte Kasten ist dein Zuhause und das schon seit Jahrzehnten. Du selbst hast mir bei meinem ersten Besuch dort versichert, dass dieses Herrenhaus nicht mehr ist, als ein großes Haus mit vielen Zimmern und dass es nichts gibt, wovor man sich fürchten müsse. Deine Worte. Und die sind, nebenbei bemerkt, erst wenige Monate her, erinnerst du dich?"

„Natürlich. Ich bin alt, aber nicht senil." Sie zwinkerte ihr zu, zum Zeichen, dass sie ihr nicht böse war. Dann wurde sie wieder ernst. „Ich weiß, was ich gesagt habe. Und fast fünfzig Jahre lang hat diese Aussage auch der Wahrheit entsprochen. Aber jetzt spukt es. Kann ich doch nichts dafür."

„Wenn du den Geist beschworen hast, schon."

„Was bitte?"

„Nichts, nichts, nur ein Scherz."

Mahnend hob Lady Sophie den Zeigefinger. „Darüber macht man keine Witze, meine Liebe. Wir müssen zusehen, dass wir diesen Geist wieder loswerden."

„Wir?"

„Ja, du musst mir natürlich helfen. Du bist bestimmt eine bessere Geisterjägerin als ich und bei den ganzen Mordfällen haben wir doch auch prima zusammengearbeitet."

„Ach, geht es dir etwa darum?" Spöttisch verzog Mia die Mundwinkel und erntete einen verständnislosen Blick.

„Worum bitte?"

„Na darum, dass du ermitteln willst. Und da es aktuell nichts zu ermitteln gibt, weil erfreulicherweise mal kein Verbrechen geschehen ist, erfindest du kurzerhand Spukgeschichten? Wir können auch ein Escape

Game spielen, wenn du dich nach Rätseln sehnst, wir haben welche im Bibliotheksbestand."

„Also bitte." Mit einem verächtlichen Laut gab Lady Sophie zu verstehen, wie wenig sie diese Theorie ihrer Freundin schätzte. „Natürlich ermittle ich gerne und ja, es nervt mich sehr, dass es in Pennygrave schon so lange ruhig ist, aber ich erfinde doch keine Geister. Es spukt ganz real und ich wäre dir sehr verbunden, wenn du deine Energie in einen konstruktiven Vorschlag stecken würdest, wie wir diese mysteriösen Vorgänge beenden können, anstatt sie dafür zu verschwenden, dich über mich lustig zu machen. Ich kann uns gerne einen Tee kochen, während du nachdenkst."

„Gegenvorschlag: Ich kümmere mich um den Tee und währenddessen erzählst du mir mehr von deinem Geist. Ehrlich gesagt glaube ich nicht an Gespenster."

„Ich ja auch nicht, aber da ist eins."

Gemeinsam gingen sie in die Küche. Während das Wasser kochte und der Tee zog, erzählte Lady Sophie, warum sie so fest von einem Spuk überzeugt war.

„Es fühlt sich an, als ob da jemand wäre, der vorher nicht da war", erklärte sie in so verschwörerischem Tonfall, als erzählte sie eine Gruselgeschichte am Lagerfeuer. „Und nicht nur das. Manche Dinge verändern ihre Position, manche verschwinden sogar ganz."

„Vielleicht hat Walter ein wenig aufgeräumt."

„Ich bitte dich, Verehrteste, er ist der treueste und beste Butler, den wir jemals hatten. Er würde niemals etwas im Haus umstellen, ohne mir Bescheid zu geben."

Mia goss den Pfefferminztee in zwei Tassen und reichte eine davon der Freundin. „Entschuldige, aber ich muss die Frage stellen: Verschwinden die Gegenstände vor deinen Augen? Und bist du dir sicher, dass du wach bist, während das geschieht?"

„Natürlich bin ich wach. Aber nein, die Gegenstände verschwinden nicht vor meinen Augen. Ich bin mir nicht einmal sicher, welche Dinge verschwinden, nur dass es geschieht. Ich spüre doch, wenn sich die Atmosphäre in einem Raum verändert."

„Moment mal, du weißt gar nicht, was verschwindet? Du nimmst nur an, dass etwas fehlt?"

„Ich nehme nicht an, ich bin mir sicher."

Skeptisch verzog Mia das Gesicht. „Vielleicht solltest du dich mal ordentlich ausschlafen und nicht nachts im Nachthemd durch Pennygrave düsen."

„Ja, aber wie zum Henker soll man denn schlafen, wenn es die ganze Nacht rumpelt, poltert und klopft?"

„Ach, jetzt rumpelt es auch noch?" Mia kicherte. „Vielleicht klopft jemand an, weil er bei dir übernachten will."

„Sehr witzig."

„Ja, irgendwie schon. Tut mir leid, Sophie. Ich kann mir das alles nicht vorstellen. Entweder gibt es eine logische Erklärung für deine Wahrnehmungen oder du bildest dir das alles nur ein."

Lady Sophie rümpfte die Nase. „Du bist genau wie William. Der glaubt mir auch nicht. Ihr seid wahrlich ein wunderbares Paar. Aber ihr werdet schon sehen ..." Sie nahm ihre Tasse und erhob sich.

„Bist du jetzt böse auf mich?" Mia hatte keineswegs die Absicht gehabt, ihre Freundin zu beleidigen. Vielleicht hatte sie ungerecht reagiert. Aber, bei aller Liebe, die Geschichte war nicht ernst zu nehmen.

„Ich bin dir nicht böse. Natürlich nicht. Nur müde. Wenn es in Ordnung ist, würde ich mich jetzt gern auf deinem Sofa zur Nachtruhe betten. Wir sollten dieses Thema bei Tageslicht weiter vertiefen. Außerdem ist morgen die Taufe von Elisa Ratherford. Da wäre es unschön, wenn wir in der Kirche um die Wette gähnen."

Wie auf Kommando gähnte Mia herzhaft. „Du hast recht. Lass uns schlafen. Ich bringe dir gleich noch eine kuschelige Decke."

„Danke. Das ist lieb von dir. Ich wusste doch, dass ich auf dich zählen kann."

„Und wenn ein Geist kommt, verpass ihm bitte eine und lass mich weiterschlafen."

Lady Sophie grinste. „Den konntest du dir jetzt nicht verkneifen, oder? Keine Sorge, ich schlafe neben der Bratpfanne."

2

„Scht, ist ja gut, meine Kleine. Bitte nicht mehr weinen, du weckst ja noch deine Brüder auf und dann gnade uns Gott." Es kostete Sissi alle Mühe, ruhig zu bleiben. Sie wusste, dass ihre Empfindungen sich automatisch auf das Baby übertrugen. Wenn sie unruhig wurde, würde das Elisa nur noch mehr in Rage versetzen. Nichtsdestotrotz war es eine Herausforderung, nicht selbst loszuschreien, wenn man mitten in der Nacht stundenlang ein brüllendes Baby durch die Küche trug. Vom stetig wippenden Gehen taten Sissi bereits Knie und Knöchel weh und ihre Arme schmerzten, obwohl Elisa gerade mal fünfeinhalb Pfund auf die Waage brachte. Als fünftes Kind der Ratherfords war sie nicht nur das erste Mädchen, sondern auch ungewöhnlich leicht.

Sissi seufzte leise. Wenn sie es nicht bald schaffte, dieses schreiende Bündel zu beruhigen, würden am Ende wirklich noch die Jungs aufwachen und dann wäre es mit der Nachtruhe endgültig vorbei. Für ein vier Wochen altes Baby hatte Elisa eine enorm kräftige Stimme. Ein Wunder, dass bisher noch niemand aufgewacht war. Prompt näherten sich leise Schritte. Na toll.

Entgegen Sissis Befürchtungen war es keiner der Jungs, sondern Tristan, der verschlafen die Küche betrat.

„Was ist denn hier los? Warum schreit sie so? Ist sie krank?“

Sissi seufzte erschöpft. „Nein, ich glaube nicht. Zumindest nicht ernsthaft. Vielleicht hat sie Bauchschmerzen oder so.“

„Hm. Ich hoffe, sie hört bald auf. Da kann ja kein Mensch schlafen.“

Wut stieg in ihr auf. Was glaubte er eigentlich? Im Gegensatz zu ihm hatte sie seit Tagen keinen Schlaf bekommen. Zwar hatten sie sich ab der Geburt des ersten Sohnes auf eine klare Rollenverteilung verständigt – er ging arbeiten und sie war für Haushalt und Kinder verantwortlich – trotzdem hätte es ihn nicht umgebracht, sich mal eine Stunde um die Kinder zu kümmern, damit sie wenigstens kurz schlafen konnte.

„Ich hoffe auch, dass sie bald zur Ruhe kommt“, sagte sie ungewollt scharf. „Ich muss dringend mal die Augen zumachen und wenn es nur für ein paar Minuten ist, sonst weiß ich nicht, ob ich Elisas Taufe morgen durchstehe.“

Das wäre der perfekte Zeitpunkt für ihn, zu sagen: *Komm Schatz, ich nehme sie eine Stunde, geh du ins Bett.* Er sagte es nicht.

„Ich weiß sowieso nicht, warum immer so ein Gewese um die Taufe gemacht werden muss“, brummte er missmutig. „Diesen ganzen Aufwand hätten wir uns auch sparen können. Und die Kosten noch dazu.“

„Nicht dieses Thema wieder.“ Sissi ächzte. „Ich habe dir hundertmal erklärt, dass mir die Tauffeier für Elisa viel bedeutet.“

Sie hatte absolut keine Lust auf erneute Diskussionen. Nach alter Familientradition taufte man die Kinder in den ersten Wochen nach der Geburt im Rahmen eines Gottesdienstes. Dazu wurde die gesamte Gemeinde eingeladen. Es war eine schöne Tradition und es beruhigte Sissi innerlich, zu wissen, dass ihre Kinder bei Gott bekannt und geborgen waren. Nicht nur einmal war sie mit Tristan deswegen aneinandergeraten. Er war selbst gläubiger Christ und teilte die Meinung, dass man die Kinder direkt nach der Geburt taufen lassen sollte, jedoch sprach er sich vehement dagegen aus, die Gemeinde daran teilhaben zu lassen. Tristan hielt keine großen Stücke auf die Bürger von Pennygrave. Im Gegensatz zu seiner Frau hatte er sich hier nie richtig wohlgefühlt. Nicht nur einmal hatte er vorgeschlagen, wegzuziehen und dabei verschiedenste Argumente angeführt – von der Umgebung, den Möglichkeiten, sich städtisch zu orientieren sowie den seltsam schrulligen Einwohnern von Pennygrave, von denen unzählige ihm ein Dorn im Auge waren. Clara Clottingham mit ihrer missgünstigen Art konnte er genauso wenig leiden wie Melody Clearmont, die nichts mehr liebte, als Gerüchte zu erfahren und zu verbreiten. Jeder in Pennygrave wusste, dass *Melodys Melodien*, wie man sie liebevoll nannte, mit Vorsicht zu genießen waren, genauso wie sich alle darüber amüsierten – alle außer Tristan. Er fand beide Frauen gleichermaßen geschmacklos und war der Meinung, sie vergifteten die Atmosphäre des gesamten Ortes. Genauso wenig hielt er von der jungen deutschen Lehrerin, die vorübergehend die Leitung der Pennygraver Bibliothek übernommen hatte. Sissi dagegen fand Mia Midway nett, ebenso

Lady Sophie Gellam, mit der die junge Frau inzwischen schon mehrere Kriminalfälle in Pennygrave gelöst hatte. Sissi liebte ihre Kinder, aber wenn sie ab und zu einen zufälligen Einblick bekam, was für ein Leben Mia Midway führte, dann konnte man schon neidisch werden.

Vollkommen in ihre Gedanken versunken hatte sie nun gar nicht mitbekommen, dass Tristan zu ihr getreten war und die schreiende Elisa auf ihrem Arm betrachtete.

„Vielleicht findet sie den Trubel, den du um die Taufe machst, genauso beknackt wie ich und brüllt deshalb." Er streichelte seinem Nesthäkchen vorsichtig über den Kopf, aber das brachte Elisa nur noch mehr auf. Ihr zartes Haar war vom vielen Brüllen schon ganz verschwitzt und jetzt wurde auch noch das kleine Gesichtchen rot. Mit einem Ruck drehte Sissi sich zur Seite, sodass Tristans Hand den Kontakt zu Elisas Stirn verlor.

„Ganz sicher hat sie kein Problem mit der Taufe. Geh doch einfach wieder ins Bett, Tristan. Dieses dämliche Geschwätz ist wirklich das Letzte, was ich gerade gebrauchen kann."

„Jetzt sei doch nicht gleich so zickig." Mit der Hand, mit der er zuvor sein Kind gestreichelt hatte, berührte er sanft ihre Schulter, aber sie drehte sich erneut weg und schüttelte sie ab.

Tristan seufzte. „Ich habe ja gar nichts gegen die Taufe, im Gegenteil. Natürlich möchte ich, dass unsere kleine Prinzessin getauft wird. Aber ich habe sehr wohl ein Problem damit, dass du das alles wieder so übertreiben musst. Das Buffet für die Gottesdienstbesucher im Anschluss kostet Unsummen. Du weißt genauso gut wie ich, dass wir es nicht so üppig haben. Ich liebe jedes einzelne unserer Kinder, aber wir haben, Elisas Feier eingeschlossen, nun fünf Taufen bezahlt, fünfmal den ganzen Ort verköstigt. Es ist mir zuwider, dass sich auf Elisas Taufe zum wiederholten Mal Menschen auf unsere Kosten durchfressen, die mit uns ansonsten gar nichts zu tun haben. Könnten wir nicht einfach eine Feier im kleinen Kreis veranstalten? Das wäre mehr nach meinem Geschmack."

„Es geht hier nicht um deinen Geschmack, sondern um Tradition, Tristan, und ich finde es unmöglich, dass wir das immer wieder ..." Mitten im Satz verstummte sie. Elisa hatte aufgehört zu schreien. Die Kleine war tatsächlich vor Erschöpfung eingeschlafen.

Eine endlos lang erscheinende Minute war es still im Raum. Weder Sissi noch Tristan wagten es, sich zu bewegen, aus Angst, dass sie wieder aufwachen könnte.

„Ich geh' wieder schlafen", flüsterte Tristan.

Sissi rührte sich nicht.

„Kommst du auch?", fragte er, trat zu ihr und legte ihr die Hand auf die Schulter. Sie duckte sich darunter hinweg.

„Liebst du mich noch, Sissi?", fragte er leise.

Als seine Frau noch immer nicht reagierte, drehte er sich um und verließ den Raum.

3

Nach der unruhigen Nacht waren Mia und Lady Sophie nur mühsam aus dem Bett beziehungsweise vom Sofa gekrochen, und erreichten die kleine Kirche gerade noch pünktlich. Hastig sprangen beide aus dem Bentley und rannten in Richtung Eingangsportal. Noch zwei Minuten bis zum Beginn der Tauffeier.

Auf dem Vorplatz war niemand zu sehen. Entweder waren alle schon drin oder nicht viele gekommen, riet Mia. Letzteres war die wahrscheinlichere Variante. Von innigen Freundschaften zwischen der Familie Ratherford und den Pennygravern hatte sie bisher nichts mitbekommen. Mit fünf Kindern fehlte der Familie wohl einfach die Zeit, intensive Kontakte zu pflegen. Zudem war das lausbubenhafte Verhalten ihrer vier Bengel vielen Pennygravern ein Dorn im Auge. Zwar waren sie nicht besonders frech und zerstörten im Gegensatz zu anderen Kindern und Jugendlichen im Ort nichts absichtlich, aber sie waren eben wild, oft schmutzig und laut. Wenn sie durch die Stadt tollten, hörte man sie schon von Weitem. Mia störte sich nicht weiter daran, aber mit zunehmendem Alter nahm die Toleranzschwelle, was Lärmpegel anbelangte, wohl ab.

„Mist, mein Schuh", rief Lady Sophie.

Mia drehte sich um, lachte kurz auf und reichte ihrer Freundin den Arm, damit diese sich daran festhalten konnte, während sie versuchte, den im akkuraten englischen Rasen eingesunkenen Absatz wieder herauszuziehen.

„Diese neuen Schuhe waren doch eine blöde Idee", schimpfte Lady Sophie und schlüpfte in das gerettete Exemplar. An dem dünnen Absatz klebte Erde.

„Die Schuhe sind wunderschön. Die Idee, mit ihnen über den Rasen zu rennen, war vielleicht nicht die beste."

„Aber die schnellste. Und jetzt komm schon, wir sind knapp dran." Am selben Arm, auf den sie sich eben gestützt hatte, zog Lady Sophie Mia vorwärts auf die Kirchentür zu.

Elegant schlängelten sie sich durch die Reihen der hübsch dekorierten Gartentische, die bereits aufgebaut waren, und auf denen im Anschluss an die Tauffeier ein Mittagessen vor dem Gotteshaus serviert würde.

Die Kirchentür quietschte leise beim Öffnen. Sofort wandten sich alle Köpfe zu ihnen um. Die kleine Kirche war brechend voll.

„Ich wusste gar nicht, dass die Ratherfords in Pennygrave so beliebt sind", flüsterte Mia ihrer Freundin ins Ohr, während sie verlegen lächelnd den Mittelgang durchschritten.

„Beliebt ... von wegen", raunte die zurück. „Die einen freuen sich darüber, dass es etwas zu feiern gibt und die anderen spekulieren auf ein kostenloses Mittagessen. Ich denke, nur denen in den ersten Reihen geht es wirklich um Elisas Taufe."

Mit einem zischenden Laut machte Melody Clearmont auf sich aufmerksam. Aus der zweiten Reihe heraus winkte sie die Verspäteten mit großer Geste zu sich.

In ihrer Sensationsgier hatte sie es sich nicht nehmen lassen, einen Platz mit dem besten Blick auf das Taufgeschehen zu besetzen. Es wäre nicht verwunderlich, wenn sie schon seit den frühen Morgenstunden hier campierte.

Peinlich berührt zwängten sich Mia und Lady Sophie durch die Reihen der Kirchenbesucher. Ganz schön frech, sich so vorzudrängeln, aber Melody hatte sie dazu aufgefordert und letztendlich siegte die Aussicht auf eine gute Aussicht. Fortwährende Entschuldigungen murmelnd erreichten sie die zufrieden nickende Melody und setzten sich neben sie. In der Tat der perfekte Platz, wie sich herausstellte, denn eben kam Sissi aus der Sakristei, dem kleinen Nebenraum im Altarbereich, und ließ sich mit der kleinen Elisa im Arm genau vor Lady Sophie in der ersten Reihe nieder. Wie vier Entenküken watschelten die Ratherford-Jungs hinter ihrer Mutter her und setzten sich ebenfalls – hübsch aufgereiht und in sauberen Anzügen. In sichtlichem Bemühen darum, kein Missfallen zu erregen, verharrten sie steif wie Schaufensterpuppen auf ihren Plätzen. Allerliebst. In wahre Verzückung versetzte Mia jedoch das Babygesicht der kleinen Elisa. Sissi hielt sie gerade so im Arm, dass das winzige Köpfchen auf ihrer Schulter ruhte. Aus wachen Babyaugen wurde Mia gemustert und hätte am liebsten eine Hand ausgestreckt, um die Kleine zu streicheln. Melody schien es ähnlich zu gehen, doch mit ihrer Selbstbeherrschung war es nicht ganz so weit her. Etwas zu schnell für den Geschmack der kleinen Elisa ließ Melody ihre Finger nach vorn schnellen und tätschelte hingerissen die rosige Babywange. Der Säugling gluckste irritiert und wand unruhig das Köpfchen, dabei verrutschte die winzige weiße Taufmütze und segelte zu Boden. Reflexartig bückte sich Lady Sophie, um danach zu greifen, und stieß sich dabei den Kopf hart an der vorderen Kirchenbank.

„Aua", entfuhr es ihr, während sie mit der einen Hand das Käppchen aufhob und sich mit der anderen die betroffene Stelle an ihrem Kopf rieb. Als sie die winzige Mütze zurückgab, lächelte sie trotz des Schmerzes. Auch Melody schien in seltsamer Verzückung erstarrt und vergaß darüber, die alte Mrs McCann zurechtzuweisen, die sich eben am vorderen Ende in die Kirchenbank quetschte. Sogar diese lächelte. Dieser winzige Täufling musste über Zauberkräfte verfügen, wenn es ihm gelang, aus verbissenen alten Damen dahinschmelzende, herzliche Omis zu machen.

Schallend erklang die Gottesdienstglocke und Reverend Martin Morten trat ein. Er lächelte ebenfalls, im Gegensatz zu den örtlichen Beißzangen tat er das allerdings immer, wenn er die Gemeinde zum Gottesdienst willkommen hieß. Die herzlichen Worte, die er für Elisa Ratherford als jüngstem Mitglied der Kirchengemeinde fand, zeigten, wie sehr er sich darüber freute, dass die kirchliche Tradition in der Gemeinde von Pennygrave nach wie vor tief verwurzelt war.

Sissi erhob sich. Mit Elisa auf dem Arm trat sie nach vorn zum Taufstein. Neben ihr reihten sich ihr Mann Tristan sowie die vier Jungs auf, zudem ein Herr und eine junge Frau, anscheinend die Paten der kleinen Elisa.

„Tristans Bruder und Sissis Schwester", erklärte Lady Sophie prompt. „Sie wohnen nicht hier in Pennygrave."

Mia nickte verstehend.

Dann begann die Taufzeremonie. Als Reverend Morten das Weihwasser über Elisas Kopf träufelte, begann sie erbarmungswürdig zu schreien. Gequält verzog Sissi das Gesicht, aber niemand nahm Anstoß an der lautstarken Babybeschwerde. Als Ehrengast hatte sie das Recht, sich zu benehmen, wie es ihr beliebte.

Die weitere Tauffeier verlief würdevoll und ohne weitere Zwischenfälle. Mia, die noch nie zuvor einer solchen Zeremonie beigewohnt hatte, konnte nicht verhindern, dass ihre Augen vor Rührung glänzten, als Sissi am Ende stolz den Mittelgang der Kirche durchschritt und Elisa nach draußen brachte, wo die Festlichkeiten in ihren geselligen Teil übergehen sollten.

Wie von Zauberhand waren die Tische im Kirchhof zwischenzeitlich eingedeckt worden, vermutlich von Caroline Sanders und Clara Clottingham, die eben hektisch verschiedenste Speisen am Rand des Kirchplatzes drapierten. Schweißperlen zeichneten sich auf Carolines Stirn ab, während sie sich mit einem der großen Biertische abmühte. In diesem Moment bog Sir William um die Ecke, bemerkte ihre Not und sprang ihr helfend bei. Im Nu war der Tisch aufgebaut und Caroline bedankte sich mit einem strahlenden Lächeln. Als er charmant zurücklächelte, verspürte Mia einen zarten Stich der Eifersucht in ihrem Herzen. Er blieb unbemerkt, denn schon griff Sir William wie selbstverständlich nach einem weiteren am Boden liegenden Tisch und stellte ihn gemeinsam mit Caroline auf.

„Entschuldige mich kurz", raunte Mia Lady Sophie zu und ging kurzerhand zu den beiden hinüber.

„Mia, Schatz." Den Tisch noch in der Hand haltend gab er ihr einen kurzen Kuss auf die geschürzten Lippen, die sie ihm erwartungsvoll darbot. „Ich bin gleich bei dir. Ich helfe nur kurz der armen Caroline beim Aufbau. Diese Tische sind doch viel zu schwer für eine so zarte Frau."

„Soll ich auch helfen?", fragte Mia betont freundlich.

„Nein, nein, vielen Dank", wehrte Caroline ab und lächelte auch sie so offenherzig an, dass Mia unmittelbar ein schlechtes Gewissen bekam. „Es sind nur noch diese beiden Tische, dann sind wir fertig. Clara wird jeden Moment mit den Torten hier sein."

Mia hob beide Daumen, gab Sir William noch einen flüchtigen Kuss auf die Wange, nur um letzte Besitzansprüche zu klären, und ging dann zu Lady Sophie zurück, die bis über beide Ohren grinste.

„Wo ist denn John?", grummelte Mia. „Ich denke, Caroline und er sind so glücklich zusammen. Als Gärtner ist er doch mit allen erdenklichen Muskeln bestens ausgestattet. Ihm würde es besser zu Gesicht stehen, seiner Freundin mit den schweren Tischen zu helfen als William, der in seinem eleganten Anzug sicher nicht dazu beschaffen ist, irgendwelche Gartenmöbel durch die Gegend zu wuchten."

Lady Sophie prustete los. „Pass bloß auf, dass dich die Eifersucht nicht arrogant macht, meine Beste." Scherzhaft erhob sie den Zeigefinger. „Aber ich finde es ja schön, zu sehen, dass du meinen Sohn so liebst, dass du ihn einer anderen nicht mal ausleihen willst, um Tische zu schleppen."

„O Gott, du hast vollkommen recht, ich bin ein fieses Biest."

„Wer ist ein Biest?" Natürlich war Sir William zum perfekten Zeitpunkt herangetreten, um genau den letzten Satz zu hören. Mist.

„Niemand. Frauengespräche", behauptete Mia schnell und küsste ihn zur Ablenkung. Glücklicherweise war er viel zu sehr Gentleman, um nachzubohren. Wenn er spürte, dass etwas nicht wichtig genug war, um erfahren zu werden, aber peinlich genug, um verschwiegen zu werden, übte er sich in gewohnt höflicher Zurückhaltung. Zärtlich erwiderte er ihren Kuss.

Gerade als Mia sich von ihm lösen wollte, sah sie aus den Augenwinkeln Detective Inspector Mellony, der den Vorgang mit traurigen Augen verfolgte. Sein Gesicht war derart verzogen, als hätte er auf eine Zitrone gebissen.

Mia errötete leicht. Dies wiederum war Sir William Anlass genug, um nach dem Grund zu forschen. Flüchtig drehte er sich um, wurde des Inspectors gewahr und wandte sich grußlos wieder zu Mia um. „Ach der schon wieder", brummte er genervt.

Instinktiv griff sie nach seiner Hand. Das Verhältnis zwischen ihm und dem Detective Inspector war seit jeher angespannt, da sich von Anfang an beide um Mias Gunst bemüht hatten. Lange hatte sie gehofft, dass die beiden Männer ihre Unstimmigkeiten beilegen könnten, wenn sie sich für einen von ihnen entschied. Doch seit sie sich mit Sir William in einer offiziellen Beziehung befand, schien sich die Situation nur zusätzlich zu verschärfen. Regelmäßig kochte der Adlige vor Eifersucht, wenn Mellony auch nur in Mias Nähe kam und der Inspector ließ es sich wiederum nicht nehmen,

Sir William bei jedem möglichen Anlass zu provozieren. Nach der Kostprobe von Eifersucht, die sie eben bekommen hatte, sollte sie vielleicht etwas nachsichtiger mit den Männern sein. Sie würden sich schon in ihre jeweiligen Rollen einfinden. Hoffentlich, denn sie mochte den Inspector zu sehr, um die Freundschaft mit ihm aufzugeben. Außerdem stieß sie bei ihren Ermittlungen mit Lady Sophie zwangsläufig immer wieder mit ihm zusammen.

„Ich wünschte, er würde sich versetzen lassen", grollte Sir William.

Mia drückte seine Hand noch fester. Gleichzeitig stellte sie fest, dass Sergeant Angela Angel, der nervtötende Schatten des Inspectors, die hin und her wandernden Blicke ebenfalls bemerkt hatte und ihn sanft am Arm zog. Was mischte die sich denn da ein?

Der Inspector tat, als spürte er die drängende Berührung nicht, löste sich aus der übergriffigen Geste und trat zu dem kleinen Grüppchen. Ob er Mia bewusst zuerst anlächelte, war nicht mit Sicherheit zu sagen, aber Sir William genügte es, um sie noch enger in seinen Arm zu ziehen und festzuhalten. Seufzend ließ sie es geschehen. Wenn es die Situation entspannte, sollte es ihr recht sein.

„Guten Morgen allerseits", grüßte der Inspector freundlich, und Sergeant Angel schloss sich seinem Gruß mit einem schweigenden Nicken an. „Ein wunderschöner Tag für eine Taufe, finden Sie nicht?"

Alle stimmten ihm zu.

Vor Lady Sophie deutete Detective Inspector Mellony eine respektvolle Verbeugung an. Während der vergangenen Wochen hatte sich das ungleiche Paar kennen und respektieren gelernt. Lange Zeit waren sie nicht besonders gut aufeinander zu sprechen gewesen, inzwischen aber wusste der Inspector Lady Sophies unverblümte Art zu schätzen, besonders, weil jene schon zur Lösung mehrerer Mordfälle beigetragen hatte. Im Gegenzug schätzte die Adlige, dass Mellony angesichts ihrer unlauteren Methoden immer wieder ein Auge zudrückte, wenn sie verbal oder ermittlungstechnisch allzu weit übers Ziel hinausschoss. Auch wenn er ihr im Voraus immer wieder Gegenteiliges androhte. Seine Warnungen, sich nicht in aktuelle Ermittlungen einzumischen, wurden von Mia und Lady Sophie längst nur noch pro forma abgenickt.

„Es ist mir eine große Freude, die Damen auch einmal außerhalb eines kriminalistischen Kontextes anzutreffen", meinte Mellony eben und lächelte charmant, was von Mia und Lady Sophie gleichermaßen erwidert wurde. Sir William und Sergeant Angel standen sich in ihrer säuerlichen Miene in nichts nach.

„Schön, aber auch ein bisschen langweilig", antwortete Lady Sophie prompt.

Er zog die Augenbrauen hoch. „Aber Lady Sophie, es ist doch ein wahrer Genuss. Dieser Frieden, diese Ruhe. Ist es nicht wundervoll, wenn mal gar nichts geschieht?"

„Hm ...", brummte die Adlige protestierend. „So friedlich und ruhig wie Sie glauben, ist es auch wieder nicht."

Interessiert hielt er ihrem Blick stand. „Wissen Sie etwas, das ich nicht weiß?"

„Es spukt auf Gellam Manor", ließ Lady Sophie die Bombe platzen. Anschließend ließ sie es sich nicht nehmen, ihre gesamte Spukgeschichte darzulegen, dem Lachen und Augenrollen von Sir William und Mia tapfer trotzend. „Ja, Sie haben ganz richtig gehört. Ein Geist treibt auf Gellam Manor sein Unwesen. Und ich würde mich sehr freuen, wenn Sie mich dabei unterstützen würden, diesen zu stellen und dingfest zu machen. Vor allem, da weder mein Sohn noch meine beste Freundin willens sind, mich in dieser Sache zu unterstützen."

„Moment, so stimmt das nicht ganz", protestierte Mia. „Ich habe dir keineswegs meine Unterstützung versagt, sondern lediglich erklärt, dass ich nicht an Geister glaube."

„Ich bedaure, mich hier auf Miss Midways Seite schlagen zu müssen, Ihre Ladyschaft", der Inspector räusperte sich leicht, „aber auch ich halte es für unwahrscheinlich, dass es auf Gellam Manor spukt."

Lady Sophie verschränkte die Arme vor der Brust. „Sagt es und lächelt, obwohl er mich inzwischen gut genug kennen sollte. Ich bin doch keine zart besaitete alte Jungfer, die bei jedem Geräusch in Panik ausbricht. Ich verstehe nicht, warum mir niemand helfen will. Aber gut, gut, ihr werdet euch noch wundern. Dann stelle ich mich dem Geist eben alleine entgegen. Und wenn mir etwas passiert, dann werdet ihr schon sehen, was ihr davon habt. Dann ..."

„Sophie, Sophie", unterbrach Mia. „So beruhige dich doch. Es tut mir leid, mir war nicht klar, dass es dir so ernst ist."

„Ach, glaubst du, ich rase mitten in der Nacht durch halb Pennygrave, noch dazu im Nachthemd, nur um mir ein Späßchen mit dir zu erlauben? Es ist mir sehr ernst. Todernst. Ich habe Todesangst."

„Na, na", begann Sir William, aber Mia puffte ihn in die Seite und brachte ihn damit zum Schweigen.

„Sophie, wenn es dir so viel bedeutet, dann komme ich mit und sehe mal nach dem Geist. Ich kann auch bei dir übernachten, wenn dich das beruhigen würde."

„Ja, das würde mich in der Tat beruhigen", bestätigte Lady Sophie schnell. „Gut, dann hätten wir das ja geklärt. Du fährst also nachher mit William ins Cottage und holst alles, was du für eine Übernachtung brauchst? Aber stell dich auf alles ein. Ich garantiere dir, das geht nicht mit rechten Dingen zu."

„Ich kann ebenfalls gerne eine Nacht Wache halten, wenn Sie das beruhigen würde, Lady Gellam", erbot sich Inspector Mellony und deutete einen leichten Diener an.

„Nein, das wird nicht notwendig sein", erstickte Sir William das Angebot schroff.

Die Frauen warfen sich einen vielsagenden Blick zu. Männer! Sie benahmen sich wie die Kinder.

„Ich denke auch, dass das nicht nötig sein wird, nun, da ich nicht mehr allein im Haus bleiben muss", erklärte Lady Sophie. „Aber gegebenenfalls werde ich gerne auf Ihr Angebot zurückkommen, falls sich die Lage zuspitzt."

„Das wäre mir sehr recht. Nicht dass den Damen noch etwas zustößt."

„Nicht solange sie unter meinem Schutz stehen." Sir William legte seinen Arm noch etwas enger um Mia.

4

„Aaaaaaah!" Der schrille Schrei von Leyla Bennet durchdrang das Zimmer und wurde erst durch die männliche Hand unterbrochen, die sich fest auf ihren Mund presste. Sie schloss die Augen, öffnete sie wieder, starrte auf den Bildschirm und keuchte, sofern ihr das unter dem Druck der starken Handfläche möglich war. Ruhig, sie musste ruhig bleiben. Wenn sie sich nicht sofort beruhigte, würde sie garantiert ersticken. Ganz sicher würde sie gleich ohnmächtig werden. Und wenn sie aufwachte, wäre alles vorbei. Dann würde sie begreifen, dass sie sich getäuscht hatte. Dass alles nur auf einem fatalen Irrtum beruhte, der sie für einen Moment hatte glauben lassen, dass auch sie mal Glück hatte.

„Kann ich die Hand lösen oder schreist du dann gleich wieder?", fragte Hunter Brisbay mit seiner tiefen, warmen Stimme hinter ihr.

Endlich gelang es Leyla, ihre Finger von der Tastatur des Computers zu lösen und nach seiner Hand zu greifen, die nach wie vor jeglichen Laut im Keim erstickte. Ihr Blick klebte noch auf dem Bildschirm und der Zahl, bei deren Anblick ihr der Schrei entfahren war. Vorsichtig löste sie seine Finger von ihrem Mund und klammerte sich daran fest, als habe sie Angst, zu fallen.

„Vier Millionen", hauchte Leyla. Alle Kraft ihrer Stimme hatte sie für den Überraschungsschrei verbraucht. „Da sind vier Millionen Pfund auf meinem Konto, Hunter. Woher in aller Welt habe ich vier Millionen Pfund?"

Diesmal schlug sie ihre eigenen Hände vor den Mund. Noch immer prägte Fassungslosigkeit ihren Blick. Noch immer war sie nicht in der Lage, sich zu bewegen oder auch nur für eine Sekunde für wahr zu erachten, was sie da vor sich sah.

„Vier Millionen, Hunter", ächzte sie erneut. Dann schüttelte sie den Kopf und lachte schallend.

Er gab ihr die Zeit, die sie brauchte. Als sie sich endlich zu ihm umwandte, wusste er, dass sie wieder ansprechbar war.

„Sagen wir einfach, ein sehr reicher Mann hat dir das Geld gespendet", erklärte er und wollte sie küssen, doch im letzten Moment legte sie ihm die Handflächen auf die Brust und stoppte seine Bewegung.

„*Du* hast mir das Geld überwiesen?"

Er betrachtete Leyla ein paar Sekunden lang. Sie war so jung. So schön. Sie war die stärkste Persönlichkeit, die er je in seinem Leben getroffen hatte und er wollte mit ihr alt werden. In ihren Armen wollte er die Augen einmal für immer selig schließen. Herrgott, er liebte sie mehr als sein Leben.

Hunter seufzte tief. Dann nickte er. „Ich habe dir das Geld überwiesen."

Ihre Augen weiteten sich. „Du kannst mir doch nicht einfach Geld schenken, Hunter. Und schon gar nicht so viel. Was denkst du dir denn dabei?" Auf ihrer Stirn bildete sich eine steile Zornesfalte. „Ich bin nicht deine Hure, Hunter."

Hastig hob er die Hände. „Nein, nein, so darfst du das nicht sehen, das ist ein Missverständnis. Ich habe dir das Geld zwar überwiesen, aber es stammt nicht von mir. Ein Mann hat es mir zur Verfügung gestellt."

„Ein Mann?" Sie musterte ihn eindringlich. „Dir zur Verfügung gestellt? Was in aller Welt soll das bedeuten?"

„Darum brauchst du dich nicht zu kümmern, mein Schatz. Fakt ist, das Geld stammt von einem sehr reichen Mann. Ich habe es von ihm und gebe es dir. Um eben diesen Gedanken zu vermeiden."

„Welchen Gedanken?"

„Dass du nur wegen meines Geldes bei mir bleibst. Ich liebe dich, Leyla. Du bist das Beste, was mir je passiert ist. Und ich möchte mit dir gemeinsam mein Leben verbringen."

„Das möchte ich doch auch."

„Ja, das sagst du immer, aber seien wir ehrlich, Leyla, ich bin ein alter Mann."

„Du bist fünfundvierzig, Hunter, das ist weit entfernt von alt. Ich kenne jüngere Männer, die dir weder optisch noch von der Fitness her das Wasser reichen können."

„Im Vergleich zu dir bin ich ein alter Mann", insistierte er. „Du bist fünfundzwanzig, du hast dein Leben noch vor dir. Du sollst studieren, leben, aber vor allem sollst du glücklich sein. Ich möchte nicht, dass du nur bei mir bleibst, weil ich dich finanziell über Wasser halte und du auf diese Weise studieren kannst."

„Aber ich bleibe doch nicht bei dir, weil du mir das Studium finanzierst. Ich bleibe bei dir, weil ich dich liebe, Hunter, hast du das noch immer nicht begriffen?"

„Das sagst du und ich würde es zu gern glauben, aber da ist immer ein letzter leiser Zweifel. Er ist klein, aber er nagt. Das Geld beseitigt ihn."

„Wie meinst du das?"

Er richtete sich auf, langte über sie hinweg und tippte auf die schwarze Vier mit den vielen Nullen auf dem Bildschirm. „Vier Millionen Pfund, Leyla. Damit bist du absolut unabhängig. Gut angelegt musst du mit dem Geld nicht einmal arbeiten gehen. Du kannst dir einen jungen Liebhaber suchen und dir ein schönes Leben machen."

„Das will ich aber alles nicht. Das Einzige, was ich will, bist du, Hunter." In ihren Augen glänzten Tränen.

Sanft nahm er ihre beiden Hände in seine und sah ihr tief in die Augen. „Und das Einzige, was ich wollte, ist, das zu wissen. Sieh mal, du könntest es. Alles, was du willst. Nur wenn du trotzdem bei mir bleibst, weiß ich, dass du es meinetwegen tust. Nicht wegen des Geldes, nicht wegen des Komforts – nur meinetwegen. Keine Zweifel mehr, nur Liebe. Glaub mir, das ist vier Millionen Pfund wert."

Weinend warf sich Leyla in seine Arme.

5

Seit fast einer Stunde marschierten Mia, Lady Sophie, Sir William und Walter nun bereits durch Gellam Manor. Energisch durchmaß Lady Sophie Inch um Inch der langen Flure, bog in Räume ein und wies die anderen immer wieder an, genauestens auf Ungewöhnliches oder Auffälliges zu achten – bisher ergebnislos. Lediglich Lady Sophie selbst deutete hin und wieder auf einen Gegenstand und behauptete steif und fest, er habe ursprünglich anders dagestanden. Die wiederholten Beteuerungen des Butlers, er habe nicht das Geringste im Haus verändert, ignorierte sie geflissentlich, ebenso wie seine Versprechen, das Hausmädchen Sarah zu fragen, ob sie etwas mit den vermeintlich veränderten Positionen zu tun habe. Eigenartig wurde es, als Lady Sophie die Meinung vertrat, eine alte Porzellanvase sei aus der Bibliothek verschwunden, nicht nur auf eine andere Position oder in ein anderes Zimmer gewandert, sondern komplett verschwunden. Sie beschrieb die Vase in allen Einzelheiten, aber weder Sir William noch Walter oder Mia konnten sich an das gute Stück erinnern. Lady Sophie beharrte jedoch darauf und begann sogar damit, die mangelnde Erinnerungsfähigkeit ihrer Begleiter logisch herzuleiten. Walter war sehr selten in der Bibliothek, weil hier für gewöhnlich nicht serviert wurde, Mia war bisher auch nur ein- oder zweimal hier gewesen und Sir William hielt sich zwar regelmäßig in der Bibliothek auf, um die finanziellen Angelegenheiten des Anwesens sowie den Briefverkehr zu bewältigen, aber ihm sprach sie jeglichen Sinn für die Wahrnehmung hübscher Dekoration ab.

Endlich kleidete Walter in Worte, was alle Umstehenden dachten: „Ich bezweifle es zwar, aber vielleicht hat Sarah oder eine der Reinigungskräfte ja beim Abstauben die Vase zerbrochen und vergessen, Bescheid zu sagen."

„Das kann ich mir nicht vorstellen", meinte Lady Sophie. Die wenigen Hausangestellten, die auf Gellam Manor beschäftigt waren, waren handverlesen, absolut zuverlässig, und standen, bis auf Sarah, seit Jahren oder gar Jahrzehnten in Diensten der Familie. Eher unwahrscheinlich also, dass jemand plötzlich ein so seltsames Verhalten an den Tag legte.

Endlich ließ die adlige Spürnase in ihrem Eifer nach. Hatte sie noch zu Beginn der Tour eindeutige Beweise für den von ihr behaupteten Spuk versprochen, so musste sie nun seufzend zugeben, dass ihre vermeintlichen Beweise Behauptungen blieben, solange keiner der anderen ihren Eindruck bestätigen konnte. Frustriert willigte sie schließlich ein, den strapazierten Füßen bei ein paar Drinks im Salon etwas Ruhe zu gönnen. Das Unangenehme in einem so riesigen Herrenhaus waren die langen Wege, die man zurücklegen musste, um von einem Raum zu einem anderen zu gelangen.

Nachdem Walter die Drinks gereicht hatte, zog er sich in die Küche zurück, um die Zubereitung von Häppchen zu veranlassen. Neben ihm beschäftigten die Gellams noch die Köchin Nanna, zwei Reinigungsdamen sowie das Mädchen Sarah, die Sir William ursprünglich eingestellt hatte, um Mia jeden Wunsch von den Augen abzulesen. Da diese sich über eine persönliche Bedienstete alles andere als begeistert gezeigt hatte und es auch nicht mochte, auf Schritt und Tritt begleitet und bedient zu werden, hatte Sarah nach und nach allgemeine Aufgaben in Gellam Manor übernommen. Sie schien glücklich damit.

Mia nahm einen Schluck von ihrem Ginger Ale, steckte sich eine Schokopraline in den Mund und grinste Lady Sophie neckisch an. „Können wir noch mal darüber sprechen, dass du mir gestern Nacht ein regelrechtes Horrorszenario von Geistern und Spuk vorgegaukelt hast und sich jetzt nichts, aber auch absolut gar nichts Mysteriöses entdecken lässt?"

„Pah!" Lady Sophie stellte ihr Glas auf dem marmornen Beistelltisch ab. „Nur, weil es dir schwerfällt, die Unstimmigkeiten zu erkennen, heißt es noch lange nicht, dass alles mit rechten Dingen zugeht. Ich bleibe bei meiner Version von vergangener Nacht."

„Darüber sollten wir allerdings auch noch mal sprechen." Sir William neigte leicht den Kopf. „Ich finde es ehrlich gesagt nicht begrüßenswert, dass du in fragwürdiger Gewandung mitten in der Nacht durch die Gegend fährst, Mutter."

„Du warst ja nicht da", wehrte sie sich. „Wenn du dich in der Stadt herumtreibst und das Haus komplett leer ist, ist es regelrecht unheimlich. Angenommen, der Geist hätte mich niedergeschlagen. Dann hättet ihr mich erst heute gefunden, vermutlich nachmittags, nach der Taufe. Das muss man sich mal vorstellen!“

Mia grunzte amüsiert. „Du hättest dich doch zu Walter kuscheln können.“ Der Butler bewohnte traditionell drei Zimmer im Erdgeschoss, um jederzeit erreichbar zu sein.

„Mal ganz abgesehen davon, dass dein Vorschlag auf sehr unangebrachte Weise ein wunderbares und hochseriöses Arbeitnehmerverhältnis verhöhnt, war Walter in der vergangenen Nacht überhaupt nicht hier.“

„Ach …“

„Ja, du hast richtig gehört.“ Triumphierend ergriff Lady Sophie ihr Glas und trank einen Schluck, um der folgenden Erklärung mit einer künstlichen Pause die gewünschte Dramatik zu verleihen. „Wie du noch nicht weißt, übernachtet Walter bis auf Weiteres nicht mehr hier auf Gellam Manor.“

„Sag nicht, er hat Angst vor deinem Geist.“

Sir William prustete los, woraufhin Lady Sophie zuerst ihm, dann Mia einen tadelnden Blick zuwarf.

„Nein, Unsinn, natürlich nicht. Er verbringt die Nächte zurzeit bei seinem Vater im Dorf. Das Herz ist nicht mehr das funktionstüchtigste und die Pflegerin ist nur tagsüber auf Abruf. Walter möchte nachts bei ihm sein, falls er ihn braucht. Ich unterstütze das. Schließlich würden wir uns alle freuen, bald einen hundertsten Geburtstag in Pennygrave feiern zu dürfen.“

„Einen hundertsten … sag nicht, Walters Vater ist …“

„Edward Mostly, ganz recht. Wusstest du das nicht?“

„Nein, woher denn?“

„Na, jetzt weißt du es.“

Das war mal eine Neuigkeit. Der alte Edward Mostly war der Vater von Lady Sophies Butler. Na so was. In diesem Moment kam Walter mit einem Tablett voller Häppchen zurück.

Mia überlegte kurz, entschied dann aber, dass es ihm wohl unangenehm wäre, wenn sie sich in sein Privatleben einmischte und wandte sich wieder an Lady Sophie. „Wenn das so ist, möchte ich hiermit gerne anbieten, dass du unbefristet auf meiner Couch schlafen kannst."

„Ich danke dir herzlich für dein etwas spätes Verständnis, meine Liebe. Allerdings halte ich es in Anbetracht des Platzangebots für sinnvoller, wenn ich nicht bei dir übernachte, sondern du hier auf Gellam Manor."

Mia schluckte. Bevor sie in einer Beziehung mit Sir William gewesen war, hatte sie öfter hier übernachtet. Dann allerdings immer im Lavendelzimmer, einem der hübschen Gästezimmer, von denen es im Herrenhaus wahrlich genügend gab. Seit der Liaison mit ihm tat sie sich mit den Übernachtungen etwas schwer. Es hatte lange genug gedauert, bis sie sich in der Lage gefühlt hatte, überhaupt bei ihm im Zimmer zu schlafen, weil es ihr irgendwie seltsam vorgekommen war. Immerhin war sie zuerst mit Lady Sophie befreundet gewesen, bevor sie eine Liebesbeziehung mit deren Sohn begonnen hatte. Allein das hatte in der Vergangenheit zu allerlei seltsamen Situationen geführt. Der Gedanke, dass Lady Sophie nun aber in Sir Williams Zimmer übernachten könnte, während Mia mit ihm im Bett lag, war an Absurdität kaum zu überbieten.

„Sophie, ich weiß ehrlich gesagt nicht, ob das so eine gute Idee ist", begann Mia zögerlich, aber die Freundin unterbrach sie mit einer abwinkenden Geste.

„Gewiss will ich mich nicht zu dir und William ins Bettchen kuscheln, keine Sorge." Sie verlieh dem ausgesprochenen Gedanken einen noch absurderen Tonfall, als er in Mias Kopf angenommen hatte. „Vielmehr dachte ich, wir könnten eine Art Matratzenlager in einem der Gästezimmer veranstalten. Wir haben üppig davon und sie werden ohnehin viel zu selten genutzt. Das wäre definitiv unverfänglich. Jeder baut seine Matratze auf und wir schlafen alle nebeneinander, als würden wir eine Pyjamaparty veranstalten. Wenn Walter uns dann noch ein paar Häppchen bringen kann, bevor er das Haus verlässt, dann wird es lustig, zielführend und lecker."

„Es wäre mir ein Vergnügen", bestätigte der treue Butler sofort.

Mia nickte und auch Sir William erklärte sich einverstanden. Der Vorschlag klang stimmig. Wenn sie den seltsamen Wahrnehmungen von Lady Sophie auf den Grund gehen wollten, mussten sie die Nacht über gemeinsam ausharren. Dann würde sich schon herausstellen, ob es auf Gellam Manor wahrhaftig spukte oder ob Lady Sophie sich von einem ihrer heißgeliebten Romane in eine Fantasiewelt hatte träumen lassen.

„Ich brauche allerdings noch ein paar Dinge, um hier übernachten zu können", überlegte Mia.

Sir William bot an, sie kurz zum Cottage zu fahren. So düsten sie los, packten das Nötigste und trafen wenig später wieder auf Gellam Manor ein. Lady Sophie hatte bereits ein Zimmer eingerichtet: das Bluebells-Zimmer.

6

Reverend Martin Morten erwachte durch die sanfte Berührung an seiner Schulter. Erschrocken fuhr er hoch. Das Blatt mit der angefangenen Predigt lag noch vor ihm, die Tinte war ein wenig verschmiert. Schuldbewusst drehte er sich um und sah in die braunen Augen seiner Frau.

In Theresa Mortens Blick lag eine dunkle Traurigkeit, gemischt mit der tiefen Liebe, die er bedingungslos erwiderte. Sie streckte ihre Hand aus und strich ihm mit dem Zeigefinger sanft über die Wange.

„Du hast in der Tinte geschlafen", bemerkte sie leise.

Intuitiv berührte er selbst die Stelle, an der die Tinte einen Abdruck auf seiner Haut hinterlassen haben musste, doch seine Fingerkuppe blieb sauber. Die Farbe war längst getrocknet. Wie lange hatte er geschlafen?

„Wie war die Therapiesitzung?", fragte er und griff nach Theresas Hand.

„Gut." Sie führte ihre von seinen Händen umschlossene Hand an die Lippen und presste einen Kuss auf seinen Handrücken. „Ich bin froh, dass du mich dazu überredet hast. Es bricht mir das Herz, immer und immer wieder gegen Gottes Gebote verstoßen zu müssen. Es ist ein Zwang. Aber ich kann mich von ihm befreien, das weiß ich jetzt. So viele Jahre lang habe ich gelitten. Das muss ein Ende haben. Komm mit." Sanft zog sie ihn mit sich. Er ließ es geschehen, erhob sich von seinem

Stuhl, ließ die Predigt Predigt sein und folgte ihr hinaus aus dem Pfarrhaus.

Vor ihnen lag der Pfarrgarten bereits in fortgeschrittener Dämmerung. Der Friedhof breitete sich dahinter aus und war nur durch ein kleines Gartentor davon abgetrennt. Reverend Morten machte das nichts aus. Er wusste, dass der Tod ein Teil des Lebens war. Friedhof und Garten, im Grunde genommen war alles eins.

Vertrauensvoll folgte er seiner Frau auf den heiligen Grund und nahm aus den Augenwinkeln verwundert wahr, wie jemand aus der Kirche trat und in der Dunkelheit verschwand. Wer hielt sich denn zu so später Stunde noch dort auf? Hatte ihn jemand gesucht? Auf ihn gewartet? Vielleicht ein Sünder, der seine Seele im Gespräch hatte erleichtern wollen. Kurz hob Martin seine Hand und wollte der Gestalt hinterherrufen, da entschied er, dass das jetzt nicht wichtig war. Wichtig war Theresa und dass sie Heilung erfuhr.

Er ließ die Hand wieder sinken und folgte ihr schweigend, immer weiter entlang der ersten Gräberreihe. Was wollte sie hier?

Endlich blieb sie an der Rückseite eines Grabsteines stehen. Kurz erfasste ihn das schlechte Gewissen, weil er sich einredete, dass er wissen müsste, zu welchem Namen dieser gehörte. Dann beschloss er, dass es zu viele Menschen waren, die über zu viele Jahrhunderte hinweg hier begraben worden waren. Er konnte sich nicht jeden einzelnen merken. Außerdem würde ihm Theresa schon erklären, warum sie ausgerechnet hier Halt machten. Das tat sie jedoch nicht. Stattdessen kniete sie nieder und begann mit ihren Händen in der Erde zu graben. Wenige Sekunden später zog sie eine goldene Halskette und einen goldenen Ring mit einem großen roten Stein aus dem Erdboden. Obwohl an beiden Schmuckstücken der Dreck klebte, war ihnen ihr Wert deutlich anzusehen.

„Du sollst nicht stehlen", sagte sie, senkte reumütig den Kopf und übergab, noch immer auf den Knien, den Schmuck an ihren Ehemann. Der nahm ihn stumm entgegen. Eine Weile lang betrachtete er die Teile schweigend. Dann fand er seine Sprache wieder.

„Wie viel noch?", fragte er leise, ohne jeglichen Vorwurf in der Stimme.

„Viel", antwortete sie.

„Wir werden alles nach und nach an die rechtmäßigen Besitzer zurückgeben", sagte er mit fester Stimme und Theresa widersprach nicht.

„Es tut mir so leid. Vergib mir. Ich habe gesündigt."

Kurzerhand kniete sich der Reverend vor seine Frau und legte ihr zärtlich die Hand auf den Scheitel. „Ich vergebe dir. Auch im Namen Gottes. Du hast deine Sünden bereut und bist um Wiedergutmachung bemüht. Du bist eine Sünderin und tust wohl daran, auf den rechten Weg zurückzukehren. Der Herr freut sich über jede Seele, die den Weg zu ihm zurück nach Hause findet. Und ich freue mich über dich als meine Frau. Gemeinsam werden wir diesen Weg gehen."

„Ich liebe dich, Martin", sagte sie leise. „Ich liebe dich dafür, wie du bist und dafür, dass du mir verzeihen kannst. Glaub mir, ich leide selbst am meisten unter meiner Kleptomanie. Es macht mir keinen Spaß, die Menschen zu bestehlen, aber ich kann nicht anders. Ich hoffe nur, dass die Therapie nun Erfolg und mir endlich

Ruhe bringt. Nur für dich tut es mir so leid, dass du herausfinden musstest, dass in der Frau, die du geheiratet hast, so tiefe Abgründe schlummern."

Ungewollt musste der Reverend schmunzeln. „O glaub mir, mein Schatz, in Pennygrave schlummern tiefere Abgründe, als du dir je ausdenken könntest. Und doch bin ich ... nein ... ist Gott bereit, jedem einzelnen seiner sündigen Schäfchen zu vergeben, wenn sie doch nur eines Tages den Weg zurück zu seiner Gnade finden. Lass uns gemeinsam beten."

7

„Na, das sieht doch gemütlicher aus, als ich zu hoffen gewagt hatte." Mit einem herzlichen Lachen warf sich Lady Sophie auf ihr Nachtlager, das Sarah so liebevoll hergerichtet hatte. Dazu hatte sie, gemeinsam mit Walter, sechs Matratzen ins Gästezimmer mit der Bluebells-Tapete geschleppt, jeweils zwei übereinandergestapelt, sodass drei Nachtlager entstanden waren, zwischen denen wiederum jeweils ein Meter Abstand lag. Erleichtert atmete Mia auf. Das Matratzenlager war eine herrlich unkomplizierte Lösung. Undenkbar, mit William in einem Bett zu schlafen, während seine Mutter am Fußende schlummerte.

Kurzerhand tat sie es ihrer Freundin gleich und warf sich auf das mittlere Matratzenlager. Es war noch gemütlicher, als es aussah und duftete unfassbar gut nach reifen Rosen. Sarah war eine wahre Künstlerin. Sogar die Kissen und Decken hatte sie so drapiert, dass es sich trotz der einfachen Bettstatt anfühlte, als logierte man in einem Luxushotel. Unter anderen Umständen hätte Mia ein schlechtes Gewissen verspürt, weil Sarah und Walter so schwer geschuftet hatten, während sie sich von Sir William in Tante Lenas Cottage hatte chauffieren lassen, um ihre Schlafsachen zu packen. Inzwischen ging sie jedoch lange genug auf Gellam Manor ein und aus, um zu wissen, dass die Angestellten hier gerne arbeiteten, hervorragend bezahlt wurden und zu nichts verpflichtet waren, was sie körperlich oder geistig überforderte.

Nun setzte sich auch Sir William mit zufriedenem Gesichtsausdruck auf das übriggebliebene Lager, griff nach einem Kissen und legte es auf seinen Schoß.

„Das ist richtig gut geworden", bemerkte er anerkennend. „Wenn ich das so sehe, frage ich mich, ob wir aus den vielen Gästezimmern nicht eine Art Jugendherberge machen sollten. Wäre bestimmt ein Highlight in Pennygrave."

„O je, noch mehr Arbeit? Ist das dein Ernst?" Lady Sophie schien wenig begeistert, aber er zuckte nur mit den Achseln.

„Warum denn nicht? Gestern erst habe ich mit unserem Finanzverwalter gesprochen. Er meinte, bei der Gebäudelast dieses alten Hauses sei es auf lange Sicht erstrebenswert, ein zweites Standbein zu eröffnen, mit dem wir zusätzliche Gelder generieren könnten."

„Ach. Ich dachte, wir hätten unser Geld gut angelegt. Sind wir etwa in Schwierigkeiten?"

„Nein, nein, keineswegs, mach dir keine Sorgen, Mutter. Dieses Haus wird dich und mich locker überleben. Aber es stimmt schon, was Mr Dowley sagt. Auf lange Sicht ist es schade, dieses pompöse Gebäude nicht entsprechend zu nutzen. Wir sind nur zwei Personen mit ein paar Angestellten. Gellam Manor hätte so viel mehr zu bieten."

„Ja schon, aber willst du ständig Fremde im Haus haben?"

„Das müsste man natürlich alles genau durchdenken, aber ..."

Das schrille Klingeln von Mias Handy unterbrach die Überlegungen. Erschrocken zuckte sie zusammen. Die anderen beiden wandten ihr erstaunt die Köpfe zu.

„Sorry, es ist neu und ich habe noch nicht herausgefunden, wie man den Klingelton leiser stellt. Ich glaube, es ist schon kaputt", erklärte sie bedauernd und tippte dann auf den grünen Hörer. „Ja? Mia hier. Ah, Melody, hallo. Was ist los? Okay. Okay. Die Polizei?"

Bei der Erwähnung des Wortes *Polizei* sprang Lady Sophie auf. Ihre Augen leuchteten in freudiger Erwartung.

Mit einer nachdrücklichen Geste bedeutete Mia ihr, sich wieder zu setzen. Enttäuscht, aber weiterhin erwartungsvoll kam die Adlige der Aufforderung nach.

„Nein, die Polizei brauchen wir nicht, danke Melody", sprach Mia weiter. „Ich komme gleich und sehe nach. Ja, mein Fehler. Vielen Dank, dass Sie angerufen haben. Nein, nein, alles gut, lieber einmal zu viel als einmal zu wenig. Wir haben noch nicht geschlafen. Ich danke Ihnen. Gute Nacht, Melody." Sie legte auf.

„Melody Clearmont sagt, in Tante Lenas Cottage brenne noch Licht", erlöste sie ihre Freundin endlich, die sichtlich kurz davor war zu platzen. „Haben wir vorhin vergessen, das Licht auszumachen, als wir meine Sachen geholt haben?" Die Frage war an Sir William gerichtet, der nachdenklich zur Decke blickte.

„Ich bin mir nicht sicher. Ich habe ja im Wohnzimmer gewartet, während du oben gepackt hast. Dort habe ich auf jeden Fall das Licht ausgeschaltet, aber ob du es oben vergessen hast, kann ich dir nicht sagen."

„Hm, ich erinnere mich auch nicht", überlegte Mia laut. „Melody meint, sie sehe zwar keine Anzeichen für einen Einbruch, also Türen und Fenster seien geschlossen und aus dem Inneren höre sie weder Geräusche noch sonstige Anzeichen, dass ein Einbrecher drin sei, aber man weiß ja nie."

Sir William seufzte und stand auf. „Na komm, ich fahre dich. Wir schauen schnell nach."

Auch Lady Sophie sprang auf. „Ich komme natürlich mit. Nicht dass ihr aus mysteriösen Gründen bis in die Nacht hinein verschwindet und ich dann wieder mit diesem Geist allein bin."

8

„Zimmerservice."

Hunter schlug die Decke zurück, setzte sich auf die Bettkante und griff nach seinem Bademantel. Leyla schmiegte sich an seinen Rücken und schlang die Arme von hinten um seinen Oberkörper.

„Bleib liegen, die haben doch einen Schlüssel", sagte sie und zog ihn genüsslich zurück in die Kissen. Ihr Kichern erstickte er mit einem stürmischen Kuss. Lange hatte er sich nicht so glücklich gefühlt. Mit den vier Millionen Pfund hatte er Leyla die Chance gegeben, ihn zu verlassen. Damit war er volles Risiko gegangen, aber er war schon immer der Alles-oder-nichts-Typ gewesen. Glücklicherweise waren seine schlimmsten Befürchtungen nicht eingetreten – im Gegenteil. Anstatt ihn zu verlassen und ein neues Leben zu beginnen, war sie ihm um den Hals gefallen und hatte begonnen, ihn an Ort und Stelle in ihrem Hotelzimmer zu verführen. Sie liebte ihn, dessen war er sich nun sicher. Und er liebte sie. Wie auch immer sie das hinbekommen würden, er wollte mit dieser Frau alt werden.

„Zimmerservice", rief es wieder. Die Stimme der Servicedame war unangenehm hoch und schrill.

Automatisch verglich Hunter sie in Gedanken mit Leylas Stimme, die klang, als habe man sie mit warmem Kakao überzogen: weich, sanft und in einem deutlichen Kontrast zu ihrem abgehärteten Wesen. Sie

49

hatte viel durchmachen müssen, seine Geliebte. Sich arm und verwaist durchs Leben geschlagen, von der Schwester verraten und um alles betrogen, was ihr etwas bedeutete – kein Wunder, dass der Kummer sie gegenüber allen Widrigkeiten des Lebens hart gemacht hatte. Umso mehr freute er sich, dass es ihm gelungen war, ihr Herz zu erobern.

„Zimmerservice!", rief es erneut.

„So kommen Sie schon herein, Sie haben doch einen Schlüssel." Hunters Aufforderung war schroffer ausgefallen als in einem solchen Fall angemessen. Aber es gefiel ihm gar nicht, so penetrant aus der gemütlichen Situation herausgerissen zu werden.

„Keine Hand frei", vermeldete die schrille Stimme jenseits der Tür.

„So etwas Unfähiges. Morgen buchen wir dich in einem höherklassigen Hotel ein, meinetwegen auch außerhalb der Stadt", knurrte Hunter. Dann stieg er aus dem Bett, warf den Bademantel über und ging zur Tür.

Kaum hatte er die Klinke gedrückt, wurde sie mit einer solchen Wucht aufgestoßen, dass er rückwärts taumelte und erstaunt auf dem Hintern landete. Im Augenwinkel nahm er noch wahr, wir Leyla sich schockiert im Bett aufsetzte. Zeit, Zusammenhänge herzustellen, blieb nicht. Wie eine Furie stürzte sich die vermeintliche Dame vom Zimmerservice auf ihn und begann wie von Sinnen mit Fäusten auf ihn einzuprügeln. Beatrice. Sie hatte ihn gefunden.

Als er die Fassung wiedererlangte und endlich versuchte, ihre Schläge abzuwehren, hatte er schon so viele Treffer kassiert, dass er Blut schmeckte. Rasend schnell schwoll sein Auge zu und seine Nase schmerzte fürchterlich. Endlich bekam er die Handgelenke seiner Tochter zu fassen und hielt sie fest. Mit einem energischen Schwung zog er sie zur Seite, sodass sie von ihm kippte und ihrerseits rücklings auf dem Boden landete. Geistesgegenwärtig nutzte er seine Chance, setzte sich auf ihre Oberschenkel und drückte ihr die Handgelenke links und rechts ihres Kopfes auf den Boden. Wie ein wildgewordener Stier bäumte sie sich unter ihm auf, doch er war zu schwer. Mehr als wenige Zentimeter bekam sie die Hüfte nicht angehoben und auch die Hände loszureißen, gelang ihr nicht. Außer sich vor Wut hob Beatrice den Kopf und versuchte, nach ihm zu beißen, doch er reagierte schnell und ließ sie nicht an sich herankommen. Sie spuckte nach ihm.

„Beatrice, Kind, so beruhige dich doch!", rief Hunter immer wieder, aber die Tatsache ihrer eigenen Unterlegenheit brachte die junge Frau nur noch mehr in Rage.

„Ich wusste es! Ich habe es gerochen!", keifte sie unter ihm, sich weiterhin vergeblich windend. „Wie konntest du nur? Du hast mir eiskalt ins Gesicht gelogen, Daddy."

Daddy. Das Wort traf ihn mitten ins Herz. Vor seinem inneren Auge sah er das kleine, zarte Mädchen, das Beatrice einst gewesen war. Seine niedliche Tochter mit den hellblonden Löckchen. Was war nur aus ihr geworden? Traurig wandte er den Blick von ihr ab und Leyla zu. Die saß vollkommen geschockt im Bett und rührte sich nicht.

„Ich habe dir gesagt, dass sie gefährlich ist", erklärte er.

„Das hast du." Leyla nickte. „Aber damit hätte ich nicht gerechnet."

„Ich bringe dich um, du blöde Hure!", brüllte Beatrice vollkommen außer sich. „Du nimmst mir meinen Daddy nicht weg. Du nicht! Verschwinde aus unserem Leben und lass dich nie wieder blicken! Ich kann nicht fassen, dass ich es nicht gleich bemerkt habe. Wie konnte ich nur auf deinen Unschuldsblick hereinfallen, du blödes Stück. Auf der Straße hätte ich dich stehen lassen sollen. Das hier ist deine letzte Chance und die bekommst du auch nur, weil ich Daddy nicht wehtun will. Verschwinde, bevor ich dich verschwinden lasse."

Für einen Moment fragte sich Hunter, ob das vielleicht die Lösung all ihrer Probleme sein könnte. Würde Beatrice Ruhe geben, wenn Leyla verschwand? Würde er wieder ein normales Leben führen können? Nein. Das war Unsinn. Es war nicht möglich, nicht mit seiner Tochter. Sie war nicht normal. Und vermutlich war es höchste Zeit, dass er sich das eingestand.

„Ich hatte niemals vor, dir den Vater wegzunehmen", sagte Leyla überraschend ruhig. „Im Gegenteil: Ich dachte, wir beide könnten vielleicht so etwas wie Freundinnen werden."

„Nur über meine Leiche!" Beatrice lachte schrill auf. „Nein, korrigiere, nur über *deine* Leiche." Sie warf Leyla einen so hasserfüllten Blick zu, dass es ihr eiskalt den Rücken hinunterlief.

Zu Beginn ihrer Beziehung hatte Hunter sie gebeten, alles geheim zu halten. Seine Tochter würde sie beide umbringen, wenn sie von der Beziehung erführe, hatte er gesagt. Eine Übertreibung, wie Leyla geglaubt hatte.

Nun musste sie erkennen, dass das ganz und gar nicht der Fall war.

„Soll ich die Polizei rufen?", fragte Leyla vorsichtig.

Hunter zögerte. Lange genug, um Beatrice erneut eskalieren zu lassen.

„Ruf die Polizei!", brüllte sie Hunter entgegen. „Ruf die Polizei, damit sie deine Tochter mitnehmen, dann bist du mich los. Endlich! Und dann kannst du ein neues Leben mit deinem Flittchen beginnen. Liebst du sie überhaupt? Oder willst du sie nur besitzen, weil sie die Tochter ist, die du dir gewünscht hättest? Vom Alter her passt es ja. Wie alt ist sie, gerade achtzehn?"

„Ich bin fünfundzwanzig", erwiderte Leyla kühl. Dann griff sie zum Telefon.

„Tu es." Irgendetwas in Beatrices Tonfall ließ Leyla zögern. Warum klang Triumph aus ihrer Stimme, wo sie doch in einer ausweglosen Situation am Boden lag?

„Tu es!", wiederholte sie kreischend. „Im gleichen Moment, wenn die Polizei hier auftaucht, werde ich denen sagen, was ich über dich weiß, Daddy. Dann komme ich vielleicht in den Knast, aber du auch. Und im Gegensatz zu dir habe ich nichts zu verlieren. Wird dein Püppchen auf dich warten, hä? Wird sie das?" Provozierend sah sie Leyla an.

Die verstand nur Bahnhof und sah ihrerseits irritiert zu Hunter. Plötzlich erschien ein Mann im Türrahmen. Er war an die zwei Meter groß, breit wie ein Schrank und trug eine Weste mit der Aufschrift *Security*.

„Verzeihen Sie, wir wurden alarmiert, dass es hier etwas heftig zuginge", vermeldete er trocken und ließ seinen Blick über die eigenartige Szenerie schweifen. „Ist alles in Ordnung bei Ihnen?"

In rasender Geschwindigkeit wurden vielsagende Blicke ausgetauscht. Zwischen Hunter und Beatrice, zwischen ihm und Leyla, zwischen Leyla und seiner Tochter. Dann ließ Hunter sie los, erhob sich und half ihr auf.

„Ich bitte vielmals um Verzeihung für die Störung", entschuldigte er sich dann bei dem Security-Mann. „Es war ein Missverständnis. Es kommt nicht wieder vor."

„Sie bluten", sagte der Fremde nüchtern und deutete auf Hunters Gesicht.

„Nein, das sieht nur so aus. Es ist alles in bester Ordnung." Hunter griff in seine Hosentasche, zog sein Portemonnaie hervor und reichte dem erstaunten Mann einige Scheine.

Dessen Augen weiteten sich. Dann steckte er das Geld in seine Hosentasche und deutete eine leichte Verbeugung an.

„Ich bitte meinerseits vielmals um Entschuldigung für die Störung. Bitte stellen Sie Ihren Fernseher in Zukunft nicht ganz so laut."

9

Vor Tante Lenas Cottage angekommen, verspürte Mia eine latente Übelkeit. Wie angekündigt schimmerte durch das Fenster des Schlafzimmers im ersten Stock Licht. Die einfachste Erklärung dafür war, dass sie vorhin beim Packen vergessen hatte, es auszuschalten. Möglich wäre aber auch, dass Melodys Vermutung stimmte, ein Fremder sich Zutritt zum Cottage verschafft hatte und gerade das Schlafzimmer nach Wertgegenständen durchsuchte. Beim Gedanken daran, dass sich dort auch Tante Lenas Safe mit den Tageseinnahmen aus der Bibliothek sowie der Schlüssel zur Bibliothek befanden, wurde Mia noch übler. Hoffentlich war der Einbrecher, sofern er existierte, nicht auf die Idee gekommen, das kleine Monet-Imitat zur Seite zu schieben. Neben diesen beiden Varianten gab es noch eine dritte, die in Mia rumorte wie ein verdorbenes Pilzgericht. Was, wenn Tante Lena zurückgekehrt war? Natürlich würde sie sich freuen, ihre Lieblingstante wiederzusehen, aber das würde auch bedeuten, dass ihre Tage in Pennygrave gezählt waren. Schließlich war sie nur hergekommen, um die Bibliothek zu leiten, während Tante Lena sich auf ihrer Weltreise austobte. Ihre Rückkehr würde das Ende von Mias Aufenthaltsberechtigung in Pennygrave markieren. Was würde aus all den wundervollen Beziehungen zu den Menschen hier, den Abenteuern und ihrer Liebe zu diesem schrulligen Örtchen werden?

„Was ist?"

Sir Williams Frage riss Mia vollkommen aus ihren Gedanken. Ihr Blick klärte sich und sie musste erstaunt feststellen, dass Lady Sophie den Bentley geparkt hatte, Sir William ausgestiegen war und ihr die Beifahrertür aufhielt, damit sie es ihm gleichtun konnte. Wie lange stand er da schon?

Lächelnd reichte sie ihm die Hand und stieg aus dem Wagen.

Dann streckte sie den Kopf wieder in das Wageninnere und fixierte Lady Sophie, die keinerlei Anstalten machte, auszusteigen.

„Sophie?", fragte sie irritiert.

„Ich sagte doch, ich warte hier mit dem Handy im Anschlag, damit ich notfalls die Polizei rufen kann."

„Ach ja", gab Mia zurück und tat so, als habe sie die Erklärung bereits beim ersten Mal wahrgenommen. Dass sie genau das nicht hatte, bewies, wie sehr sie die Vorstellung, Pennygrave eines Tages wieder verlassen zu müssen, unterbewusst beschäftigte.

Schweigend folgte sie Sir William zur Eingangstür und schloss sie möglichst geräuschlos auf. Wenn sich ein ungebetener Gast im Inneren befand, sollte er nicht vorgewarnt werden. Sir William schlich voraus, Mia ihm nach, sich einen unpassenden Bratpfannenwitz mühsam verkneifend.

Gekonnt durchsuchte er den Wohnbereich im Erdgeschoss, indem er zunächst einen vorsichtigen Blick hineinwarf, den Raum dann betrat und mit den Augen absuchte. Immer wieder bedeutete er Mia dabei, hinter ihm zu bleiben. Die kostete es alle Mühe, sich zurückzuhalten, aber da er in seiner Beschützerrolle regelrecht aufging, wollte sie keine Spielverderberin sein.

Im Untergeschoss war niemand. Für den Moment erleichtert, stiegen sie die Stufen in den ersten Stock hinauf. Jetzt wurde es ernst. Als die zweitoberste ein warnendes Knarzen von sich gab, zuckte Sir William leicht. Mia hatte sich in den vergangenen Wochen an das Geräusch gewöhnt und lauschte lediglich darauf, ob sich als Reaktion darauf etwas im Schlafzimmer tat.

Sir William erreichte die Tür und stieß sie mutig auf. Sofort war Mia hinter ihm und scannte in Sekundenschnelle mit den Augen den Raum. Er war leer. Erleichtert ging sie an ihm vorbei und ließ sich aufs Bett fallen.

„Puh, falscher Alarm", sagte sie. „Ich habe wohl doch nur vergessen, das Licht auszuschalten, tut mir leid."

„Ach was. Deine Vergesslichkeit ist mir hundertmal lieber als ein Einbrecher. Obwohl ich mich einem Kampf mit ihm natürlich heldenhaft gestellt hätte." Er winkelte die Arme an und präsentierte seinen Bizeps, was so wenig zu seiner angeborenen Eleganz passte wie Ketchup auf ein Schokoladencroissant.

Mia lachte, woraufhin er Anlauf nahm und sich neben sie aufs Bett warf. Kurzerhand drehte sie sich auf die Seite und küsste ihn lange auf den Mund.

„Deine Sprungperformance eben hat mich ein bisschen an unsere erste Begegnung erinnert", sagte sie verträumt, nachdem sie die Lippen von seinen gelöst hatte.

„Erinnerst du dich noch? Wir haben damals ausprobiert, wie jemand im Bad ausrutschen muss, damit der Sturz tödlich endet."

„Ob ich mich erinnere?" Kurzerhand wälzte sich Sir William auf Mia und stützte seine Hände neben ihrem Kopf ab. „Ich erinnere mich an unsere erste Begegnung, als sei es gestern gewesen. Ich war sofort verliebt in dich, habe ich dir das jemals erzählt?"

„Bisher nicht, aber ich verfüge über eine gute Menschenkenntnis und hatte da so eine Vermutung." Sie grinste breit. „Außerdem muss ich gestehen, dass ich dich auch nicht schlecht fand."

„Das will ich hoffen. Ich habe mir die größte Mühe gegeben, dich zu beeindrucken. Und ich bin so froh, dass ich dich diesem nervigen Mellony gerade noch wegschnappen konnte."

Mia wünschte sich, er hätte den Namen nicht erwähnt. Sofort war die romantische Stimmung dahin.

„Also wenn ich nicht wüsste, wie vergesslich du manchmal sein kannst, wenn es um unwichtige Dinge geht, wäre ich versucht zu glauben, dass du das Licht mit Absicht angelassen hast, um mich in dein Schlafzimmer zu locken." Er versuchte an die Atmosphäre des vorherigen Flirts anzuknüpfen, aber beide wussten, dass das nicht möglich war.

„Lass uns wieder runtergehen", schlug Mia vor. „Sophie wundert sich bestimmt, wo wir so lange bleiben. Außerdem wollen wir doch noch einen Geist jagen."

Mit einem enttäuschten Brummen stieg er von ihr herunter. Sie schalteten das Licht aus und gingen wieder hinab. Gerade als Mia die Haustür öffnete, hörte sie Schreie.

Irritiert blieb sie stehen und lauschte, aus welcher Richtung sie kamen, seltsamerweise schienen sie sich zu nähern. Hohe, schrille Schreie einer Frau.

Ohne auch nur einen Augenblick über eine drohende Gefahr nachzudenken, rannte sie aus dem Haus. Lady Sophie war aus dem Bentley ausgestiegen, stand neben der offenen Fahrertür und lauschte ebenfalls. Der kurze Blickkontakt verriet, dass sie ebenso ratlos war wie Mia.

„Hier!", schrie Mia plötzlich. „Wir sind hier. An Lena Midways Cottage. Wo sind Sie?"

Fraglich, ob die Frau sie hören konnte, denn auch während Mias Rufen verstummten die Schreie nicht. Da musste jemand entweder vollkommen in Panik sein oder enorme Schmerzen haben. Fast beiläufig nahm Mia wahr, wie die Schreie lauter wurden. Dann sah sie eine Gestalt auf sich zu rennen. Die blonden Haare waren wild zerzaust, die Augen weit aufgerissen und die Arme hilfesuchend nach vorne ausgestreckt. Sie trug lediglich ein weißes Nachthemd, besudelt mit großen Blutflecken.

„Sissi", hauchte Mia fassungslos.

In diesem Moment hatte diese sie erreicht und warf sich vollkommen außer sich in ihre Arme. Mia war froh, dass Sir William sofort reagierte und ihr half, die panische Frau zu stützen.

Mia sah ihr direkt ins Gesicht, auf der Suche nach einer ansprechbaren Person hinter den angstgeweiteten Augen. Endlich fand sie Sissis Blick.

„Sissi, Sie müssen sich beruhigen. Sagen Sie mir, was geschehen ist. Es kommt alles wieder in Ordnung. Aber

Sie müssen sich unbedingt beruhigen. Hatte einer Ihrer Jungs einen Unfall?"

Plötzlich wurde Sissi ruhig und sah Mia verständnislos an. „Meine Jungs? Nein, die schlafen alle. Elisa auch. Sie ist so süß. Mein kleiner Engel. Ich muss sofort nach Hause und nach ihnen sehen. O Gott, sie sind ganz allein. Ich habe sie allein gelassen." Bestürzt wollte sie sich die Hand vor den Mund schlagen, aber Mia hielt das Handgelenk fest.

„Sie müssen mir sagen, was passiert ist, Sissi." Wieder suchte sie deren Blick, der ihr abhandengekommen war und wild ins Nirgendwo schweifte.

„Passiert?", fragte Sissi erstaunt. „Was ist passiert?"

Mia bewegte ihren Kopf so, dass sie Blickkontakt zu Sissi halten konnte, obwohl sie deren Aufmerksamkeit immer wieder zu verlieren drohte.

„Sie bluten, Sissi. Ihr Nachthemd und Ihre Hände sind voller Blut. Es muss irgendetwas geschehen sein. Ist jemand verletzt?"

„Tristan!", schrie Sissi plötzlich schrill, während sich ihr gesamter Körper versteifte. Dann wurde ihr Blick klar. Sie sah Mia direkt an, entzog ihr die Hände und krallte ihre Finger in Mias Oberarme. „Tristan ist tot", schrie sie. „Tristan ist tot. Tot, tot, tot. Er liegt im Hof. Und die Kinder sind im Haus! Ganz allein! Die Haustür ist zugefallen. Jemand muss sie aufbrechen. Ich muss zu meinen Kindern!" Mit einem Ruck wandte sie sich ab und brüllte Sir William an. „Sie müssen sofort mitkommen und unsere Haustür aufbrechen. Meine Kinder sind allein im Haus. Los, worauf warten Sie denn noch?"

Schneller als Mia begreifen konnte, riss Sissi sich los, packte seine Hand und rannte davon. Den verdutzten Sir William schleifte sie einfach mit. Der fasste sich endlich und verfiel in den Laufschritt.

Mia und Lady Sophie wechselten einen irritierten Blick. Dann begannen sie ebenfalls zu rennen.

10

Walter öffnete die Tür zur Bibliothek. Das war der letzte Raum, in dem er das neue Dienstmädchen suchen würde, dann würde er aufgeben.

„Da sind Sie ja, Sarah. Ich habe Sie schon überall gesucht.“

Sarah fuhr herum, ließ die Hand mit dem Staubwedel sinken, neigte den Kopf und machte einen höflichen Knicks. „Es tut mir leid, dass ich nicht Bescheid gesagt habe. Ich dachte, Sie seien gar nicht mehr im Hause.“

„Und da dachten Sie, Sie schleichen sich kurzerhand in die Bibliothek, anstatt sich in der Gesindekammer für die Wünsche der Herrschaften bereitzuhalten? Ich hätte auf mehr Dienstbeflissenheit gehofft.“

„Es tut mir leid“, entschuldigte sich die junge Frau ein zweites Mal. „Es ist auch gar nicht so, dass ich mich vor meiner Arbeit drücken will, bitte denken Sie nicht so etwas von mir. Ich habe im Salon schon alles für die Rückkehr der Herrschaften bereitgestellt.“

Ja, Walter hatte die Häppchen gesehen. Zu seinem Leidwesen standen sie ungekühlt auf den Platten im Salon, aber Sarahs Zurechtweisung diesbezüglich würde er, wie im Dienstverhältnis vorgesehen, der Köchin überlassen. Außerdem wirkte die junge Frau ehrlich zerknirscht. Und in ihrem jugendlichen Alter durfte man auch mal Fehler machen.

„Ich wollte wirklich nicht schludern", sagte Sarah leise. „Es ist nur so, dass ich festgestellt habe, dass die Reinigungskräfte in der Bibliothek die untersten Regalreihen nie abstauben. Ich weiß auch nicht wieso. Entweder sie vergessen sie oder sie wollen sich nicht so tief bücken."

In Erwartung einer Erklärung des Zusammenhangs mit ihrem Verhalten neigte Walter leicht den Kopf. „Und da haben Sie diesen Schlendrian nicht gemeldet, sondern kurzerhand überlegt, selbst Hand anzulegen?"

Eifrig nickte sie. „Ich mache das gern. Ich liebe Bücher, wissen Sie? Seit meiner Kindheit schon. Diese Bibliothek hier ist ein riesiger Schatz, der viel mehr Beachtung verdient. Es ist kaum auszuhalten, wenn diese zauberhaften Bücher mit staubigen Belägen überzogen werden. Den Anblick kann ich nur schwer ertragen."

Ein nachsichtiges Lächeln legte sich auf die Lippen des erfahrenen Butlers. „Ich werde Sie nicht verraten", versprach er. Der gütige Tonfall wich jedoch schnell einem strengeren. „Aber sagen Sie, Sarah, waren Sie es, die die Vase hier weggenommen hat? Lady Sophie ist absolut überzeugt davon, dass hier bis vor Kurzem noch eine wertvolle Porzellanvase gestanden hat. Sie ist unauffindbar."

„O ja, das stimmt. Die Vase war wirklich schön."

„Und wo ist sie jetzt?"

„Ich weiß es nicht."

„Sie haben sie nicht zufällig zerbrochen und, um das Unglück zu vertuschen, die Scherben weggeräumt?"

Das Gesicht der jungen Dienstmagd nahm vor Empörung einen zarten Rotton an. „So etwas würde ich niemals tun! Ich bin zwar noch jung und in der Erledigung meiner Aufgaben gewiss nicht immer perfekt, das weiß ich wohl, aber an meiner Loyalität kann es nicht den geringsten Zweifel geben.“

„Gut.“ Der Gefühlsausbruch bestätigte Walters Annahme. Er hielt große Stücke auf Sarah und hatte sie in der kurzen Zeit bereits ins Herz geschlossen. „Sollte Ihnen irgendetwas über den Verbleib der Vase zu Ohren kommen oder sollten Sie sie irgendwo finden, melden Sie das bitte sofort. Die Vase liegt Ihrer Ladyschaft sehr am Herzen.“

„Und was Ihrer Ladyschaft am Herzen liegt, das liegt uns am Herzen“, sagte Sarah brav und knickste erneut.

Als sie sich wieder aufrichtete, stellte sie verwundert fest, dass Walter errötet war.

II

„O Gott." Mit wenigen Schritten überholte Mia Sissi und Sir William und stürzte zu Tristan Ratherford, der in seinem eigenen Hof blutüberströmt am Boden lag. Hinter sich hörte sie Lady Sophie per Handy mit Inspector Mellony telefonieren, den sie den Wortfetzen nach zu urteilen aus dem Schlaf geklingelt hatte.

Sich ihrer eigenen Handlung nicht bewusst, kniete sich Mia neben Tristan Ratherford. „Tristan, können Sie mich hören?", fragte sie laut.

„Er kann Sie nicht hören, er ist tot", bemerkte Sissi Ratherford trocken.

„Was ist denn überhaupt passiert?", fragte Mia, in der Hoffnung, Sissis klaren Moment ausnutzen zu können, um an brauchbare Informationen zu gelangen. Sobald der Inspector auftauchte, wäre die Chance erstmal dahin, sie zu befragen. Mellony fand die wiederholte Einmischung von Mia und Lady Sophie, um es mit seinen Worten zu formulieren, nicht gerade begrüßenswert.

„Ein Auto hat ihn angefahren", formulierte Sissi nachdenklich. „Es hat ihn überfahren und ist dann einfach davongebraust. Es hat nicht einmal angehalten."

„Ein Unfall?"

„Nein." Vehement schüttelte Sissi den Kopf. „Ganz und gar kein Unfall. Das Auto hat direkt auf Tristan zugehalten. Der Fahrer wollte ihn gezielt überfahren."

„Der Fahrer?", hakte Mia sofort nach. „Haben Sie den Mann erkannt?"

„Ein Mann?"

„Sie sagten, es sei ein Fahrer gewesen, also ein Mann."

Der klare Moment schien vorbei. „Ein Mann, eine Frau, ich weiß es nicht, es war dunkel. Ich habe nicht erkannt, wer am Steuer saß. Ich habe auch nicht darauf geachtet. Würden Sie auf den Fahrer achten, während Ihr Mann umgebracht wird?"

„Ich nehme an, das Kennzeichen haben Sie sich auch nicht gemerkt."

Sissi schüttelte den Kopf. „Es war ein alter Wagen. Und er hatte eine dunkle Farbe. Mehr weiß ich nicht." Während sie sprach, strömten ihr auf einmal sturzbachartig die Tränen über die Wangen. Sie schien gehörig unter Schock zu stehen.

„William, ruf bitte einen Krankenwagen." Mias besorgter Blick ruhte auf der völlig verstörten Frau. „Außerdem brauchen wir einen Schlüsseldienst."

„Meine Kinder", schrie Sissi schrill, machte sich von Sir William los, der noch immer ihre Hand festhielt, und stürmte zur Haustür. Ihre Fäuste trommelten gegen das Holz. Mit einer Kopfbewegung bedeutete Mia Sir William, der armen Mutter zu folgen. Sie musste irgendwie beruhigt werden, bis der Schlüsseldienst da war. Oder Inspector Mellony. Sicherlich hatte auch er Erfahrung im Aufbrechen von Türen. Notfalls sollte die Polizei eben das Schloss zerschießen, Hauptsache die arme Sissi beruhigte sich endlich.

Mia wandte sich wieder dem reglosen Körper am Boden zu. Da war Tristan gerade nochmal Vater geworden und dann so was. Schrecklich.

Auf einmal stöhnte er. Mias Augen weiteten sich. „Tristan?", rief sie und streckte die Hand aus. Es kostete sie Überwindung, den blutüberströmten Hals zu berühren, aber es lohnte sich. Sie spürte seinen Puls.

„Er lebt!", schrie Mia.

In das Adrenalin mischte sich eine seltsame Empfindung von Glück. Der Totgeglaubte hatte die Chance, zu überleben. Seine Kinder hatten die Chance, ihren Vater zu behalten. Wenn nur der Krankenwagen bald auftauchte …

Strahlend sah Mia zu Sir William und nahm gerade noch wahr, wie dieser sich mit aller Wucht gegen die Tür warf, woraufhin jene aufsprang und Sissi mit ihm im Inneren des Cottages verschwand. Lautes Babygeschrei bestätigte, dass es höchste Zeit war.

„Wenn er noch lebt, solltest du Puls und Atmung überprüfen, Kindchen."

Unbemerkt war Melody neben Mia getreten und deutete auf den Verletzten. Nur für einen kurzen Moment war Mia irritiert, dann dämmerte ihr, dass sie das Geschehen bestimmt beobachtet hatte. Schließlich war sie diejenige gewesen, die Mia über das Licht im Cottage informiert hatte. Bestimmt hatte sie auf eine Sensationsmeldung über einen Einbrecher gehofft. Was ihr stattdessen geboten wurde, musste ihre Erwartungen zweifelsohne übertreffen.

„Was ist jetzt mit Erste Hilfe, Mädchen?", insistierte Melody. „Weißt du nicht, wie das geht oder ekelst du dich? Bitte zwing mich nicht, mich auf diesen harten Boden zu knien, da komme ich doch nie wieder hoch."

Kommentarlos überprüfte Mia Puls und Atmung. Der Puls ging langsam, die Atmung flach, aber beides war vorhanden, wie sie erleichtert feststellte. Vor Melody hätte sie es zwar ungern zugegeben, aber sie hatte Hemmungen, den Schwerverletzten anzufassen. Überall war Blut, er war so reglos und die Situation war so unwirklich wie Nebelsuppe und ...

„Polizei und Krankenwagen sind gleich da", hörte Mia noch Lady Sophies Stimme. Dann wurde die Welt um sie herum schwarz.

Sie hatte keine Ahnung, wie viel Zeit vergangen war, als sie die Augen wieder aufschlug und direkt in Inspector Mellonys Augen blickte.

„Die grünsten grünen Augen der Welt", seufzte sie benommen.

„Und die beim Anblick von Leichen regelmäßig in Ohnmacht fallende Miss Midway", ergänzte der Inspector und lächelte. „Dabei ist Mr Ratherford gar nicht tot."

„Zumindest noch nicht", ertönte die wohlbekannte Stimme von Doc Kenzo, dem es gleichgültig war, ob er als Rechtsmediziner, Tierarzt oder Unfallnotarzt fungierte. „Es sieht nicht besonders gut für ihn aus, fürchte ich. Wann kommt denn dieser bescheuerte Krankenwagen endlich? Sind die beim Fahren eingeschlafen?"

Dankbar ergriff Mia die Hand des Inspectors und ließ sich auf die wackeligen Beine helfen. Noch nie hatte sie Doc Kenzo so aufgebracht erlebt. Normalerweise strotzte er geradezu vor innerer Ruhe und Sarkasmus und ließ keine Gelegenheit aus, seinen schwarzen Humor zu äußern. In dieser Situation schien er ihm abhandengekommen zu sein. Für gewöhnlich hatte er es mit Leichen zu tun, bei denen es auf ein paar Minuten mehr oder weniger nicht ankam, nun aber zählte jede

Sekunde, wie sein unruhiger Blick bewies. Endlich war Blaulicht zu sehen und der Krankenwagen bog um die Ecke. Zeitgleich traten Sir William und Sissi aus dem Cottage. Als Sissi den Krankenwagen registrierte, drückte sie ihm die kleine Elisa in den Arm und ging zielstrebig zu ihrem Mann, der gerade von zwei Sanitätern auf eine Trage gelegt wurde.

„Er lebt", raunte Mia ihr zu. „Er ist schwer verletzt, aber er lebt."

Sissi antwortete nicht, sondern ging stattdessen so dicht an die Trage, dass ihr Gesicht nur wenige Zentimeter von Tristans entfernt war.

Mia hielt den Atem an, als sie sah, wie seine Augenlider zu flattern begannen. Entweder er versuchte gerade, seine Frau anzusehen oder er lag im Sterben. Instinktiv schloss sie die Augen. Beide Varianten wären zu intim, als dass sie daran teilhaben wollte.

„Es tut mir leid", hörte sie Sissi leise sagen.

Dann vernahm sie ein schepperndes Geräusch und öffnete die Augen. Unterhalb der Trage war eine Art Gestell mit Rädern ausgefahren worden und dieses wurde nun mitsamt dem Verletzten in den Krankenwagen geschoben. Die Türen wurden geschlossen und der Wagen raste davon. Sissis Gesicht war ausdruckslos.

„Dann wollen wir mal", murmelte der Inspector vor sich hin und machte Anstalten, zu ihr zu gehen. Gerade noch hielt Mia ihn am Ärmel zurück.

„Seien Sie nett", ermahnte sie ihn. „Ich glaube, sie steht extrem unter Schock."

„Es ist mir ohnehin ein Rätsel, dass sie nicht mit ihrem Mann ins Krankenhaus gefahren ist", entgegnete er.

Mir auch, dachte Mia bei sich, sagte aber nur: „Sie hat fünf Kinder im Haus, Mellony. Ich kann verstehen, dass sie die Kleinen nicht im Stich lassen will. Sie brauchen sie jetzt mehr denn je."

„Wieso? Schlafen doch alle." Er zuckte mit den Schultern und ging dann zu Sissi, um sie einer ersten Befragung zu unterziehen.

Verwundert stellte Mia fest, dass er recht hatte. Wie auch immer Sir William das geschafft hatte, die kleine Elisa war wie eine kleine Kugel an seiner Brust eingeschlafen. Ein rührender Anblick. Nicht nur, dass dieses Baby zuckersüß war, auch Sir William gab in seiner plötzlichen Rolle als Ersatzvater ein entzückendes Bild ab.

„Er sieht gut aus, nicht wahr?", fragte Lady Sophie.

„Allerdings", stimmte Mia zu.

„Und das, obwohl ich ihn aus dem Bett geklingelt habe. Wie kann ein Mann nur so schnell in einen perfekten Anzug schlüpfen und dann so attraktiv aussehen?"

Verwundert sah Mia ihre Freundin an, die verzückt den Inspector betrachtete. Sie lachte auf. „Ach, du meinst Mellony? Ich habe von William gesprochen."

„Mein Sohn sieht natürlich auch gut aus, aber der Inspector ist schon ein beeindruckend attraktiver Mann, das muss man ihm lassen."

„Vergeude deine Zeit nicht, meine Beste." Melodys Stimme war eine Mischung aus Schroffheit und Ironie. „Erstens ist der Inspector viel zu jung für dich und zweitens ist er in deine angehende Schwiegertochter verknallt. Da bist du chancenlos."

„Melody!", wollte Mia gerade mit einer Zurechtweisung beginnen, aber die alte Dame winkte lässig ab. „Lass gut sein, Mädchen, wir wissen alle, dass der Inspector dir hinterherhechelt wie ein Hündchen, seit du hier in Pennygrave aufgetaucht bist. Ist ja nicht deine Schuld, keine Rechtfertigungsversuche nötig."

Mia errötete leicht. Dieses Thema war ihr mehr als unangenehm, zumal aktuell sowohl Inspector Mellony als auch Sir William in Hörweite waren. Die vorhandene Personenkonstellation barg mehr Konfliktpotenzial, als die gute Melody Clearmont sich vielleicht ausmalen konnte. Oder tat sie genau das und provozierte bewusst eine Auseinandersetzung, um einen weiteren Skandal zu bekommen?

„Lasst uns lieber über unseren neuen Fall nachdenken", lenkte Mia ab.

Sofort begannen Lady Sophies Augen zu leuchten. „Ach stimmt ja, wir haben einen neuen Fall. Wer hätte das gedacht?"

„Ich", antwortete Melody trocken. „War nur eine Frage der Zeit. Mia zieht ja die Verbrechen an wie Honig die Fliegen."

Betreten senkte die Genannte den Kopf. Sie tat das doch nicht mit Absicht. Trotzdem hatte Melody recht. Immer wieder ereigneten sich Verbrechen in ihrer unmittelbaren Nähe und das verursachte ihr langsam aber sicher ein schlechtes Gewissen. Blieb nur zu hoffen, dass Tristan Ratherford überlebte, dann hatten sie es zumindest nicht schon wieder mit einem Mord zu tun.

„Jetzt werde mal nicht unfair, Melody", nahm Lady Sophie ihre Freundin in Schutz. „Es liegt bestimmt nicht an Mia, dass es in Pennygrave aktuell so wild zugeht."

Melody zuckte gleichgültig mit den Achseln. Ihr Gesichtsausdruck demonstrierte, dass sie weder von ihrer Meinung abweichen würde noch Wert darauf legte, die Sache auszudiskutieren.

„Also ... zum Fall." Lady Sophie zückte ihr Handy, um erste Informationen zu notieren. Trotz ihres fortgeschrittenen Alters hatte sie sich von Papier und Stift weitgehend verabschiedet und griff immer mehr auf digitale Gerätschaften zurück. Im Umgang mit dem Handy war sie inzwischen ebenso geübt wie mit dem Computer. „Was wissen wir über Tristan Ratherford und wer hätte ein Motiv, ihn zu ermorden?"

„Seine Frau." Melody machte ein ernstes Gesicht und deutete mit dem Zeigefinger auf Sissi Ratherford, die eben von Inspector Mellony und Sergeant Angel verhört wurde. „Seit sie mit dem kleinen Mädchen schwanger war, gab es immer wieder Streit. Erinnert ihr euch noch an den Backwettbewerb?"

„Der, bei dem Mr Harrison umgebracht wurde?" Natürlich erinnerte sich Mia an diesen schrecklichen Tag. Er hatte die Verhältnisse in Pennygrave ganz schön durcheinandergewirbelt.

„Genau den." Melody nickte. „Ich weiß nicht, ob ihr es mitbekommen habt, aber damals hat Sissi erst erfahren, dass sie wieder schwanger ist. Ihre erste Reaktion war, dass sie das Kind nicht wollte, weil sie sich zu alt für noch eine Schwangerschaft fühlte. Tristan hat so lange auf sie eingeredet, bis sie bereit war, es zu bekommen. Außerdem wäre es ohnehin zu spät gewesen, et-

was zu ändern, denn als Sissi ins Blumenbeet des Back-
wettbewerbs gekotzt hat, war sie schon im siebten Monat. Sie muss die Schwangerschaft ordentlich verdrängt haben."

„Du meinst, sie hat es vorher schon gewusst?"

„Bestimmt. Es war ihre fünfte Schwangerschaft, da
wird sie doch die Anzeichen erkennen. Fakt ist, dass sie
sie verdrängt hat und das Kind nicht wollte. Und jetzt
sage ich euch auch, warum."

„Weil sie sich für ein Baby zu alt fühlte?", riet Mia. Sie
hatte damals den Streit zwischen Tristan und Sissi mit-
angehört, in welchem diese ihre Bedenken lautstark ge-
äußert hatte.

„Weil sie finanziell in der Klemme stecken und sich
kein weiteres Kind leisten können?", tippte Lady Sophie, aber Melody presste die Lippen aufeinander und
schüttelte nachdrücklich den Kopf.

„Beides Unsinn." Sie wollte kein Kind mehr mit Tristan, weil sie dachte, dass sie das körperlich nicht mehr
schafft. Tristan versicherte zwar immer, sie zu unterstützen, aber im Endeffekt bleibt alles an ihr hängen.
Auch bei der fünften Schwangerschaft hatte er versprochen, sie zu unterstützen und ihr zu helfen, wo er
nur kann. Und was ist passiert?"

Die beiden Hobbyermittlerinnen starrten Melody
gleichermaßen erwartungsvoll an. Diese genoss den
Moment der Enthüllung sichtlich.

„Nichts." Sie verschränkte beide Arme vor der Brust.
„Gar nichts hat dieser Mann getan. Sissi war sowohl in
der Schwangerschaft als auch nach der Geburt auf sich
allein gestellt. Sie ist vollkommen überfordert. Ihr
kennt ja ihre Jungs. Die können einen in den Wahnsinn

treiben, dabei meinen sie es nicht böse, sie sind von Natur aus wild. Und dann vier Stück davon. Und noch ein Neugeborenes. Ich kann verstehen, dass sie am Ende ihrer Kräfte ist. Seit der Schwangerschaft haben sie und Tristan sich nur noch gezofft. Ich war ein paarmal bei ihr und habe ihr das Kochen abgenommen, damit sie zumindest in Ruhe stillen konnte, bevor die Jungs aus der Schule kamen. Ihr könnt mir glauben, sie ist vollkommen am Ende ihrer geistigen und körperlichen Kräfte.“

„Und Tristan?“, fragte Lady Sophie, die so aufmerksam zugehört hatte, dass die geöffnete Notizdatei leer geblieben war. „Hat er nichts unternommen, um die Situation zu entschärfen?“

„Ach, woher denn. Dieser Taugenichts hat jeden Streit dadurch beendet, dass er ins Pub geflohen ist. Fragt mal Leona Carrs, die hat in den vergangenen Wochen verdammt gut an den Streitigkeiten der Ratherfords verdient.“

„Hm“, brummte Mia. „Dann ergibt auch Sissis Satz einen Sinn.“

„Welcher Satz?“

Nachdenklich zupfte sie an ihrer Unterlippe. „Vorhin, als Tristan in den Krankenwagen geschoben wurde, da hat Sissi einen einzigen Satz gesagt. Ich hätte gedacht, wenn man sich von seinem Mann verabschiedet, der vermutlich sterben wird, dann müsste der letzte Satz sein: Ich liebe dich. Zumindest ist das in Filmen immer so und ich halte das auch für sinnvoll. Was sagt man einem Menschen, den man für immer zu verlieren droht? Man sagt ihm doch, dass man ihn liebt.“

„Es sei denn, man tut es nicht", fiel Lady Sophie ein. „Aber spann' uns nicht unnötig auf die Folter. Wenn Sissi ihre Liebe nicht beteuert hat, was hat sie dann gesagt?"

„Es tut mir leid."

„Es tut mir leid?"

„Ja. Jetzt ist nur die Frage, was ihr leidtut."

Lady Sophie präsentierte ihre Handflächen und hob leicht die Schultern. „Vermutlich, dass sie sich die ganze Zeit gestritten haben. Ich nehme an, im Streit wurden Dinge gesagt, die sie nicht so gemeint hat. Vielleicht hat sie sich deswegen schuldig gefühlt und wollte die letzte Chance nutzen, um um Verzeihung zu bitten."

„Hätte sie dann nicht sagen müssen *verzeih mir?*"

„Vielleicht. Aber Sissi steht vollkommen unter Schock. *Es tut mir leid* ist bestimmt das Einzige, was ihr auf die Schnelle eingefallen ist."

Mia schüttelte den Kopf. „Das glaube ich nicht. Sie war panisch, als sie bemerkt hatte, dass ihre Kinder eingeschlossen waren. Aber als sie zu Tristan ging, war sie vollkommen ruhig. Da stimmt was nicht, das sagt mir mein Instinkt. Und jetzt haltet mich für verrückt, aber ich sehe da noch eine andere Möglichkeit, die verdammt gut zu Melodys Beschreibungen der Ehekrise passt."

„Du meinst ..."

„Was meint sie?", fragte Melody unwirsch.

Mia holte tief Luft. „Ich würde unter diesen Umständen nicht ausschließen, dass Sissi selbst ihren Mann überfahren hat."

12

Senkrecht setzte Noah McCann sich in seinem Bett auf. Schritte, da waren eindeutig Schritte. Glücklicherweise war er vorbereitet. Seit Jahren bedrängte er seine Mutter, sich endlich einer Bank anzuvertrauen, aber Heather McCann beharrte auf ihrer Meinung, dass alle Banken von Verbrechern geführt wurden, die scharf auf ihr Geld waren und einen Weg finden würden, es zu unterschlagen.

Die McCanns waren keine reiche Familie, aber über die Jahrzehnte hinweg hatte das Familienunternehmen ordentliche Gewinne erwirtschaftet. Was sich unter den Dielen, hinter den Gemälden und in verschiedensten Schubladen des Wohnhauses befand, belief sich inzwischen auf ein ansehnliches Vermögen, mit dem sich Mutter und Sohn durchaus ein angenehmes Leben hätten machen können, wenn sie es denn gewollt hätten. So verschieden Noah und Heather auch waren, in gewissen Punkten ähnelten sie sich. Beide hatten ihr Leben derart verbockt, dass sie ihre Arbeit jeglicher menschlichen Gesellschaft vorzogen und sich in einer Art Selbstkasteiung nahezu unmenschliche Arbeitspensa auferlegten. Eine weitere Gemeinsamkeit war die Überzeugung, nichts zu verlieren zu haben – ein Glaube, dem sie die Befreiung von normalen menschlichen Ängsten verdankten. So auch jetzt, als Noah unaufgeregt nach der Schrotflinte unter seinem

Bett griff. Jemand hatte sich Zutritt zum Haus verschafft und schlich durch die Gänge. Er würde ihn hinauswerfen, so einfach war das.

Leise stand er auf und trat aus dem Schlafzimmer, die Waffe bereits geladen und im Anschlag.

Im nächsten Moment verspürte er vollkommene Verwirrung. Er konnte sich nicht daran erinnern, abgedrückt zu haben. Einen Knall hatte er auch nicht gehört. Dennoch war die Gestalt in seinem Visier von Blutspritzern übersäht. Außerdem war sie kein Einbrecher, sondern seine Mutter. Anstatt aufgrund ihrer schweren Verletzungen zusammenzubrechen, legte sie einen tadelnden Blick auf und stemmte die Hände in die Hüften.

„Was soll denn der Quatsch, Noah? Nimm' gefälligst die Flinte runter."

Wie ein Roboter gehorchte er, sicherte die Waffe und legte sie auf den Boden. Dann wurde ihm bewusst, was er getan hatte. Er hatte soeben seine eigene Mutter erschossen. Die roten Spritzer auf ihrem Körper brannten in seinen Augen. Von plötzlicher Schuld überwältigt, hastete er zu ihr und nahm sie in den Arm, darauf eingestellt, dass sie gleich zusammenbrechen und in seiner Umarmung sterben würde. Hier auf dem Flur ihres eigenen Hauses, erschossen von ihrem Sohn. Was für ein grausamer Tod für die große Heather McCann. Das hatte sie nicht verdient. Einen solchen Tod hatte niemand verdient.

Noah presste das Gesicht an die faltige Wange seiner Mutter und begann bitterlich zu weinen. „Es tut mir leid. Es tut mir so leid, Mutter", schluchzte er.

Heather McCann packte ihren Sohn bei den Schultern, schob ihn grob von sich und begann ihn zu schütteln. „Was ist denn los mit dir, Noah? Bist du verrückt geworden? Erst die Flinte und jetzt das, bist du nicht bei Sinnen?"

Er schluckte, sah in klare alte Augen voller Leben.

„Wir müssen einen Krankenwagen rufen", stammelte er.

„Wieso das denn schon wieder?"

„Du musst in ein Krankenhaus, Mutter. Du bist schwer verletzt. Ich habe dich angeschossen." Sie musste vollkommen unter Schock stehen, um die Schmerzen aushalten zu können.

Heather McCann legte nachdenklich den Kopf schief. Dann fiel ihr Blick auf ihre mit roten Flecken beschmutzten Hände, mit denen sie immer noch die Schultern ihres Sohnes festhielt. Schallend begann sie zu lachen. Sie ließ ihn los und hielt ihm die Hände genau vors Gesicht.

„Deswegen bist du so außer dir?" Sie streckte die Zunge heraus und leckte sich genüsslich über den Handrücken. „Das ist Kirschsaft, Junge. Ich habe gerade an einem neuen Rezept experimentiert. Geh wieder ins Bett. Und nimm diese verdammte Flinte mit." Erneut griff sie nach Noahs Schultern, drehte ihn daran um und schob ihn zurück in sein Zimmer. Die Schrotflinte verstaute sie eigenhändig wieder unter seinem Bett.

Mitten in der Nacht saß Noah McCann stocksteif auf der Bettkante und starrte seiner Mutter hinterher, wie sie quicklebendig und bestens gelaunt das Schlafzimmer verließ.

13

Vollkommen erschöpft kuschelte Mia sich in die weißen Laken ihres Lagers im Bluebells-Zimmer. Die vergangenen zwanzig Minuten hatte sie damit verbracht, sich Tristan Ratherfords Blut von den Händen zu waschen. Zwischenzeitlich waren Lady Sophie und Sir William auf ihren jeweiligen Matratzen eingeschlafen. Beneidenswert.

Sir Williams gleichmäßige Atemzüge wirkten entspannend, wohingegen Lady Sophies Schnarchen durch den Raum dröhnte und derart laut im Echo von den Wänden widerhallte, dass Mia trotz der erdrückenden Müdigkeit nur schwer in den Schlaf fand. In einer Welt zwischen Aufmerksamkeit und Tiefschlaf nahm sie plötzlich ein Geräusch wahr. Es war zart, leise, als schleiche jemand durch die Dunkelheit der Nacht. Mäuse, war ihr erneuter Gedanke. Natürlich musste man in so einem jahrhundertealten, weitläufigen Gebäude mit den kleinen Nagern rechnen, aber die langsamen, schweren Schritte konnten unmöglich von einer Maus stammen.

Mit aller Kraft versuchte sie, ihre Augen zu öffnen, doch die Lider waren wie zugeklebt.

Ein Albtraum. Bestimmt war es nur ein Albtraum und sie würde gleich aufwachen, dann, wenn es ihr endlich gelang, ihre Augen zu öffnen.

Die Geräusche kamen näher. Kaum hörbar schlichen
sie an der Tür vorüber und verklangen in der Weite einer dumpfen Traumwelt.

14

Ohne anzuklopfen, stürmte Heather McCann ins Schlafzimmer ihres Sohnes, riss die Vorhänge beiseite und öffnete das Fenster.

„Steh sofort auf!", kommandierte sie, trat zum Bauernschrank und öffnete die bunt bemalten Türen so weit, dass ein Scharnier bedenklich knirschte. Mit kritisch zusammengekniffenen Augen überprüfte sie den Schrankinhalt, dann streckte sie zielsicher die Hand aus, riss ein paar Kleidungsstücke heraus und warf sie auf Noahs Bett.

Der hatte sich aufgesetzt und betrachtete irritiert das Treiben der Frau, die er vor wenigen Stunden noch glaubte erschossen zu haben. Jetzt wünschte er sich fast, er hätte es getan. Nach dem nächtlichen Schock war er zwar ins Bett gegangen, hatte aber stundenlang nicht einschlafen können. Erst als die Morgenröte aufgezogen war, hatte er beschlossen, den Wecker auszustellen und sich einen freien Tag zu gönnen. Einer der Vorteile, wenn man sein eigener Chef war. Da seine Mutter die Nacht über auch wenig Schlaf bekommen hatte, würde sie sicherlich ebenfalls etwas langsamer machen, so hatte er sich das zumindest vorgestellt. Die Realität sah anders aus. Putzmunter stand sie in seinem Schlafzimmer und bewarf ihn mit Kleidungsstücken.

„Was soll denn das?", fragte er mürrisch.

„Du sollst aufstehen", forderte sie anstelle einer passenden Antwort. „Steh auf, wirf dich in Schale, du musst gut aussehen.

„Wofür denn?" Krampfhaft kramte er in seiner Erinnerung nach einem Termin, den er vergessen haben könnte. Da seine Mutter sich keineswegs für sein Privatleben interessierte, musste er einen Geschäftstermin vergessen haben und ihrem Verhalten nach zu urteilen handelte es sich auch noch um einen wichtigen Kunden. Zu dumm nur, dass er sich absolut nicht erinnern konnte.

„Wir fahren zu Sissi Ratherford", erklärte Heather McCann, während sie seine Rasierutensilien neben dem alten Waschbecken ausbreitete. Verwundert sah Noah ihr dabei zu. Das Haus verfügte über drei Badezimmer. Wenn sie ihn trotz dessen zu einer Morgenrasur im Schlafzimmer nötigte, musste sie es sehr eilig haben, zu Sissi zu kommen.

Mit einem Schlag war er hellwach. „Zu Sissi? Aber warum das denn?"

„Weil da ein Platz frei geworden ist, den du als Erster füllen solltest." Mit einer Verzückung, die gar nicht zu ihr passte, klatschte sie einmal in die Hände und sah dann ihren Sohn an. „Ich war gerade auf dem Markt", erklärte sie freudestrahlend. Dort habe ich Melody Clearmont getroffen."

Beides war nicht ungewöhnlich. Wo war die Sensation?

„Stell dir vor", wieder klatschte sie in die Hände, „Tristan Ratherford ist tot."

Mit einem Satz sprang Noah aus dem Bett. „Ich muss sofort zu Sissi. O Gott, das ist ja furchtbar!"

„Nein, nein, das ist ganz wundervoll. Das ist genau das, worauf wir all die Jahre gewartet haben. Sissi ist wieder frei. Sie ist wieder zu haben."

„Mutter!" Es war schwer genug, zu begreifen, was seine Mutter ihm da gerade erzählte, die Freude, mit der sie es tat, aber war noch unbegreiflicher. „Du glaubst doch selbst nicht, dass ich einfach an Tristans Stelle treten kann und alles ist wieder in Ordnung. Sissi hat mich damals aus gutem Grund verlassen, weißt du nicht mehr? Ich habe sie betrogen. Sie hat mich bewusst verlassen und sich bewusst für Tristan entschieden. Ich kann nicht einfach ..."

„Natürlich kannst du. Das ist doch alles Lichtjahre her, lass endlich die alten Geschichten ruhen. Du wirst dich jetzt sofort anziehen und dann gehen wir zu Sissi. Ich werde ihr ein wenig im Haushalt unter die Arme greifen und du wirst sie trösten." Beim Wort *trösten* zwinkerte sie ihm schelmisch zu. Kein Zweifel, was sie damit meinte. „Du wirst sehen, sie wird uns mehr als dankbar sein. Zufällig weiß ich von Melody, dass sie sich mit Tristan öfter wegen seiner mangelnden Unterstützung gestritten hat. Also lass uns ihr die geben. Ich kümmere mich um den Haushalt und ihre fünf Blagen und du kannst dich um ihr Seelenheil kümmern."

„Kannst du überhaupt mit fünf kleinen Kindern umgehen, Mutter?" Beim Gedanken an seine eigene Kindheit erschien ihm diese Vorstellung höchst zweifelhaft. Er selbst hatte kaum Liebe von seiner Mutter erfahren. Ordnung, Struktur, Bildung und Arbeit ja, aber Liebe kaum. Er machte ihr keinen Vorwurf daraus. Nach dem frühen Tod ihres Mannes war sie gezwungen gewesen, den Betrieb allein zu führen und dabei noch einen kleinen Jungen großzuziehen, aber oft hatte er sich nach etwas mehr Zuneigung gesehnt.

„Wenn man muss, kann man alles, Noah, das müsstest gerade du wissen. Diese Chance dürfen wir uns nicht entgehen lassen. Du kannst dir Sissi zurückholen. Und mehrere Erben noch dazu."

„Darum geht es dir? Du willst, dass ich wieder mit Sissi zusammenkomme, weil sie Kinder hat, an die wir den Betrieb vererben könnten?"

„Nein, das ist zwar eine nette Zugabe, aber darum geht es mir nicht. Sondern allein darum, dass du glücklich bist, mein Sohn. Seit diesem verhängnisvollen Abschlussball damals sehe ich, wie du dich nach Sissi sehnst. Keine Frau war gut genug, niemanden außer ihr wolltest du in dein Leben lassen. Nun ist deine Chance, sie zurückzubekommen."

„Ich weiß nicht, Mutter. Tristan ist tot. Das fühlt sich fast ein wenig an, als wäre ich schuld an seinem Tod. Wie ist er überhaupt gestorben?"

Sie zuckte mit den Schultern. „Keine Ahnung. Das hat Melody nicht erwähnt. Es muss wohl vergangene Nacht passiert sein. Sie hat etwas von einem Unglück erzählt, so genau habe ich nicht zugehört. Tristan ist fort, ist doch egal, wieso. Ich nehme an, Leberversagen, so oft, wie er sich in den vergangenen Wochen im *Drunken Skipper* herumgetrieben hat. Aber das wirst du Sissi gleich alles fragen können. Dann habt ihr wenigstens ausreichend Gesprächsstoff."

„Ich weiß nicht, Mutter ..."

„Aber ich weiß. Zieh dich an, dann gehen wir los. Ich gebe dir zehn Minuten."

15

Als Mia erwachte, war sie allein. Sofort erinnerte sie sich an die Schritte der vergangenen Nacht, schlüpfte in Hose und Bluse und trat aus dem Bluebells-Gästezimmer. Nach den seltsamen Wahrnehmungen hatte sie erstaunlich gut und vor allem tief geschlafen. Vielleicht hatte sie doch nur geträumt? Nein, halt, in einem Traum hätte das Geräusch sicherlich zu einer verwirrenden Geschichte geführt, die dann in einen lustigen oder einen Albtraum gemündet hätte. An lebhafte Träume war sie von Kindheit an gewöhnt. Es war noch nicht lange her, dass sie sich mal mit Sir William darüber unterhalten hatte. Im Gegensatz zu ihm, der sich nur sehr selten an seine Träume erinnern konnte, liefen sie in ihrem Kopf ab wie Filme, von denen sie nach dem Aufwachen auch sehr detailgetreu zu erzählen vermochte. Halb im Scherz hatte Sir William vorgeschlagen, sie sollte ihre Träume aufschreiben, um sie eines Tages als Romanstoffe zu verwenden. Da hatte sie wahrlich Wichtigeres zu tun. Die Herkunft der nächtlichen Schritte auf Gellam Manor musste geklärt werden, ebenso wie die Frage, wer versucht hatte, Tristan Ratherford zu ermorden und ob es ihm letztendlich gelungen war.

Zielstrebig marschierte Mia zum Frühstückszimmer. Nur wenige Meter war sie gegangen, da hörte sie auf einmal wieder Schritte hinter sich. Rasch wandte sie sich um, doch es war nur das Dienstmädchen Sarah, das ihr mit trippelnden Schritten folgte.

Sofort knickste sie höflich. „Guten Morgen, Miss Midway."

„Guten Morgen, Sarah."

„Die Herrschaften frühstücken heute auf der Terrasse. Sie wollten die warmen Strahlen der Herbstsonne ausnutzen. Soll ich Sie hinausgeleiten? Darf ich Ihnen einen Kaffee bringen?"

Mia lächelte. Zu ihrer großen Freude verfügte Sarah über die in England seltene Gabe, einen perfekten Kaffee zu machen, was sie nach einem schrecklichen Kater vor wenigen Wochen ebenso in Erstaunen wie Begeisterung versetzt hatte. Seither verzichtete sie gerne auf den traditionellen Earl Grey am Morgen und genoss stattdessen einen herrlich schmackhaften Bohnenkaffee. Auch diesmal nickte sie.

„Ein Kaffee wäre wundervoll, vielen Dank, Sarah. Sie müssen mich allerdings nicht hinausbegleiten, ich finde allein zur Terrasse. Außerdem muss ich dann nicht so lange auf meinen Genuss warten. Nicht dass Sie jemals zu langsam wären", fügte sie schnell hinzu.

Sarah strahlte und Mia ging hinaus, wo Lady Sophie und Sir William bereits einträchtig beim Frühstück saßen.

Dieser erhob sich sofort, gab ihr einen Kuss und rückte ihr dann den Stuhl neben sich zurecht. Walter, der bereits die Hand für diese Aufgabe ausgestreckt hatte, zog sie zurück und lächelte dezent.

Mia zwinkerte ihm zu. Sie mochte den alten Butler und war froh, dass die Zuneigung auf Gegenseitigkeit beruhte.

„Ich hoffe, du hast ebenso gut geschlafen wie wir, mein Schatz." Sir William reichte ihr eine Scheibe Toast. „Wir sprachen eben darüber, dass wir unser gemeinsames Nachtlager wohl wieder auflösen können. Der Geist zeigt sich offenbar nicht, wenn wir alle drei zusammen in einem Zimmer sind. Vielleicht hat er Spaß daran, nur Mutter zu erschrecken."

Mia nahm die Scheibe entgegen, legte sie aber ohne hineinzubeißen auf den Teller und griff nach einer kleinen Schüssel mit Rührei. „Hm, da bin ich leider anderer Ansicht." Sie lud sich drei Löffel voll auf den Teller und streute Salz darüber. „Ich muss zugeben, ich habe auch sehr tief geschlafen. Aber nicht tief genug, um die Schritte zu überhören."

„Was für Schritte?"

„Schwere Schritte. Auf keinen Fall von irgendwelchen Tieren stammend, würde ich sagen. Ich meine … ich habe keine Ahnung, wie sich von einem Gespenst erzeugte Geräusche anhören, aber nach dieser Nacht glaube ich dir, Sophie."

Lady Sophies zum Trinken erhobene Tasse blieb in der Luft hängen und Sir William starrte Mia ungläubig an. „Ist das dein Ernst?"

„Mein voller."

„Aber warum hast du mich dann nicht geweckt? Wir hatten doch vereinbart …"

„Ich hätte dich gerne geweckt, aber ich konnte mich nicht bewegen."

„Der Geist hat dich gefesselt?", rief Lady Sophie entsetzt.

Gegen ihren Willen musste Mia bei dieser Vorstellung schmunzeln. „Nein, nein, hat er nicht. Ich weiß ja nicht einmal, ob es einer gewesen ist. Ich habe nur die Schritte gehört, war aber so müde oder im Halbschlaf oder ... keine Ahnung, was das war ... dass ich es einfach nicht fertiggebracht habe, die Augen zu öffnen. Ich habe es versucht, ehrlich. Es ging nicht. Fragt mich nicht, wie das zuging, aber ich bin trotz dieser unheimlichen Wahrnehmung wieder eingeschlafen."

„Erschöpfung." Lady Sophie nickte verständnisvoll. „Ich war auch so erledigt, dass ich mich nicht einmal mehr daran erinnern kann, wie ich ins Bett gekommen bin. Und heute Morgen bin ich mit entsetzlichen Kopfschmerzen aufgewacht."

„Hm." Skeptisch zog Sir William die Augenbrauen zusammen. „Seltsamerweise muss ich zugeben, dass auch ich sofort in einen tiefen Schlaf gefallen bin, was für mich sehr untypisch ist. Mein ursprünglicher Plan war, auf dich zu warten und dir noch einen Gutenachtkuss zu geben." Zärtlich legte er seine Hand auf Mias. „Okay ... vor allem wollte ich dich vor dem Einschlafen noch mal sehen, um mich zu vergewissern, dass mit dir alles in Ordnung ist. Schließlich muss man sich nicht jeden Tag das Blut eines anderen Menschen vom Körper waschen."

Gerührt sah Mia ihn an und warf ihm einen Luftkuss zu. „Es geht mir gut, keine Sorge."

„Ich bewundere deine Stärke, ehrlich, Schatz. Du lässt dir nie anmerken, ob dich etwas belastet, aber wenn es so sein sollte, möchte ich gerne für dich da sein. Was du schon für schlimme Dinge sehen musstest, ist für einen normalen Menschen sowieso kaum zumutbar, aber wie Tristan da gestern verletzt und blutend auf dem Boden lag ... ich wollte eben sichergehen, dass es dir gut geht. Und dann ich bin wohl eingeschlafen, ich Idiot. Als hätte mir jemand den Stecker gezogen. Ich könnte mich ohrfeigen."

Traurig senkte er den Kopf. Mia drehte ihren Oberkörper, umarmte ihn und drückte ihm einen Kuss auf die Nase. „Es geht mir gut, keine Sorge. Aber wenn es mal nicht so sein sollte, werfe ich mich gerne mit Schwung in deine starken Arme und lasse mich trösten. Bis dahin akzeptiere einfach, dass ich eine Superheldin bin und einiges einstecken kann, okay?"

Er lachte herzlich und reckte beide Daumen in die Höhe.

Mia zwinkerte ihm zu, dann wurde sie ernst. „Also nehmt es mir nicht übel, aber kommt euch das nicht seltsam vor? Vielleicht war ich in zu viele Kriminalfälle verwickelt, aber ich habe das Gefühl, da ist irgendetwas faul. Findet ihr es nicht verdächtig, dass wir vergangene Nacht alle drei in den tiefsten Schlaf unseres Lebens verfallen sind? Ausgerechnet in der Nacht, in der wir den Geist von Gellam Manor entlarven wollten? Da stellt sich meinem Spürsinn doch sofort die Frage nach einer bösen Hexe, die diesen Dornröschenschlaf verursacht hat."

„Stimmt, du hast recht." Lady Sophie stellte erschrocken ihre Teetasse ab und warf einen misstrauischen Blick darauf. „Meint ihr, uns hat jemand etwas in die Getränke getan? Ein Schlafmittel oder so?"

„Instinktiv halte ich das für eine naheliegende Erklärung."

Von der Tür her erklang ein lautes Räuspern.

„Ja, Walter?", erteilte ihm Lady Sophie das Wort.

„Mit Verlaub, Ihre Ladyschaft …“, der Butler verneigte sich untertänig, „… ich war es, der Ihnen die Getränke gereicht hat und ich schwöre bei meinem Leben, dass ich selbstverständlich kein Schlafmittel ins Getränk getan habe. Ich bedaure, dies anmerken zu müssen, aber allein den Verdacht empfinde ich als tiefe Kränkung. Über Jahrzehnte hinweg habe ich Ihnen mit der größten Treue und Hingabe gedient. Es war mir immer eine Ehre, doch wenn das Vertrauen Ihrer Herrschaften in mich …“

„Walter, Walter, so beruhigen Sie sich doch.“ Lady Sophie sprang auf, ging zu ihm hinüber und legte ihm freundschaftlich die Hand auf die Schulter. Der alte Butler zog ein Tuch aus der Innentasche seines Revers und tupfte sich damit die Stirn, auf der sich Schweißperlen gebildet hatten.

„Niemals würden wir auf die Idee kommen, Ihre Integrität infrage zu stellen“, beschwichtigte sie eindringlich. „Der Gedanke, dass Sie uns etwas so Ungeheuerliches zugefügt haben könnten, ist geradezu absurd. Nein, nein. Ich frage mich eher, wer außer Ihnen Zugang zu unseren Drinks gehabt hat.“

„Mit Verlaub, Ihre Ladyschaft, niemand. Ich allein habe die Gläser aus der Vitrine genommen, befüllt und Ihnen gereicht.“

„Dann war es im Essen“, verkündete Mia das Resultat ihrer logischen Kombinationsgabe.

Prompt tauchte Sarah neben ihr auf und stellte eine Tasse dampfenden Kaffees vor ihr ab. Mia sah ihr forschend ins Gesicht. „Sarah“, ergriff sie sofort die Gelegenheit. „Wer hatte Zugang zu den Häppchen, die Sie uns gestern Nacht noch serviert haben?“

„Die Köchin und ich", antwortete sie wie aus der Pistole geschossen. „Warum?"

„Sarah, haben Sie uns vielleicht etwas ins Essen getan, was uns besser schlafen lässt? Schlafmittel oder Ähnliches?" Angriff war die beste Verteidigung. Unvorbereitet erwischt, würde sie am Gesichtsausdruck des Dienstmädchens eine ehrliche Reaktion ablesen können.

„Ich verstehe die Frage nicht", sagte Sarah und lächelte irritiert. „Hatten Sie denn nach Schlafmittel verlangt?"

Mia verneinte.

„Gut", sagte die junge Frau, nickte und begann damit, leere Teller aufeinanderzustapeln. Wirklich schlau wurde Mia nicht aus ihrer Reaktion.

Lady Sophie reagierte schneller. „Sarah, seien Sie doch so lieb und schicken Sie uns für einen Moment die Köchin herauf", ordnete sie an.

„Es tut mir schrecklich leid, Ihre Ladyschaft, aber die Köchin schläft noch."

„Sie schläft noch?"

Entschuldigend hob Sarah die Schultern. „Ich habe versucht, sie zu wecken, aber sie reagiert nicht."

„Sie reagiert nicht?" Alarmiert hob Lady Sophie die Augenbrauen. „Haben Sie mal Puls und Atmung kontrolliert? Sollen wir einen Arzt rufen?"

Das junge Dienstmädchen lachte. „Oh, atmen tut sie durchaus. Laut und vernehmlich. Die gute Nanna schnarcht, dass man meint, das ganze Herrenhaus müsste davon ins Wackeln geraten." Sichtlich amüsiert hielt sie sich die Hand vor den Mund und kicherte. „Ich weiß auch nicht, was sie hat. Auf jeden Fall sieht sie kerngesund aus. Sie schläft nur sehr tief."

„Wie wir", überlegte Mia laut.

„Danke, Sarah, Sie können gehen." Lady Sophie erhob sich. „Und ich glaube, wir gehen auch lieber und frühstücken heute im *Drunken Skipper.*"

Fragend sahen Sir William und Mia zu, wie sie den Teller weit von sich schob. „Ich kenne Nanna. Wenn Essen übrig ist, nascht sie für ihr Leben gern davon. Das stellt für gewöhnlich auch gar kein Problem dar, aber wenn sie ebenfalls in den Tiefschlaf gefallen ist, dann war ganz offensichtlich etwas in den Häppchen."

Noch im Kauen hielt Mia inne und griff nach einer Serviette.

16

Gedankenversunken fuhr Clara Clottingham die Straße entlang, die von Pennygrave nach Carpington führte. Da sie keinen Führerschein besaß und im Bus nicht nach dem Grund ihres Ausflugs befragt werden wollte, war sie kurzerhand auf ihr jahrelang vernachlässigtes Fahrrad gestiegen und hatte erleichtert festgestellt, dass noch alles funktionierte – sowohl das Fahrrad als auch die Art, es zu benutzen. Den Schmerzen in ihren Oberschenkeln nach zu urteilen, glaubte sie anfänglich, die Anstrengung unterschätzt zu haben, doch schon nach wenigen Kilometern hatte sie sich an den Bewegungsablauf gewöhnt und war froh über die körperliche Herausforderung, die sie davon ablenkte, über ihr Vorhaben nachzudenken. Zum ersten Mal nach all den Wochen würde sie Vinnie im Gefängnis besuchen. In einem langen Gespräch mit Reverend Martin Morten hatte sie begriffen, dass nur Vergebung ihr den Frieden zurückgeben konnte, der ihr durch die Taten ihres Mannes genommen worden war. So viele Jahrzehnte hatte Vinnie sie hintergangen, belogen und betrogen, mit der Absicht, ihr zu entkommen. Aber das würde sie nicht zulassen. Nun, im Gefängnis von Carpington, würde er ihr Rede und Antwort stehen müssen. Er konnte nicht weg, musste ausharren, bis sie das Gefängnis wieder verließ. Eine bessere Chance, über ihre

Ehe und das, was darin schiefgegangen war, zu sprechen, würde sie wohl nie wieder bekommen, das war ihr nun klar. Und sie war eindeutig im Vorteil. Im Gegensatz zu Vinnie war sie ein freier Mensch und konnte den Besucherraum jederzeit wieder verlassen. Sie wollte Antworten. Antworten auf den ganzen Berg von Fragen, der sich seit seiner Verhaftung ins Unermessliche türmte. Und wenn sie ehrlich zu sich selbst war, wollte sie ihn auch wiedersehen. Sie vermisste ihren Ehemann und sie liebte ihn immer noch, auch wenn sie das vor sich selbst kaum zu rechtfertigen vermochte.

Kräftig trat Clara in die Pedale. Den heranbrausenden Wagen sah sie schon von Weitem und fuhr in weiser Voraussicht ganz an den Rand der Straße. Zwischen ihr und der Gegenfahrbahn war auf diese Weise mehr als ausreichend Platz für ein weiteres Fahrzeug. Es kam keins. Stattdessen begann der heranfahrende Wagen entsetzlich zu schlingern. War der Fahrer betrunken? Clara fuhr noch etwas weiter an den Rand. Vielleicht wäre es besser, abzusteigen. Sie fasste den Gedanken zu spät. Der Wagen hielt genau auf sie zu. Wo zur Hölle war der Fahrer? Das Innere des Wagens schien leer. O Gott, ein Geisterfahrzeug! Sie bremste und stieg, so schnell sie konnte, vom Sattel. Das Auto hielt genau auf sie zu. Starr vor Schreck erkannte sie, wie der neunundneunzigjährige Edward Mostly plötzlich auf dem Fahrersitz auftauchte und triumphierend seine Brille in die Höhe hielt. Da war es längst zu spät. Der Wagen war genau vor ihr. In derselben Sekunde, wie Clara mit einem Schrei in den Straßengraben sprang, hörte sie, wie ihr Fahrrad unter der schweren Autokarosserie zermalmt wurde.

17

Als Mia am Haus der Ratherfords ankam, bereute sie, dass sie beim Frühstück im Pub beschlossen hatten, sich zu trennen. Während sie selbst mit Sissi sprechen sollte, wollte Lady Sophie ins Krankenhaus fahren und herausfinden, ob sie einen der Ärzte dazu bewegen konnte, es mit seiner Schweigepflicht nicht so genau zu nehmen und ihr Einblick in Tristan Ratherfords Gesundheitszustand zu gewähren. Wenn er überlebt hatte, würde sie versuchen, mit ihm sprechen zu dürfen. Falls er verstorben war, galt es Genaueres über den Unfallhergang in Erfahrung zu bringen. Sicherlich konnten die Ärzte diesen anhand der Verletzungen rekonstruieren. Die Nachforschungen im Krankenhaus waren bestimmt angenehmer als eine Befragung mit der emotional verstörten Sissi, aber Lady Sophie hatte argumentiert, dass Mia über größeres Feingefühl verfügte, was sie bei ihr definitiv brauchen würde. Da hatte auch Mia keinen Einwand hervorbringen können. Sir William würde zurück ins Herrenhaus gehen und die Köchin zu den vermuteten Schlafmitteln in den Häppchen befragen, sobald sie erwachte. Nanna liebte Sir William von Kindesbeinen an und würde ihm sicherlich am meisten anvertrauen. Außerdem konnte er die einzelnen Räume bis zum Erwachen der Köchin nochmals nach dem Geist absuchen oder zumindest nach Spuren, die jener ungenügend verwischt haben könnte.

Jeder hatte die Aufgabe bekommen, die seinen Fähigkeiten am besten entsprach, trotzdem war Mia nicht besonders scharf darauf, die vom Leben so gebeutelte Sissi zu befragen. Sie fürchtete, die frischgebackene Mutter in ihren Gefühlen zu verletzen oder sie in noch größere emotionale Schwierigkeiten zu stürzen. Blieb zu hoffen, dass sie zumindest nicht mehr unter Schock stand und zu einem normalen Gespräch überhaupt in der Lage war. Mit Verständnis und Zurückhaltung musste sie hoffen, dass die fünffache Mutter von sich aus zu reden begann.

Schade, dass man eine Klingel nicht mit Zurückhaltung betätigen konnte. Das durchdringende Geräusch war bis draußen zu hören. Innerlich bereitete sich Mia schon einmal darauf vor, gleich einer verheulten Sissi gegenüberzustehen, die am Ende ihrer Nerven war. Zu dumm, dass sie nicht vorher daran gedacht und zumindest ein paar tröstende Sätze vorbereitet hatte. Nicht einmal Taschentücher hatte sie dabei.

Aus dem Inneren des heruntergekommenen Cottages nahten Schritte. Mia atmete tief ein und hielt die Luft an.

„Ja, bitte?"

Vor Überraschung atmete sie all die angehaltene Luft auf einmal aus und schlug sich beschämt die Hand vor den Mund. Was war denn jetzt los? Statt einer verzweifelten, verheulten Sissi stand ihr Heather McCann gegenüber, die auf der rechten Hüfte die kleine Elisa trug und in der linken Hand ein Geschirrtuch schwenkte.

„Na, überrascht?", fragte die alte Frau und grinste sichtlich amüsiert.

„Mit allem hätte ich gerechnet, aber mit Ihnen nicht", gab Mia unumwunden zu. „Was machen Sie denn hier?"

„Helfen". Kurzerhand drückte Heather McCann ihr das Geschirrtuch in die Hand und wechselte Elisa mit beiden Händen vorsichtig auf die linke Hüfte. Die Kleine schmiegte sich vertrauensselig an. „Denkt man gar nicht, dass ein so winziges Ding auf Dauer so schwer werden kann", bemerkte Mrs McCann beiläufig und nahm Mia das Tuch wieder aus der Hand.

Die stand mit offenem Mund da.

„Was wollen Sie eigentlich hier, Miss Midway?"

„Helfen", antwortete sie kurz angebunden.

„Brauchen Sie nicht, wir haben alles im Griff. Im Vergleich zu einem Großbetrieb ist so ein Familienhaushalt eine Kleinigkeit."

„Nein, ich möchte auf andere Weise helfen", wand Mia ein. „Mit dem Haushalt habe ich es ohnehin nicht so, das haben Sie mit Sicherheit besser im Griff. Ich würde gerne von Sissi wissen, an was von der gestrigen Nacht sie sich erinnern kann. Immerhin handelt es sich bei dem Vorfall um Mord oder zumindest eine gefährliche Körperverletzung mit Fahrerflucht und ich würde ihr gerne helfen, den Schuldigen zu ermitteln."

Verstehend nickte Heather McCann und stierte dann an ihr vorbei. „Wo ist denn Lady Gellam?"

„Oh, die ist heute anderweitig unterwegs. Kann ich Sissi sprechen?"

„Seltsam. Ich dachte, Sie ermitteln immer gemeinsam."

„Das ist richtig. Aber im Moment bin ich allein unterwegs."

„Haben Sie sich gestritten?"

„Haben Sie Gerüchte-Schulden bei Melody?"

Heather McCann lachte blechern. Mia konnte sich nicht daran erinnern, diese Frau jemals lachen gehört zu haben. Zum Glück insistierte sie nicht weiter, sondern wich ein wenig zur Seite und wies ins Haus.

Ohne zu zögern, folgte Mia der Einladung und trat ins Innere, den Stimmen von Sissi und einer männlichen Person folgend. Schade. Da war die Polizei wohl schneller gewesen und sie hatte die gesamte Befragung verpasst.

Wieder lag sie falsch, wie sie beim Betreten der großen Wohnküche feststellen musste. Am Küchentisch saßen sich Sissi und Noah gegenüber, beide mit einer großen Tasse vor sich und in eine angeregte Unterhaltung vertieft. Entgegen Mias Befürchtung sah Sissi ganz und gar nicht fertig aus, sondern regelrecht frisch. Ihre Augen leuchteten und ihre Wangen hatten einen roséfarbenen Teint, der die sonst so blasse Frau einige Jahre jünger erscheinen ließ, als sie war. Jünger und ungewohnt attraktiv.

„Oh, Miss Midway", stellte sie fest. Sie klang unbeschwert. Hatte sie das Erlebte verdrängt? Oder stand sie noch immer unter Schock? „Setzen Sie sich doch zu uns. Kann ich Ihnen eine Tasse Tee anbieten?" Sie erhob sich und deutete auf den Stuhl neben Noahs. Ohne eine Reaktion abzuwarten, ging sie zum Schrank, nahm eine Tasse heraus und schenkte ein.

„Danke, das ist wirklich nett." Mia setzte sich. „Wie geht es Ihnen, Sissi?"

„Wollen Sie eine angemessene Antwort oder eine ehrliche?“

„Eine ehrliche wäre mir lieber.“

„Ich habe mich lange nicht so gut gefühlt.“

Mia wusste, wie wichtig es war, gerade in solchen Gesprächen ein Pokerface zu wahren. Wenn sie möglichst unverfälschte Reaktionen einholen wollte, durfte sie ihr Gegenüber nicht durch eigene Emotionen verunsichern, aber bei dieser Aussage konnte sie nicht verhindern, dass ihr die Mimik entgleiste.

„Bitte verstehen Sie das nicht falsch.“ Sissi setzte ein schuldbewusstes Gesicht auf, das eindeutig erzwungen war. „Ich meine ... es geht mir nicht gut, weil es Tristan schlecht geht, sondern weil sie mich gezwungen hat, mich mal richtig auszuschlafen.“ Dankbar deutete sie auf Heather McCann, die leicht errötete. „Sie hat gesagt, ich solle mich hinlegen, sie würde sich derweil um alles kümmern. Als ich aufgewacht bin, war das Haus geputzt, die Wäsche gefaltet, der Abwasch erledigt. Noah hat die Jungs in Schule und Kindergarten gebracht und ...“ Mit Tränen in den Augen betrachtete Sissi Heather. „Ich weiß nicht, wie ich dir je dafür danken soll, Heather. Ich habe mich lange nicht so erholt und glücklich gefühlt.“

In Anbetracht des der Situation so unangemessenen Gefühlsausbruchs fehlten sogar Mia die Worte. Das Glück, das sie angesichts der einfachen Haushaltshilfe empfand, vermittelte einen ungefähren Eindruck davon, wie verzweifelt diese Frau unter ihrem Alltag leiden musste. Sofort drängte sich Mia wieder der Gedanke auf, den sie gestern schon gehabt hatte. Wie viel

Wut und Frust musste eine Frau wohl empfinden, bis sie daran dachte, den eigenen Ehemann umzubringen?

„Wie geht es denn Ihrem Mann?", fragte Mia direkt.

Als sei sie mit den Gedanken ganz woanders gewesen, wandte Sissi ihr das Gesicht zu. „Wie? Ach so, dem geht es den Umständen entsprechend gut. Das Krankenhaus hat angerufen. Er ist stabil und nicht mehr in Lebensgefahr. Hat unglaubliches Glück gehabt." Kaum merklich senkte sie den Kopf. War sie etwa traurig, dass er überlebt hatte? Fast hätte Mia diese Frage ausformuliert, da klingelte es erneut.

„Hier geht es ja heute zu wie im Taubenschlag", schimpfte Heather, machte sich auf den Weg zur Haustür und brachte kurz darauf Inspector Mellony mit zu der kleinen Runde, der ebenso überrascht wirkte wie Mia kurz zuvor.

„Guten Morgen die Herrschaften", grüßte er in gewohnt höflicher Manier. Dann wandte er sich offensiv an Mia und lächelte verhalten. „Miss Midway. Ich bin mir nicht sicher, ob ich mich freue, Sie zu sehen."

„Doch, doch, Sie freuen sich", beschloss Mia und grinste provokant.

Der Inspector nickte, gab sich fürs Erste geschlagen und wandte sich an Sissi. „Mrs Ratherford, ich hoffe, Sie konnten sich vom gestrigen Schock ein wenig erholen."

Sissi nickte.

„Ich hätte noch ein paar Fragen, wenn Sie gestatten. Wollen wir uns vielleicht in ein Nebenzimmer begeben?"

„Stellen Sie Ihre Fragen gerne hier." Sissis regelrecht zur Schau gestellte Unbeschwertheit mutete merkwürdig an. Fragend schielte der Inspector zu Mia, aber die zuckte nur kaum merklich mit den Achseln. Auch sie wurde aus Sissis Verhalten nicht schlau, dennoch war es spannend, es zu beobachten.

Inspector Mellony räusperte sich. „Nun, Mrs Ratherford, es ist eher ungewöhnlich, jemanden vor so vielen fremden Menschen zu befragen, aber wenn das Ihr ausdrücklicher Wunsch ist, werde ich diesem selbstverständlich nachkommen. Allerdings muss ich Sie bitten, mir unverzüglich mitzuteilen, wenn Sie den Raum wechseln wollen oder Sie sich bei einer Ihrer Antworten durch die Anwesenheit der anderen gehemmt oder gestört fühlen. Der Wahrheitsfindung ist in jedem Falle Vorrang zu gewähren."

„Es ist ehrlich kein Problem", bestätigte Sissi.

„Gut." Inspector Mellony zog ein kleines Notizbuch hervor. „Mrs Ratherford, können Sie mir den gestrigen Vorfall so detailliert wie möglich schildern?"

„Habe ich doch gestern Abend schon."

„Das ist richtig und die Befragung war auch wichtig, weil die Eindrücke da noch frisch und ungetrübt waren. Nun würde ich allerdings gerne nochmals den ganzen Tathergang von Ihnen geschildert bekommen, nachdem Sie eine Nacht darüber geschlafen haben."

„Hm." Sissi neigte nachdenklich den Kopf. „Okay. Also: Die Jungs waren im Bett und ich war unfassbar froh, als sie endlich alle eingeschlafen waren. Elisa ließ sich gestern Abend Gott sei Dank auch in den Schlaf stillen. Ich glaube, die Taufe hat sie ganz schön geschafft. Der ganze Trubel, wissen Sie ..."

„Ich verstehe." Ohne aufzusehen, schrieb Mellony in sein Notizbuch. „Und ihr Mann Tristan war zu dem Zeitpunkt wo?"

„Im Pub. Er wollte den Abend in Ruhe ausklingen lassen. Die Jungs drehen meist vor dem Schlafengehen nochmals richtig auf. Außerdem kann er das ständige Schreien von Elisa nicht gut vertragen." Sie versuchte zu lächeln, aber Mia entdeckte den verächtlichen Zug, der ihre Mundwinkel umspielte.

„Und dann kam er nach Hause?", fragte Inspector Mellony emotionslos weiter.

„Genau." Sissi nickte. „Ich habe ihn singen hören. Er hatte zu viel getrunken, wie so häufig, wenn er den Abend im Pub verbringt." Nun rollte sie für jedermann sichtbar mit den Augen. „Gleich darauf hörte ich ein lautes Motorengeräusch. Ich war sofort verwirrt, weil Tristan niemals Auto fährt, wenn er getrunken hat. Ich saß exakt an dem Platz, an dem Miss Midway nun sitzt. Bei dem lauten Dröhnen stand ich auf und sah zum Fenster hinaus. Da sah ich, wie Tristan auf das Haus zuschwankte und hinter ihm ein Auto heranfuhr. Er drehte sich um, aber in diesem Moment leuchteten die Scheinwerfer auf und er war vollständig geblendet, genauso wie ich. Dann hörte ich ein dumpfes Geräusch und den Wagen davonbrausen. Tristan lag blutüberströmt am Boden. Ich legte Elisa in ihren Stubenwagen und rannte zu ihm hinaus. Hinter mir fiel die Haustür ins Schloss. Dann weiß ich nichts mehr."

Während der Inspector sich eifrig Notizen machte, war es kurz still im Raum. Dann setzte er einen Punkt und trat nahe an Mia heran. Während er den Kopf reckte, um zu überprüfen, was Sissi in der Nacht zuvor aus dem Fenster gesehen haben könnte, berührte sein Arm leicht ihren Oberarm. Mia versteinerte. Die Berührung fuhr ihr wie ein Blitz durch die Glieder und hinterließ ein warmes Kribbeln in ihrer Herzgegend. Sie wollte aufstehen, um ihm den Platz für seine Recherchen zu überlassen, aber sie fühlte sich wie festgeklebt. Als er die Berührung löste und zu seinem vorherigen Platz zurückging, blieb an ihrem Arm eine kalte Leere zurück. Wie konnte ein unbedeutender körperlicher Kontakt sie so aufwühlen? Es war eine banale Berührung, beiläufig, unabsichtlich. Das war sie doch gewesen, oder? Mia schüttelte sich und hob vorsichtig den Blick. Hoffentlich hatte niemand ihre seltsame Starre bemerkt.

Abschätzend betrachtete sie jeden Einzelnen, doch niemand schien sich für sie zu interessieren.

Mellony wirkte hochkonzentriert, Sissi lächelte leicht und Noah hatte gequält das Gesicht verzogen. In Heathers Gesicht zeichnete sich Mitleid ab. Der alten Dame schien Sissi mehr am Herzen zu liegen, als Mia geahnt hatte. Möglicherweise hatte sie deren Trennung von ihrem Sohn ebenso bedauert wie Noah, der seither darunter litt wie ein geprügelter Hund.

„Konnten Sie den Fahrer oder die Fahrerin des Wagens erkennen?", fragte Mellony.

Sissi zog die Augenbrauen zusammen. „Nein. Das habe ich Ihnen doch gestern schon gesagt."

Mellony ging gar nicht darauf ein. „Können Sie den Wagen beschreiben? Eine Marke, ein Kennzeichen oder Ähnliches?"

„Nein. Auch das sagte ich bereits gestern. Es war ein dunkles Auto. Sehr alt. So was fährt heutzutage nicht mehr herum. Wirkte ein bisschen wie aus der Vergangenheit.“

„Ich könnte Ihnen Fotos von verschiedenen Modellen vorlegen, aber dazu bräuchten wir wenigstens eine ungefähre Beschreibung.“

„Dunkel und alt, mehr weiß ich nicht.“

„Okay.“ Inspector Mellony notierte eifrig. Dann führte er die Befragung fort.

„Mrs Ratherford, könnte es sich bei der Kollision, bei der Ihr Mann zu Schaden kam, um einen Unfall gehandelt haben?“

„Einen Unfall?“ Nachdenklich wiegte Sissi den Kopf hin und her. „Jetzt, wo Sie es sagen ... möglich wäre es.“

„Gestern äußerten Sie bei der Befragung, der Wagen habe direkt auf Ihren Mann zugehalten.“

„Das stimmt. Aber man muss auch erwähnen, dass mein Mann sehr dunkel gekleidet war. Vielleicht wollte das Auto nur geradeaus fahren und hat Tristan nicht gesehen. Vielleicht hat der Fahrer den Aufprall gar nicht bemerkt.“

„Das müsste aber sehr mysteriös zugehen, wenn jemand nicht bemerkt, dass er einen Menschen überfährt.“

„Wer weiß. Vielleicht waren Drogen im Spiel.“

Inspector Mellony seufzte. „Mrs Ratherford, ich frage Sie nun nach Ihrer ganz persönlichen Einschätzung: Vermuten Sie in der Kollision einen Unfall mit Fahrerflucht oder einen Mordanschlag?“

„Das weiß ich doch nicht. Sie sind der Inspector.“

Es war unerklärlich, aber die Stimmung im Raum war während des Gesprächs merklich umgeschlagen. Beim Eintreten Inspector Mellonys war Sissi noch gut gelaunt und unbeschwert gewesen. Nun wirkte sie angespannt und nervös. Hatte sie doch etwas gesehen, was sie nicht sagen wollte?

„Das war es schon fürs Erste, Mrs Ratherford. Ich danke Ihnen und wünsche Ihnen alles Gute. Falls Ihnen noch etwas einfallen sollte, zögern Sie nicht, uns zu kontaktieren. Ich bin Tag und Nacht für Sie erreichbar. Wir werden alles daransetzen, den Schuldigen zu finden." Er steckte sein Notizbuch ein und verabschiedete sich mit einer höflichen Geste.

„Ich danke Ihnen, Inspector."

Mellony warf Mia einen vielsagenden Blick zu. Mit Sissis Aussage war er ganz und gar nicht einverstanden, das konnte sie ihm an der Nasenspitze ablesen. Erhoffte er sich von Mia zusätzliche Erkenntnisse?

„Es hat mich sehr gefreut, Miss Midway." Er reichte ihr die Hand und hielt sie ein wenig länger fest als üblich. Dabei sah er ihr tief in die Augen. Eine geheime Botschaft, nun lag es an ihr, sie richtig zu deuten.

Heather brachte Inspector Mellony zur Tür. Sissi stützte ihre Arme auf dem Küchentisch ab, legte ihr Kinn auf die ineinander verschränkten Finger und betrachtete Mia.

„Was?", fragte diese irritiert.

„Überlegen Sie sich gut, welchem Mann Sie Ihr Herz schenken, Mia", sagte Sissi ernst. „Eine falsche Entscheidung kann das ganze Leben ruinieren."

„Wie soll ich das verstehen?"

Sissi seufzte. Dann richtete sie sich auf und fasste sich ans Herz. „Ich habe die Blicke zwischen Ihnen und dem Inspector gesehen, Mia. Jeder weiß es."

„Wir verstehen uns gut."

„Er liebt Sie.“
„Und ich liebe William.“
„Ist das so?“
„Ja.“
„Na dann ...“ Sissi grinste breit.

Mia stand auf und verabschiedete sich. Hier würde sie keinen Schritt weiterkommen. Sissi würde ihr kaum mehr erzählen als dem Inspector. Zumindest redete sie sich das ein. In Wahrheit kam ihr die Luft im Raum mit einem Mal ziemlich dünn vor.

18

Meine Güte, war das eine Rennerei. Von all den Gängen, die Lady Sophie durchquert hatte, weil sie von einer Station zur nächsten geschickt worden war, taten ihr schon die Füße weh. Zu allem Übel sah in diesem Krankenhaus ein Flur aus wie der andere. Wenn sie hier herauskam, wollte sie fürs Erste keine weißen Wände mehr sehen und noch weniger dieses beißende Desinfektionsmittel riechen. Der Geruch hatte sich in den vergangenen Stunden derart in ihrer Kleidung und Nase festgesetzt, dass sie fürchten musste, ihn lange nicht mehr loszuwerden. Dabei hatte sie die meiste Zeit damit verbracht, auf verschiedenste Ärzte und Krankenpfleger zu warten, in der Hoffnung, nähere Auskunft zu Tristan Ratherfords Zustand zu erhalten, aber sie hatte bei jedem einzelnen auf Granit gebissen. Zumindest verfügte sie nun endlich über seine Zimmernummer. Angeblich ging es ihm den Umständen entsprechend gut, so viel hatte der Stationsarzt sagen dürfen. Tristan hatte unfassbares Glück gehabt und würde vorerst zur Beobachtung im Krankenhaus bleiben müssen. Da er Besuchsanfragen nicht widersprochen hatte, durfte sie ihr Glück nun also beim Patienten persönlich versuchen.

Als Lady Sophie das benannte Krankenzimmer erreichte, wollte sie gerade anklopfen, als sie laute Stimmen aus dem Inneren hörte. Definitiv ein Streit zwischen Männern. Höchst interessant. Wer stritt sich denn mit einem Menschen, der gerade knapp dem Tod entronnen war?

Vorsichtig legte sie ihre Hand auf die Klinke und drückte sie millimeterweise nach unten. Dann öffnete sie die Tür einen winzigen Spalt und brachte sie in Zeitlupe wieder in ihre ursprüngliche Position, immer darauf lauschend, ob der Vorgang von den Streithähnen im Zimmer bemerkt wurde, aber dem war nicht so. Eine Stimme konnte Lady Sophie sofort als jene von Tristan Ratherford ausmachen, die andere konnte sie im ersten Moment nicht zuordnen.

„Jetzt beruhige dich doch, Tristan", sagte die fremde Stimme eben. „Viele Paare haben Probleme. Ihr bekommt das sicherlich wieder in den Griff. Ihr seid doch nicht erst seit gestern verheiratet."

„Probleme? So was nennst du Probleme?" Tristan schien völlig außer sich.

Einen Moment lang überlegte Lady Sophie, ob sie einen Arzt informieren sollte. Bestimmt war es in seinem Zustand nicht gesund, wenn er sich so aufregte. Andererseits wollte sie unbedingt wissen, was der Grund für seine Rage war und letztendlich siegte die Neugier. Sie lauschte weiter.

„Ein Problem sind unsere Schulden. Ein anderes ist die längst überfällige Renovierung unseres Cottages. Und außerdem kann es sein, dass Jake das Schuljahr nicht schaffen und die Klasse wiederholen muss. Das sind Probleme. Das hier aber, mein werter Herr Bruder, ist eine ausgewachsene Katastrophe."

„Ich verstehe ja, dass du aufgebracht bist. Aber du musst dich beruhigen. Denk auch an Sissi. Ich weiß, dass du sie liebst. Du kannst sie doch nicht einfach sitzenlassen. Ihr habt fünf Kinder zusammen, Tristan.“

Tristan lachte laut. „Die kann sie behalten. Den Rest behalte ich. Ich möchte, dass diese Frau aus meinem Haus verschwindet. Ich möchte sie nie wiedersehen.“

„Tristan, nun sei doch vernünftig.“

„Ich bin vernünftig. Ich will die Scheidung. Besorg' mir einen Anwalt, Josh. Besser gestern als heute. So schnell wie möglich möchte ich diese Sache erledigt wissen.“

„Ist das wirklich dein Wunsch? Weißt du, was du Sissi damit antust?“

„Es ist die logische Konsequenz aus ihrem Verhalten. Es ist ihre Schuld, nicht meine. Ich bin hier das Opfer, Josh. Und ich will, dass sie dafür büßen muss.“

„Gut. Ich verstehe dich. Ich kontaktiere einen Anwalt. Heute noch.“

„Danke, Brüderchen. Ich wusste doch, auf dich ist Verlass.“

Plötzlich wurde die Tür geöffnet. Reflexartig riss Lady Sophie den Blumenstrauß in die Höhe, den sie vorsorglich für Tristan besorgt hatte, und traf damit genau ins Gesicht des Mannes, der Tristans Bruder sein musste. Als sie den Strauß sinken ließ, erkannte sie ihn wieder. Er hatte am Sonntag das Patenamt für die kleine Elisa übernommen. Irritiert sah er sie an.

„Entschuldigung. Ich wollte nur Mr Ratherford besuchen“, sagte sie selbstbewusst und schenkte Josh ihr strahlendstes Lächeln.

„Bitte." Tristans Bruder deutete ins Zimmer. „Aber regen Sie ihn, wenn möglich, nicht zu sehr auf. Er sollte sich erholen."

19

Was für ein ereignisreicher Tag. Nachdem sie sich über die Ergebnisse ihrer Recherchen ausgetauscht hatten, waren die vergangenen Stunden recht angenehm verlaufen. Mia und Lady Sophie hatten die Bibliothek geöffnet, Ausleihen verbucht und Regale aufgeräumt. Die stille Geschäftigkeit tat gut und befreite die Gedanken. Mia brummte von all den Dingen, die aktuell gleichzeitig passierten, der Schädel. Auf der einen Seite war da der Mordversuch an Tristan Ratherford. Im Gegensatz zu Sissi waren sich nämlich alle anderen einig, dass ein Unfall auszuschließen war. Auf der anderen Seite gab es noch den Geist von Gellam Manor, dessen Schritte aus der vergangenen Nacht nach wie vor nicht geklärt waren. Und zu allem Überfluss hatte Mia auch noch dieses seltsame Gefühl in ihrem Herzen. Sie liebte Sir William. Dessen war sie sich sicher. Seit ihrer Kindheit träumte sie davon, als Prinzessin in einem großen Schloss mit einem Märchenprinzen zu leben. Irgendwann hatte sie diesen Traum als das abgetan, was er war. Und nun war er so nah dran, Wirklichkeit zu werden. Sir William war in jeder Hinsicht ein perfekter Lebensgefährte. Er war klug, charmant, unfassbar attraktiv und er liebte sie von ganzem Herzen. Da konnte man beinahe vernachlässigen, dass er auch noch unverschämt reich war. Zweifellos war dieser Mann der Glücksgriff ihres Lebens. Wenn er sie umarmte, fühlte sie sich sicher, wenn er sie küsste, war sie glücklich, wenn sie in seine dunkelblauen Augen sah, war sie dankbar. Warum war dann da noch dieses andere Gefühl? Jenes, das sich immer wieder durch ihr Herz bohrte wie ein Holzwurm, wenn sie darüber nachdachte, mit Sir William ihr Leben zu verbringen. Der Gedanke, dass diese Beziehung endgültig war, verursachte ein Unbehagen in ihr, das sie spontan als eine Art von Angst beschrieben hätte. Hatte sie Torschlusspanik? War sie zu unreif für eine erwachsene Beziehung? Oder lag es an Inspector Mellony, der jedes Mal dieses dämliche Kribbeln in ihrem Inneren verursachte? Sofort sah sie seine grünen Augen vor ihrem geistigen Auge und versuchte, das Bild loszuwerden. Es gelang ihr nicht. Stattdessen ergänzte es sich um sein hinreißendes Lächeln und die Erinnerung an die Wärme, die seine flüchtige Berührung an ihrem Arm erzeugt hatte. Mit ihrem stichelnden Kommentar hatte Sissi eine tiefe Wunde geschlagen. Hatte sie recht und Mia war insgeheim in den Inspector verliebt? Aber sie konnte doch nicht gleichzeitig in zwei Männer verliebt sein, oder? Unsinn! Bestimmt gefiel es ihr nur, von einem Mann wie Detective Inspector Mellony umschwärmt zu werden. Sie liebte Sir William und Punkt! Höchste Zeit, erwachsen zu werden.

Während Mia ihren schlaflosen Blick durch die Dunkelheit des Bluebells-Zimmers schweifen ließ, fühlte sie sich, als hätte ihr jemand in den Magen geschlagen. Glücklicherweise atmete Sir William, wie in der vergangenen Nacht, auch jetzt ruhig und gleichmäßig, wohingegen Lady Sophies lautes Schnarchen es unmöglich machte, in den Schlaf zu finden. Außerdem hatten sie im *Drunken Skipper* zu Abend gegessen, um die Häppchen, die bei der Rückkehr nach Gellam Manor traditionell gereicht wurden, unangerührt zurückgehen zu lassen. Sir William hatte zwar alles gegeben, um herauszufinden, wer das Schlafmittel beigemischt hatte, doch die Köchin hatte jegliche Beteiligung an diesem Vorfall vehement abgestritten und die Gellams weigerten sich zudem, Nanna nach all den Jahren treuer Dienste mit weiteren Unterstellungen diesbezüglich zu konfrontieren. Die Schränke und möglichen Verstecke in der Küche hatte Sir William ergebnislos nach Spuren durchsucht. Ein letzter Zweifel blieb dennoch. Vorsichtshalber hatten sie die Köchin davor gewarnt, sich weiterhin an den Häppchen zu bedienen, die sie zurückgehen ließen, bis die Herkunft des Schlafmittels geklärt wäre. Falls dieses überhaupt existierte, denn einen sicheren Beweis dafür gab es bisher nicht.

„Alles hohle Vermutungen", brummte Mia missmutig vor sich hin. Dieser Fall machte keinen Spaß. Egal wie viele Erkenntnisse sie gewannen, es verlief sich alles in Vermutungen – sogar Lady Sophies Entdeckung im Krankenhaus. Aufgrund des von ihr belauschten Gesprächs hatte sie geschlussfolgert, dass Sissi vielleicht doch etwas mit dem Unfall ihres Mannes zu tun hatte. Auch diese Vermutung entbehrte aber jeglicher Beweisgrundlage. Sie tappten im Dunkeln.

Mias Magen gab ein grummelndes Geräusch von sich. Tapfer hatte sie die Häppchen verschmäht, jetzt wünschte sie, sie hätte es nicht getan, dann würde sie vielleicht längst in tiefem Schlummer liegen und sich nicht grübelnd von einer Seite auf die andere wälzen. Außerdem hatte sie vorsorglich eine große Portion

Fish & Chips im *Drunken Skipper* bestellt. Geschmacklich tadellos, aber das Frittierfett, in Kombination mit ihren wirren Gedanken, drehte ihr seit Stunden den Magen auf links. Vielleicht wäre es besser, wenn sie eine Toilette aufsuchte. Instinktiv wollte sie in das angrenzende Badezimmer gehen, entschied sich dann aber dagegen. Wenn es zum Äußersten kommen würde, wollte sie nicht, dass entsprechende Geräusche Sir William aus dem Schlaf rissen. Das wäre der Höhepunkt der Peinlichkeit. Glücklicherweise verfügte dieses riesige Herrenhaus nicht nur über mehrere Schlafzimmer, sondern auch über eine Anzahl von Bädern im zweistelligen Bereich. Sie würde einfach zwei Zimmer weiter gehen und das Bad im Lavendel-Zimmer benutzen.

Auf leisen Sohlen schlich Mia hinaus und erreichte das andere Gästebad im letzten Moment. Die Zeit reichte gerade noch, um den Toilettendeckel zu öffnen, da erbrach sie schon ihr gesamtes Abendessen. Danach fühlte sie sich besser. „Ein Hoch auf die Putzkolonne", sagte sie laut und prostete ihrem Spiegelbild mit einem Becher Mundspülung zu. Dankenswerterweise sorgte das Hauspersonal gewissenhaft dafür, dass jedes Zimmer jederzeit mit allem ausgestattet war, was ein Gast benötigen könnte. Ein Geschenk, so leben zu dürfen.

Mia spülte ihren Mund mehrfach aus, bis der ekelhafte Geschmack verschwunden war, und betrachtete sich dann lange im Spiegel. Sollte ihr Märchen wahr werden? Würde sie eines Tages an Sir Williams Seite als Herrin von Gellam Manor hier leben? An keinem Ort der Welt hatte sie sich bisher so wohlgefühlt wie in Pennygrave. Aber was, wenn die Beziehung mit ihm scheiterte? Wäre es hier dann immer noch ein Ort für ein glückliches Leben? Es war so furchtbar klein. Jeder kannte jeden, jeder begegnete jedem. Seinem ehemaligen Partner nach einer Trennung ständig über den Weg zu laufen, war eher nicht das, was man sich unter einem glücklichen Leben vorstellte. Sissi konnte garantiert ein Lied davon singen. Schließlich hatte sie mit ihrer Jugendliebe Noah ihr Leben lang im selben Ort leben müssen. Moment mal, verglich sie sich gerade mit Sissi? Und hatte sie sich eben ernsthaft vorgestellt, wie es sein würde, von Sir William getrennt zu sein? Höchste Zeit, ins Bett zu gehen.

Mit kaltem Wasser wusch sie sich erneut das Gesicht und trocknete es mit Toilettenpapier ab, da sie keines der feinen weißen Handtücher beschmutzen wollte. Dann trat sie wieder in den Flur hinaus und schloss die Tür des Lavendelzimmers hinter sich. Aus den Augenwinkeln nahm sie eine Bewegung wahr. „Walter?", fragte sie leise. „Sarah?"

Niemand antwortete. Stattdessen entfernten sich schnelle Schritte.

Mia überlegte nicht lange. Hals über Kopf hastete sie der Gestalt hinterher. Als sie um die Ecke bog, sah sie gerade noch, wie ein dunkler Schatten am anderen Ende des Flurs die Tür zur Bibliothek öffnete. Kurz trafen sich ihre Blicke. Es war ein Mann, da war sich Mia ganz sicher, auch wenn er komplett in schwarze Kleidung gehüllt war, wodurch nur ein ovaler Ausschnitt seines Gesichts zu erkennen war.

Die Gestalt huschte in die Bibliothek. In ihrer Verwunderung war Mia stehen geblieben, bemerkte ihren Fehler aber sofort und rannte hinterher. Sie hatte

Glück: Der Fremde war mit seinem Umhang an der Ecke des schweren Eichenholzschreibtischs hängen geblieben und gerade im Begriff, sich loszumachen. Erschrocken hob er den Kopf. Ihre Blicke trafen sich. Mia wusste selbst nicht, woher sie die Energie nahm. Unbeirrt sprintete sie auf die schwarze Gestalt zu. Sie würde sie zu Boden reißen, festhalten, was auch immer, sie hatte keinen Zweifel daran, dass es ihr gelingen würde, den Eindringling zu überwältigen. Von wegen Gespenst. Der Mann vor ihr war definitiv ein lebendiger Mensch, wenn er sogar von einem einfachen Möbelstück aufgehalten werden konnte. Nur noch wenige Schritte blieben zwischen ihr und dem dunkel Gewandeten, da griff er mit der Hand nach einer schweren Statue und hob sie vom Schreibtisch. Drohend schwenkte er sie mit der einen Hand durch die Luft, während es ihm endlich gelang, sich mit der anderen vom Schreibtisch loszureißen. Mia blieb stehen. Wenn er dieses Ding auf ihren Kopf niedersausen ließe, wäre es aus mit ihr, dessen war sie sich sicher.

Sich ergebend hob sie die Hände. Die Gestalt hielt die Statue weiter erhoben und ging einige Schritte rückwärts.

„Augen zu!", befahl sie mit dumpfer Stimme. „Augen zu und bis zwanzig zählen."

„Dann werden Sie mich umbringen", erklärte Mia mit zitternder Stimme.

Als hätte sie den Pseudo-Geist auf eine Idee gebracht, hielt er in der Rückwärtsbewegung inne. Mit der freien Hand griff er hinter sich ins Regal. Er zog ein Buch heraus, öffnete es mühsam und entnahm ihm eine Pistole. Der Roman, der als Versteck gedient hatte, rutschte ihm dabei aus der Hand und fiel mit einem lauten Knall zu Boden.

Mia zuckte zusammen. Die Mündung der Waffe war direkt auf ihr Gesicht gerichtet. Es bedurfte keiner weiteren Worte. Ängstlich taumelte sie rückwärts, immer weiter, bis sie die Tür erreichte. Die Gestalt starrte ihr mit finsterem Blick hinterher. Kaum hatte sie ihren Fuß aus der Bibliothek gesetzt, knallte sie die Tür hinter sich zu. Der Schlüssel steckte von außen im Schloss. Geistesgegenwärtig drehte ihn Mia herum und begann zu rennen.

„William! Sophie! Walter! Irgendjemand!", schrie sie, während sie wie von Sinnen den langen Flur zurück zum Bluebells-Zimmer sprintete. Auf halber Strecke kam ihr Sarah entgegen, nur wenige Sekunden verzögert Sir William und Lady Sophie. Letztere hielt ihren goldenen Revolver in der Hand, den sie liebevoll *Gretchen* getauft hatte. Walter war ja gar nicht hier, er war über Nacht wieder bei seinem Vater in der Stadt, fiel es ihr siedend heiß ein. Während sie Sir William an der Hand mit sich zog, sprudelte sie ihr Erlebnis der vergangenen Minuten hervor. Die anderen folgten ihr lauschend in Richtung Bibliothek.

„Seid bloß vorsichtig, er hat eine Waffe", warnte Mia erneut, obwohl ihre Schilderung diese mehrfach thematisiert hatte.

Als Antwort schwenkte Lady Sophie lediglich ihren goldenen Revolver durch die Luft. Dann drehte sie den Schlüssel im Schloss und stieß die Tür auf.

Das Zimmer war leer. Es war niemand zu sehen.

„Das kann nicht sein", stammelte Mia. „Ich habe ihn gesehen. Hier war ein Mann."

„Wie sah er denn aus?", fragte Lady Sophie, das Innere der Bibliothek weiterhin nicht aus den Augen lassend.

„Dunkel und alt", war das Erste, das Mia einfiel. Erst dann bemerkte sie, dass sie dieselben Worte verwendet hatte wie Sissi bei der Beschreibung des Tatwagens. Gab es einen Zusammenhang, den sie intuitiv spürte, aber noch nicht erkannte?

„Hier ist niemand." Sir William hatte die Bibliothek betreten und hinter den Vorhängen sowie unter dem Schreibtisch nachgesehen. Ehrlicherweise eignete sich der große Raum auch nicht gerade als gutes Versteck, wenn man nicht gerade spindeldürr war und zwischen zwei Bücher passte. Die hohen Regale waren sehr übersichtlich an den Wänden entlang angeordnet und in der Mitte des Raums stand lediglich der antike Eichenholzschreibtisch.

„Aber er kann sich doch nicht in Luft aufgelöst haben." Mias Stimme klang beinahe weinerlich. Was sie gesehen hatte, war kein Spuk gewesen. Was hier gerade geschah, konnte einfach nicht wahr sein.

„Seht ihr!", triumphierte Lady Sophie. „Am Ende ist es doch ein Gespenst. Und ihr wolltet mich für verrückt erklären. Jetzt seht ihr es selbst."

„Nein, nein, das war ein Mensch aus Fleisch und Blut", beharrte Mia. „Ich habe auch keine Erklärung dafür."

„Es sei denn, du hast geträumt", gab Sir William zu bedenken. „Du bist schon einmal aufgewacht und wolltest deine Wohnung staubsaugen, als du hier übernachtet hast, weißt du noch?"

Mia schluckte. Natürlich erinnerte sie sich an den peinlichen Vorfall.

„Nein, das hier war etwas anderes", wehrte sie sich. „Beim Schlafwandeln war ich nicht wach. Da war ich nicht bei mir. Jetzt schon. Ich war ja sogar so geistesgegenwärtig, den Schlüssel umzudrehen und die Gestalt einzuschließen."

„Dann hat sie sich in Luft aufgelöst", bemerkte Lady Sophie hilflos.

Mia war sich sicher, dass es eine andere Erklärung dafür geben musste.

2O

Vorsichtig nahm Leyla einen weiteren Ordner aus dem Regal und blätterte ihn Seite für Seite durch. Noch immer wartete sie auf das Einsetzen eines schlechten Gewissens. Immerhin hatte sie dem schlafenden Hunter seinen Hausschlüssel entwendet und war mehr oder weniger in sein Büro eingebrochen, aber in diesem Fall heiligte der Zweck die Mittel. Sie liebte Hunter. Und er liebte seine Tochter. Wenn sie jemals eine Chance haben wollte, mit ihm glücklich zu werden, dann musste sie irgendetwas finden, was sie gegen Beatrice verwenden könnte. Irgendetwas, womit sie dieses kleine Biest in den Griff bekommen würde. Hunter selbst würde seine Tochter niemals verraten, so viel stand fest. Aber sie selbst hatte keinerlei Skrupel, die Kontrahentin an die Polizei zu verraten. Beatrice Hunter hatte Dreck am Stecken, das stand außer Frage. Es war ja kein Zufall, dass noch ein Gerichtsverfahren gegen sie ausstand. Dieses Mädchen war hochgradig gefährlich und es würde Leyla eine Freude sein, sie in die Arme der Justiz zu übergeben, woraufhin sie endlich aus ihrem und Hunters Leben verschwinden würde. Es war schlichtweg nicht nachvollziehbar, warum er sich so von dieser Verrückten gängeln ließ. Er war diesem dummen Kind regelrecht hörig. Das musste ein Ende haben. Beatrice

120

war Hunters Achillesferse. Sie musste behutsam vorgehen, wenn sie nicht riskieren wollte, ihn zu verletzen, während sie Beatrice aus dem Weg schaffte.

„Was tust du da?"

Erschrocken fuhr Leyla herum und blickte direkt in Hunters enttäuschte Augen. Langsam kam er auf sie zu, sodass sie hoffte, er würde sie in den Arm nehmen, aber er nahm ihr lediglich den Ordner aus der Hand, schloss ihn und stellte ihn zurück ins Regal. Dann blieb er vor ihr stehen, ohne sie zu berühren und sah sie abwartend an.

Leyla wusste, dass sie ihm eine Erklärung schuldig war, dennoch war sie sich nicht sicher, ob sie ihm die Wahrheit sagen oder eine Lüge auftischen sollte. Sie entschied sich für die Wahrheit.

„Es tut mir leid", begann sie kleinlaut. „Es ist falsch von mir, dich zu hintergehen, ich weiß das. Aber ich habe keine andere Möglichkeit gesehen. Ich liebe dich, Hunter. Beatrice macht uns unsere Beziehung unmöglich. Ich wollte etwas finden, was ich gegen sie verwenden kann, damit sie uns endlich in Ruhe lässt."

Wortlos trat er zum Schreibtisch und zog die unterste Schublade auf. Er nahm einen Stapel Briefe heraus und legte sie vor Leyla auf den Schreibtisch.

„Was ist das?", fragte sie irritiert.

„Das, was du gesucht hast. Etwas, das du gegen meine Tochter verwenden kannst. Vorladungen, Briefe von einer gewissen Sally McTrout."

„Sally McTrout? Die Tochter von Melanie?"

„Du kennst sie?"

„Ich habe bei Mrs McTrout angefragt, ob ich in ihrer Schneiderei einen Nebenjob als Näherin haben kann.

Sally war auch da. So ein braves Mädchen ist mit deiner Tochter befreundet? Das überrascht mich jetzt wirklich."

„Von einer Freundschaft kann leider keine Rede sein." Hunter blickte betreten auf die Briefe. Dann nahm er einen von ihnen und reichte ihn Leyla. „Sally McTrout wurde vor nicht allzu langer Zeit von meiner Tochter bedroht. Ich habe mich wegen Beatrices Verhalten schuldig gefühlt und habe Sally geschrieben, mich für das Verhalten meiner Tochter entschuldigt und darum gebeten, dass Sally ihre Sicht der Dinge schildert. Ich wollte aus ihrem Mund hören, was meine Tochter ihr angetan hat. Sie war noch nicht so weit, darüber zu sprechen. Aber sie hat mir Briefe geschrieben. Darin beschreibt sie detailliert, was Beatrice ihr angetan hat. Vor Gericht werden diese Briefe eine wichtige Rolle spielen, wenn wir sie einreichen. Sally ist ein liebes Mädchen, wie du bereits bemerkt hast. Sie wird in ihrer Aussage sehr vorsichtig sein. Obwohl Beatrice ihr so geschadet hat, will sie meiner Tochter nichts Böses. Es ist fraglich, ob sie jemals so gegen sie aussagen wird, dass es zu einer Haftstrafe reicht. Diese Briefe hier genügen jedoch eindeutig."

„Und was willst du tun?"

Hunter wirkte zerknirscht. „Ich weiß es nicht. Das Problem ist, dass ich Beatrice nicht ausliefern kann."

„Weil sie deine Tochter ist und du sie liebst, ich verstehe schon."

„Nein". Seine Augen hatten einen traurigen Glanz angenommen, als er nach ihren Händen griff. „Weil Beatrice mich genauso ans Messer liefern kann wie ich sie. Sie weiß, was ich getan habe. Auch ich habe keine weiße Weste."

„Wie meinst du das?" Leyla schluckte. Bisher hatte sie Hunter als einen schlauen, erfolgreichen Unternehmer, vor allem aber als einen gutherzigen Menschen erlebt. Sollte es eine dunkle Seite an ihm geben? Und falls ja, wollte sie diese kennenlernen?

„Ich bin ein Zocker, Leyla." Er seufzte tief, als sei ihm bei dieser Beichte ein schwerer Stein vom Herzen gefallen. „Natürlich möchte ich dich beeindrucken. Ich möchte dich niemals enttäuschen, aber ich will, dass du mich liebst, den Menschen, der ich bin und nicht denjenigen, den du zu kennen glaubst."

„Du hast Spielschulden?"

Hunter knetete seine Finger. „Nein, nein, nicht so ein Zocker. Ich zocke an der Börse."

„Ach so. Na, das finde ich nicht besonders schlimm."

„Das war auch lange nicht schlimm. Bis ich alles verloren habe. Ich habe mich komplett verzockt. Es war alles weg. Alles."

„Aber du hast dich wieder herausgearbeitet?" Sie wünschte, es wäre ihr gelungen, die Frage als Feststellung zu formulieren.

„Das wäre schön gewesen. Aber nein. Ich bin den einfachen Weg gegangen. Ich bin in Panik geraten. Dachte, sie nehmen mir das Haus weg und als nun Mittellosem sicher auch das Kind. Da habe ich das getan, was von Jugend an mein Hobby war."

Leyla schwieg. Er sollte reden. Einfach reden.

Er quälte sich. „Ich bin ein Hacker, Leyla. Ich verschaffe mir Zutritt zu Konten und räume sie leer. Über mehrere Transfers wird das Geld auf mein Konto überwiesen.“

Leyla atmete hörbar ein. „Die vier Millionen“, hauchte sie fassungslos.

Mit einem Nicken bestätigte Hunter ihre Erkenntnis. „Sind gestohlen“, ergänzte er dann. „Gestohlen von einem reichen Mann, der nun ein großes Problem hat, weil ich meines mit seinem Geld gelöst habe.“

Leyla nickte. „Und Beatrice weiß das.“

„Ja. Sie weiß alles. Ich verstehe, wenn du mich jetzt doch lieber verlassen willst.“

21

Als Mia am nächsten Morgen erwachte, fühlte sie sich, als sei sie selbst statt Tristan Ratherford überfahren worden. Ihre Muskeln brannten von der Anspannung und der Kopf schmerzte. Zudem herrschte eine stechende Leere in ihrem Magen. Das Erlebnis der vergangenen Nacht rumorte durch ihren Körper und Geist, ohne dass sie auch nur eine Sekunde lang an einen solchen geglaubt hätte. Die Gestalt, der sie in der Bibliothek gegenübergestanden hatte, war durch und durch menschlich gewesen, so viel stand fest. Und ein Mensch konnte nicht einfach aus einem verschlossenen Raum verschwinden, das war auch vollkommen klar. Blieb also nur eine logische Schlussfolgerung: Es musste eine Möglichkeit geben, aus der Bibliothek zu verschwinden, ohne dass man die Tür benutzte.

Leise erhob sie sich von ihrem Matratzenlager, ging ins Bad, zog sich an und warf einen neidischen Blick auf Sir William und Lady Sophie. Wie konnten sie nur so seelenruhig schlummern? Unbemerkt schlich sie sich aus dem Bluebells-Zimmer. Ihr Weg führte sie in die Bibliothek, wo sie sich suchend umsah. Schon immer hatte sie eine Vorliebe für alte Herrenhäuser gehabt. Schon lange, bevor sie nach Pennygrave gekommen war. Aus einschlägigen Filmen und Büchern wusste sie, dass es in diesen alten Kästen von Geheimgängen nur so wimmelte. Warum sollte es einen solchen nicht auch in der Bibliothek von Gellam Manor geben? Lady Sophie hatte zwar nichts Derartiges erwähnt und schien auch nichts davon zu wissen, aber das bedeutete ja noch lange nicht, dass ein solcher Gang nicht trotzdem existierte. Schließlich hatten Lord Rupert und Lady Sophie Gellam den Familienstammsitz nicht erbaut, sondern von Lord Ruperts Vorfahren übernommen, so wie diese von den ihren. Wenn Mia sich nicht täuschte, hatte Sir William mal erwähnt, dass das pompöse Haus aus dem sechzehnten Jahrhundert stammte. Da konnte über die Zeit hinweg der eine oder andere Geheimgang schon mal in Vergessenheit geraten. Das bedeutete aber noch lange nicht, dass man ihn nicht wiederentdecken konnte und genau das hatte Mia vor. Ehrfürchtig trat sie vor eines der großen Regale und betrachtete die Buchrücken. Ihres Wissens nach konnte man viele Geheimgänge öffnen, indem man ein bestimmtes Buch bewegte. Aber welches? Diese Bibliothek umfasste gut und gerne ein paar tausend Bücher. Sie konnte schlecht an jedem einzelnen wackeln, in der Hoffnung, dass sich dadurch die Wand auftat. Oder doch?

Sie beschloss, es zu versuchen, egal wie lange es dauern würde. Eine gute Strategie konnte dennoch nicht schaden. Sie überlegte. Am ehesten würde man einen solchen Mechanismus an einer gut erreichbaren Stelle anbringen, die untersten und obersten Regale konnte sie folglich ausschließen. Sie würde in der Mitte beginnen und sich dann langsam durch die Reihen arbeiten. Mit ein bisschen Glück könnte sie schon beim Frühstück mit einer triumphalen Entdeckung aufwarten.

Mit etwas Pech dagegen würde dieses Vorgehen einige Tage in Anspruch nehmen und zu nichts führen. Trotzdem: Ihr Instinkt sagte ihr, dass sie auf der richtigen Spur war. Bisher hatte er sie nie getrogen.

Mia griff nach dem ersten Buchrücken und zog daran. Nichts. Das zweite Buch. Nichts. Das dritte ... Auf diese Weise arbeitete sie sich einmal rundherum und stand dann wieder vor der Stelle, an der sie begonnen hatte. Bezüglich ihrer Körpergröße war sie kleiner als der Durchschnitt, vielleicht musste sie das bedenken.

Sie beschloss, mit der Reihe über der bisher erprobten weiterzumachen. Doch auch hier wurde sie nicht fündig. Noch eine Reihe weiter hoch. Nun musste sie sich schon strecken, um die jeweiligen Buchrücken zu erreichen. Für die nächste Reihe würde sie einen kleinen Hocker oder die Hilfe von Sir William benötigen. Beim Gedanken an seine dunkelblauen Augen war sie einen Moment unachtsam und zog das Buch etwas zu weit heraus, sodass es aus dem Regal stürzte und zu Boden fiel. Es war ungewöhnlich dick und schwer. Mia war froh, dass es sie nicht am Kopf getroffen hatte. Sie bückte sich und griff danach. Es handelte sich nicht um ein gewöhnliches Buch, sondern um ein altes Fotoalbum. Unwillkürlich begann sie, darin zu blättern.

„Das gibt's ja nicht!", rief sie plötzlich aus und konnte sich das Lachen nicht verkneifen.

Das waren doch Melody Clearmont und Clara Clottingham auf diesem Bild. Einträchtig posierten sie Arm in Arm auf dem Pennygraver Marktplatz vor einem der üppig bestückten Blumenkästen. Das allein wäre noch kein Anlass zur Belustigung gewesen, aber das Bild war jahrzehntealt. Melody mochte ungefähr Ende dreißig gewesen sein und Clara noch ein blutjunger Teenager, trotzdem waren ihre markanten Gesichtszüge zweifelsfrei zu erkennen. Auch die drei anderen Bilder auf der Doppelseite waren Schnappschüsse von den beiden Frauen in ihren jungen Jahren. Kaum zu glauben, dass Melody inzwischen über siebzig und Clara in den Vierzigern war. Und wie bewundernswert, dass ihre Freundschaft all die Jahre überdauert hatte. Zwar stritten sie sich nur zu gerne über den Kenntnisstand zu neuesten Sensationen, aber im Grunde hielten sie immer zusammen.

Mia blätterte um. Das durfte doch nicht wahr sein. Ein Foto davon, wie Melody einen Mann küsste, der erstaunliche Ähnlichkeit mit Vincent Clottingham hatte. Konnte das möglich sein? Hatte die Frauen nicht nur eine tiefe Freundschaft miteinander verbunden, sondern auch die Liebe zum selben Mann? Oder war Vincent zuerst mit Melody liiert gewesen und Clara hatte ihn ihr weggeschnappt? Frei nach dem Klischee des Mannes, der seine Frau gegen eine deutlich jüngere Geliebte austauschte? Aber wären sie dann heute noch Freundinnen? Wohl kaum. Da musste etwas anderes dahinterstecken.

Mia schmunzelte. Pennygrave steckte wirklich voller Geheimnisse. Sollte es so kommen, dass sie ihr Leben hier verbringen würde, dann würde es zumindest nicht langweilig werden. Neugierig blätterte sie weiter. Auch den nächsten Herrn erkannte sie sofort: Edward Mostly, der älteste Einwohner Pennygraves, dessen Geburtstag am kommenden Wochenende groß zelebriert werden sollte. Wie lustig. Auch heute noch hatte er dieselben Gesichtszüge wie auf dem Foto, auf dem er eine

Geburtstagstorte in der Hand hielt, in deren Zentrum eine große Siebenundsechzig prangte. Endlich ein genauer Anhaltspunkt. Das Album musste also mindestens dreiunddreißig Jahre alt sein. Heute hatte Mr Mostly deutlich mehr Falten, aber die jungenhaften Augen und das spitzbübische Lächeln hatte er sich offensichtlich über all seine Lebensjahre hinweg erhalten. Auf einem weiteren Foto posierte er an einem alten Wagen. Auf dem Foto links daneben saß er stolz auf einem Motorrad. War schon immer ein Karosserie-Fan gewesen, der gute Edward. Kein Wunder, dass er sich, auch mit seinen fast hundert Jahren, weigerte, seinen Führerschein abzugeben. Den Bildern nach zu urteilen, verband ihn eine große Liebe mit aller Art von motorisierten Fahrzeugen. Auch seine verstorbene Frau Catherine war auf vielen der Bilder zu sehen. Schön, wenn man als Paar ein gemeinsames Hobby hatte. Sie wirkten glücklich. Bestimmt hatte es dem armen Edward das Herz gebrochen, als er seine Catherine schon vor vielen Jahren verloren hatte. Als Mia sich einmal mit ihm unterhalten hatte, hatte er erklärt, der Tod habe ihn wohl nur vergessen. Er rechnete jeden Tag damit, dass er plötzlich geholt würde und fürchtete sich nicht davor, weil der Tod ihn wieder mit seiner geliebten Catherine vereinen würde. Mia konnte sich der Vorstellung nicht erwehren, wie die beiden auf einer Wolke sitzend durch den Himmel brausten.

Grinsend blätterte sie weiter. Das gesamte Fotoalbum war voll von Schnappschüssen mit Pennygraver Bürgern. Irgendjemand auf Gellam Manor musste Hobbyfotograf gewesen sein und ein ziemlich guter noch dazu.

„Ach, hier steckst du. Na, das habe ich mir doch gedacht."

Mia hatte Sir William gar nicht kommen hören, genoss aber die Umarmung nicht minder, als er von hinten die Arme um sie schlang. „Was machst du denn da?" Er ließ sie los und griff nach dem Album. „He, woher hast du das denn? Ist das etwa Edward Mostly?" Auch er grinste breit und Mia nickte.

„Das ist mir aus Versehen aus dem Regal gefallen. Weißt du zufällig, wer diese Fotos gemacht hat?"

„Nein, keine Ahnung." Amüsiert blätterte er durch die Seiten, gerade so, wie Mia kurz zuvor. „Aber sie sind ziemlich gut, muss ich zugeben."

„Ja, finde ich auch."

Er klappte das Album zu, klemmte es sich unter den Arm und reichte ihr die Hand, um ihr hochzuhelfen.

„Und, hast du den Geheimgang gefunden?"

„Du weißt von dem Geheimgang? Warum hast du nichts gesagt? Wie lässt er sich öffnen?"

„Moment, Missverständnis. Ich habe keine Ahnung, ob es hier einen gibt oder wie er sich öffnen lässt. Als ich aufgewacht bin und du nicht mehr im Zimmer warst, bin ich davon ausgegangen, dass du in der Bibliothek danach suchst."

„Du kennst mich zu gut." Sie küssten sich.

Sir William tippte auf das Album. „Aber das hier ist natürlich auch ein bemerkenswerter Fund. Vor allem die Bilder von Mr Mostly. Meinst du nicht, wir sollten sie dem Festkomitee zur Verfügung stellen? Die machen doch anlässlich seines hundertsten Geburtstags bestimmt eine Art Präsentation seines Lebens, da würden diese Fotos wunderbar passen."

„Oh, das ist eine superschöne Idee. Ich kann sie nachher zur Kirche bringen.“

Dort sollte die Feier stattfinden, weil es das größte überdachte Gebäude in Pennygrave war.

„Und wie findest du die Idee, zu frühstücken?“

„Auch ganz nett.“ Mia strahlte.

Händchenhaltend gingen sie in den Salon. Der Geheimgang musste wohl bis nach dem Frühstück warten.

22

„Verzeihung, Sir, kann ich Sie kurz sprechen?"

„Aber natürlich." Mit einer flinken Handbewegung wischte Detective Inspector Adam Mellony das Foto vom Schreibtisch und widmete seine Aufmerksamkeit Sergeant Angela Angel. „Wie kann ich Ihnen helfen?"

Sie streckte ihm einen Briefumschlag entgegen. „Hier, ich möchte Ihnen das nur kurz geben."

„Was ist denn das?"

„Mein Versetzungsantrag."

Er betrachtete sie einen Moment überrascht. Als er wahrnahm, wie sie unter seinem fragenden Blick errötete, wandte er sich ab und zog der Form halber die Papiere aus dem Umschlag. Lange konnte er sich den Unterlagen jedoch nicht widmen. Erstens hatte sie ihm gesagt, um was es sich handelte und zweitens widersprach es jeder Anstandsregel, dem Gegenüber bei einem Gespräch nicht in die Augen zu sehen, noch dazu, wenn es sich um ein solch wichtiges Thema handelte.

„Angel, abgesehen davon, dass Sie ein hervorragender Sergeant sind und ich ungern auf Sie verzichten möchte, würde es mir auch persönlich das Herz brechen, Sie gehen zu lassen. Dürfte ich vielleicht den Grund für Ihren Versetzungswunsch erfahren?"

Sie rang mit sich, das konnte er ihr deutlich ansehen. Ihr Mund bewegte sich, als wollte sie etwas sagen, könnte sich aber nicht entscheiden, ob sie die Worte über ihre Lippen kommen lassen wollte.

„Sergeant, wenn es irgendwie möglich ist, würde ich mich sehr freuen, wenn Sie diesen Antrag wieder zurückzögen." Er streckte ihr den Umschlag entgegen und wedelte auffordernd damit.

Sie nahm ihn jedoch nicht an sich.

„Bitte, Angel, tun Sie mir das nicht an."

„Ich muss es tun", erklärte sie endlich. „Bitte verzeihen Sie mir, Sir, aber Sie lassen mir keine andere Wahl."

„Was habe ich denn getan? Habe ich Sie in irgendeiner Weise schlecht behandelt? Habe ich Ihnen Unrecht getan, dienstlich oder persönlich? Lassen Sie es mich wissen, Angel, ich werde alles tun, um mein Vergehen wiedergutzumachen."

„Das weiß ich. Aber das können Sie nicht. Und Sie kennen auch den Grund, warum ich nicht bleiben kann."

Er hob die Augenbrauen. Dabei hatte sie recht. Er wusste es.

Sergeant Angel bückte sich und hob das hinabgefallene Foto vom Boden auf. Mia Midway lachte ihr davon entgegen. Sie kannte das Bild. Es war im Pennygraver Boten gewesen. Im Original stand Sir William an ihrer Seite, aber den hatte der Inspector abgeschnitten. Vorsichtig legte sie das Foto vor ihm auf den Tisch. Nun war es an ihm, zu erröten.

„Legen wir doch die Karten offen auf den Tisch", sagte Sergeant Angel traurig. „Es ist ihretwegen." Sie tippte auf das Bild. „Inspector, ich bin mir sicher, Sie wissen, was ich für Sie empfinde. Ich kann meine Gefühle für

Sie nicht kontrollieren. Seit ich hier angefangen habe, kämpfe ich damit. Es war immer anstrengend, aber es war erträglich. Jetzt ist es das nicht mehr." Sie seufzte. „In jemanden verliebt zu sein, der die Liebe nicht erwidert, ist die eine Sache. In jemanden verliebt zu sein und dabei zuzusehen, wie er jemand anderen liebt, ist die andere." Wieder seufzte sie Herz erweichend.

Inspector Mellony lächelte traurig. Er konnte sie besser verstehen als sie ahnte, schließlich befand er sich in einer ganz ähnlichen Situation.

„Es tut mir schrecklich leid", sagte er leise. „Ich kann meine Gefühle nicht ändern. Ich wünschte, das wäre der Fall."

„Und ich *meine* nicht."

„Wann genau wollen Sie denn versetzt werden?"

„So bald wie möglich. Gerne kann ich den aktuellen Fall noch mit Ihnen abschließen. Aber dann möchte ich weg. Sollte meine Versetzung nicht genehmigt werden, möchte ich mich beurlauben lassen."

„Ich respektiere Ihre Entscheidung und werde mich schnellstmöglich darum kümmern."

„Danke."

Bedrückt sah er seinem Sergeant dabei zu, wie sie mit gesenktem Kopf sein Büro verließ. Wenn man seine Gefühle doch nur steuern könnte. Es könnte alles so einfach sein.

23

Staunend sah sich Mia in der Kirche von Pennygrave um. Theresa Morten war eine wahre Künstlerin, was Dekoration anbelangte. Das hohe Deckengewölbe war mit unzähligen Girlanden behängt, von denen an langen Fäden Pappschilder baumelten, auf denen jeweils die Zahl Hundert, umrundet von einem Lorbeerkranz, prangte. Sie sprangen dem Betrachter deutlich ins Auge und sorgten von Anfang an für die richtige Geburtstagsatmosphäre. Noch viel bemerkenswerter war allerdings, dass die Kirchenfenster mit Transparenten beklebt waren, die Edward Mostly in den verschiedensten Stationen seines Lebens zeigten. So konnte man, beginnend am Eingang, einmal den Innenraum der Kirche entlanggehen und schritt dabei symbolisch dessen Leben ab. Dabei schien die Sonne so hell durch die Buntglasfenster, dass sie diese Bilder in geheimnisvoll buntem Licht erstrahlen ließen. Von der Decke herab hingen an langen, dünnen Fäden weitere Fotos, Glückwünsche und Zitate aus dem hundertjährigen Leben des ältesten Einwohners Pennygraves. Es waren noch vier Tage bis zur großen Feier am Samstag. Wenn die Dekoration schon jetzt dieses Ausmaß erreicht hatte, durfte man über das Endergebnis nur spekulieren.

„Theresa?", rief Mia laut und überlegte in derselben Sekunde, ob es überhaupt erlaubt war, in einer Kirche diese Lautstärke anzuschlagen.

„Ich komme gleich", ertönte prompt die Antwort aus der Sakristei, nicht weniger leise. Wenig später folgte der Stimme Theresa Morten mit einem großen Blumenstrauß, neben ihr Sissi Ratherford, die sich lebhaft bei ihr für die schöne Gestaltung von Elisas Taufe bedankte.

„Oh, Mia, waren wir verabredet?" Die Pfarrersfrau runzelte leicht die Stirn und schien in ihrer Erinnerung nach einer vergessenen Verabredung zu forschen, aber Mia schüttelte schnell den Kopf.

„Nein, nein, keine Sorge. Ich wollte nur fragen, ob du einen Moment Zeit hast, dir diese Fotos anzusehen. Ich habe sie zufällig in der Bibliothek von Gellam Manor gefunden und William meinte, du könntest sie vielleicht für die Feier von Mr Mostlys Geburtstag brauchen."

„Ich bin interessiert." Theresa Morten strahlte, drückte Mia den Blumenstrauß in die Hand und griff nach dem Album. Lächelnd schlug sie es auf und geriet bereits nach den ersten Fotos in heitere Verzückung.

„Nein, das darf ja nicht wahr sein! Clara und Melody. Wie hübsch die beiden waren, oder?"

„Allerdings. Und dass sie schon so lange befreundet sind, obwohl sie sich die ganze Zeit streiten, finde ich auch recht eindrucksvoll."

„Ach, was sich liebt, das neckt sich. Unter Geschwistern ist man da nicht so."

„Geschwister? Die beiden sind Schwestern?"

„Halbschwestern, genaugenommen, wusstest du das nicht? Nach dem Tod von Melodys Mutter hat Mr Clearmont nochmal geheiratet. Eine Frau, die dreißig Jahre jünger war als er. Mit ihr hat er dann noch mal ein Baby bekommen. Clara. Ein sehr spätes Vaterglück, es hat ganz schön Gerede gegeben, aber das sind wir ja hier gewohnt." Sie grinste. „Clara Clottingham ist eine geborene Clearmont. Im Gegensatz zu ihrer kleinen Halbschwester hat Melody nie geheiratet." Sie schlug die nächste Seite auf. Dass die Neuigkeit für Mia einer Sensation gleichkam, bemerkte sie nicht einmal.

Auch Sissi, die ihr über die Schulter schaute, lächelte amüsiert.

Seite um Seite glitt durch Teresa Mortens Finger, begleitet von variantenreichen Ausrufen der Verzückung. „O Mia, das muss ich mir unbedingt alles kopieren. Das ist ja allerliebst, was für ein Fund!", freute sie sich.

Plötzlich stieß Sissi neben ihr einen spitzen Schrei aus. Ihre Hand schnellte nach vorn. Mit dem Zeigefinger klopfte sie auf eines der Bilder. „Da ... da", stammelte sie.

Irritiert betrachteten die beiden anderen die aufgebrachte Sissi, deren Gesicht aschfahl geworden war. Sie hob den Kopf und holte tief Luft, während sie wie ein Specht mit dem Fingernagel immer wieder auf das Foto tippte. „Das ... das ist der Wagen, der Tristan überfahren hat."

Eine Schrecksekunde lang herrschte Stille. Mia sah auf das Bild. Es zeigte Edward Mostly, wie er an einem alten, dunklen Auto angelehnt dastand. Mit Marken kannte sie sich nicht besonders gut aus und leider war das Foto schwarz-weiß, sodass man nicht hundertprozentig sagen konnte, um welche Farbe es sich handelte, aber es war, genau wie Sissi im Gespräch mit Inspector Mellony beschrieben hatte, ein altes, dunkles Auto.

Sissi schnappte keuchend nach Luft, als stellte sie der Anblick des Fotos vor eine körperliche Herausforderung. „Edward Mostly hat meinen Mann überfahren", stellte sie keuchend fest.

Die Pfarrersfrau drückte Mia das Album wieder in die Hand und legte ihren Arm um die Schulter der aufgebrachten Sissi. „Beruhige dich. Warum sollte er denn so etwas tun? Edward ist ein herzensguter Mensch. Er kann keiner Fliege etwas zuleide tun, geschweige denn einem Menschen."

„Aber es ist das Auto, genau dieses!", insistierte Sissi. „Ich erkenne doch diese kleine weiße Blume hier auf der ... wie heißt das Ding ... Motorhaube?"

Tatsächlich war eine weiße Rose genau auf der Mitte davon aufgemalt.

„Vielleicht ein Unfall", warf Mia ein, während sie versuchte, gleichzeitig das Album und den riesigen Blumenstrauß festzuhalten. „Erinnert ihr euch noch daran, wie Edward Mostly seinen alten Buick zielsicher im Eingangsbereich der Bibliothek eingeparkt hat? Das war auch keine Absicht. Er hat sich lediglich bei der Einfahrt vertan, trotzdem hat es unsere beiden Glastüren das Leben gekostet."

„Aber dann müsste er doch mitbekommen haben, dass er Tristan umgefahren hat." Sissi sah zerknirscht aus. „Er hätte doch anhalten und einen Arzt rufen müssen. Warum ist er denn einfach weitergefahren?"

„Am besten, wir fragen ihn", erwiderte Mia pragmatisch und gab Theresa Morten den Blumenstrauß zurück. Dann löste sie das verräterische Foto vom Papier, steckte es ein und übergab das Album an die Pfarrersfrau.

Keine Minute später stand sie im Kirchhof und presste sich das Handy ans Ohr. „Sophie, du glaubst nicht, was ich eben erfahren habe."

24

Melanie McTrout schlug das Herz bis zum Hals. Das hätte niemals passieren dürfen. Vielleicht hatten sie sich mit der Pflege von Steve doch zu viel zugemutet. Es war eine so schöne Idee von Thomas gewesen, ihn aus dem Heim zu sich zu holen, aber den Betreuungsaufwand hatten sie deutlich unterschätzt. Als wäre der Abschied vom Heim seine Karte in die Freiheit, wollte Steve gar nicht damit aufhören, die Welt zu entdecken. Verständlich, bisher hatte sich sein Leben innerhalb der Mauern des Pflegeheims abgespielt, ständig überwacht von gut geschultem Personal. Mit den großen Toren hatte sich ihm auch eine Welt eröffnet, die er bisher nicht gekannt hatte und die er sich nun in strahlender Freude eroberte. Das war nicht das Problem. Melanie freute sich mit ihrem Sohn und wollte ihm gerne alles zeigen. Aber sie hatte nun mal auch noch einen Job und Thomas und Sally konnten ebenfalls nicht rund um die Uhr nach ihm sehen. Sie hatten sich schon in Schichten aufgeteilt, dennoch genügte die kleinste Unaufmerksamkeit und ihr geistig behinderter Sohn verschwand irgendwo in den Straßen Pennygraves, um einen Marienkäfer zu verfolgen, einem Auto nachzulaufen oder an einer Blume zu schnuppern, die er irgendwo entdeckte. Immer wieder mussten sie ihn suchen und diesmal dauerte das schon eine Stunde. Die

Kirche war ihre letzte Idee. Wenn irgendetwas Hoffnung versprach, dann sie. Melanie McTrout öffnete die schweren Kirchentüren und sah ihn sofort. Steve saß in der vordersten Kirchenbank und kicherte wie ein kleines Kind.

„Ach Steve“, rief sie und stürmte zu ihm. „Ich habe dich überall gesucht.“

„Mist, ich habe vergessen, dich anzurufen“, rief Theresa von der obersten Sprosse einer Leiter herab. „Ich wollte dir noch Bescheid geben, dass er hier ist, hab' es aber total verschwitzt, tut mir leid.“

„Kein Problem. Ist ja nicht deine Aufgabe. Er ist uns wieder mal entwischt. Was machst du denn hier, mein Schatz?“ Sie kniete sich vor Steve, der auf den Altarraum deutete und sich kichernd die Hand vor den Mund presste.

„Was ist denn dort, warum lachst du?“

„Kleine Teufelsköpfe. Kommen aus dem Boden und wieder weg. Gehen unter. Schwupps.“ Mit den Armen machte er eine so wilde Bewegung, dass Melanie ausweichen musste. Fragend sah sie zu Theresa, aber die zuckte nur mit den Achseln.

„Lass ihn doch, wenn es ihm Spaß macht. Hier ist er gut aufgehoben und er tut ja nichts, außer sich über seine Fantasie zu freuen.“

„Lieb von dir, aber ich nehme ihn lieber wieder mit ins Atelier. Ich habe noch jede Menge Näharbeiten zu erledigen.“ Sie stand auf und reichte ihrem Sohn die Hand. „Komm, Schatz. Du darfst die bunten Knöpfe sortieren, das machst du doch so gerne.“

Von der Leiter herab sah Theresa dabei zu, wie Mutter und Sohn die Kirche verließen. Tapfere Melanie. Nicht jeder würde sich zutrauen, einen geistig behinderten Erwachsenen zu betreuen.

Kurz bevor sie aus ihrem Sichtfeld verschwanden, wandte Steve sich nochmals um, presste sich die Hand vor den Mund und begann wieder zu kichern.

25

Im Zentrum einer riesigen Wiesenfläche am Rande von Pennygrave stand das winzige Cottage Edward Mostlys. Umgeben von den weitläufigen Ländereien wirkte es geradezu verloren. Daran konnte auch der deutlich in die Jahre gekommene Holzschuppen nichts ändern, der die doppelte Größe des Wohnhauses ausmachte und einige Meter hinter diesem stand, als könnte er das Cottage allein durch seinen Schatten beschützen.

Allein hätte Mia diesen Ort bestimmt nicht gefunden, aber Lady Sophie wusste genau, wohin sie gehen mussten. Auf Mias Anruf hin hatte sie sofort erklärt, bei der Befragung Edward Mostlys dabei sein zu wollen. Eine hervorragende Idee, denn sie kannte den Mann bedeutend länger und besser als sie, die erst seit wenigen Monaten in Pennygrave lebte und ihm eher sporadisch begegnet war. Ihn dann direkt zu einem Mordanschlag zu befragen, war nicht gerade die feine englische Art. Wobei es noch herauszufinden galt, ob Lady Sophie das besser beherrschte. Bisher hatte sie eher durch ihre direkte Art geglänzt als durch englische Zurückhaltung, trotzdem hätte sich Mia keine bessere Freundin vorstellen können. Trotz ihres Altersunterschieds ergänzten sie sich perfekt und wenn ihr der Mut fehlte, war Lady Sophie jederzeit bereit, für sie in die Bresche zu springen.

Zielstrebig marschierte Mias Freundin auf das kleine, halb verfallene Cottage zu. Gerade wollte sie die Hand erheben, um an die hölzerne Tür zu klopfen, da stellte sie fest, dass diese ohnehin einen Spalt offen stand und marschierte daher kurzerhand hinein. Mia zögerte einen Augenblick, dann folgte sie ihr.

In der altmodischen Wohnküche saß Edward Mostly am Tisch, vor sich ein Glas Wasser. Ihm gegenüber auf der anderen Seite der Tischplatte stand Inspector Mellony und hielt seinen gezückten Notizblock in der Hand. Als die beiden Frauen eintraten, grüßten sie höflich. Leicht irritiert, aber freundlich erwiderte der Inspector die Begrüßung, während Edward Mostly brummend den Kopf hob. Erschrocken riss er die Augen auf.

„O nein, nicht auch das noch. Das hat mir gerade noch gefehlt." In einer für sein Alter beeindruckenden Geschwindigkeit sprang er auf und ging zu der alten Anrichte.

„Aber, aber, lieber Mr Mostly." Empört schnalzte Lady Sophie mit der Zunge. „Da hätte ich mir aber eine höflichere Begrüßung gewünscht."

Kopfschüttelnd öffnete der alte Mann die Schublade und holte ein abgegriffenes Portemonnaie heraus. „Es tut mir schrecklich leid, Ihre Ladyschaft, ich habe die Pacht nicht bezahlt. Und dafür habe ich keine Entschuldigung, als dass ich es schlichtweg vergessen habe. Ach herrje. Was bin ich Ihnen schuldig, Lady Gellam?"

Ruhig ging sie zu ihm, nahm ihm das Portemonnaie aus der Hand und legte es zurück in die Lade. Dann nahm sie den verschreckten Mann beim Arm und führte ihn behutsam zurück zu seinem Platz.

„Aber nein, Mr Mostly", sagte sie dabei freundlich. „Sie schulden mir gar nichts. Sie haben doch schon vor vielen Jahren eine monatliche Überweisung eingerichtet, haben Sie das vergessen? Das geht alles ganz automatisch, Sie brauchen sich um nichts zu kümmern."

„Oh." Edward Mostly lachte befreit. „Das habe ich tatsächlich vergessen. Dann bin ich erleichtert. Das ist ja nett, dass Sie mich besuchen kommen. Ich würde Ihnen gern ein Stück Kuchen anbieten, aber ich habe leider nichts hier."

„Ähm, ehrlich gesagt sind wir nicht gekommen, um Kuchen zu essen", erklärte Mia schnell.

„Das hätte mich auch sehr gewundert", platzte Inspector Mellony heraus, wofür er von Lady Sophie ein provozierendes Grinsen erntete.

„Wir wollten Sie gerne etwas fragen", ergänzte Mia ihre angefangene Erklärung.

„Oh, fragen Sie nur, solange Sie noch können. Wie es aussieht, muss ich ja leider bald ins Gefängnis."

Während Mia und Lady Sophie die Gesichtszüge entgleisten, sandte Mostly einen mitleiderregenden Blick in des Inspectors Richtung.

Der seufzte tief. „Mr Mostly, niemand hat gesagt, dass Sie ins Gefängnis müssen. Sie sollten lediglich Ihren Führerschein abgeben. Freiwillig. Zwingen kann man Sie nicht einmal dazu."

„Na, da kommt er aber ganz schön glimpflich davon", murmelte Lady Sophie überrascht.

Mit einem harschen Blick brachte der Inspector sie zum Schweigen. „Und ...", wandte er sich wieder an den alten Mann, „... es wäre wirklich höflich und angebracht, wenn Sie sich bei Mrs Clottingham entschuldigen würden. Die Arme hat einige Schürfwunden davongetragen."

„Das werde ich, das werde ich. Alles mache ich, wenn ich nur nicht ins Gefängnis muss", versprach er reumütig.

„Was hat denn Mrs Clottingham damit zu tun?", fragte Lady Sophie irritiert. „Sollte er sich nicht eher bei Tristan Ratherford entschuldigen?"

„Wieso denn das?" Inspector Mellony wirkte ehrlich verwundert.

„Na, weil er ihn überfuhr und dann einfach hat liegen lassen. Ein Glück, dass er überhaupt überlebt hat. Das hätte ganz schön Böse ausgehen können."

„Den auch?" Nun schien der Inspector völlig von den Socken.

„Na, wen denn noch?"

„Clara Clottingham."

„Die auch?"

Edward Mostly sprang auf. „Nein, niemanden habe ich überfahren, das ist doch gar nicht wahr! Mir ist während der Fahrt die Brille hinuntergefallen. Dann musste ich sie wieder aus dem Fußraum fischen. Und dabei bin ich offenbar von der Fahrbahn abgekommen und habe das Fahrrad von Clara überfahren. Sie war doch schon abgesprungen und konnte sich in den Straßengraben retten, so haben Sie das doch gesagt, oder Detective Inspector, Sir?"

„So hat es mir zumindest Mrs Clottingham geschildert."

„Also. Dann ist es ja gerade nochmal gutgegangen. Und bei Clara entschuldige ich mich natürlich noch.

Aber mit Tristan Ratherfords Unfall habe ich nichts zu tun. Das war doch mitten in der Nacht. Da habe ich geschlafen, was glauben Sie denn? Ich bin fast hundert Jahre alt, denken Sie, ich schlage mir meine Nächte damit um die Ohren, Leute zu überfahren?"

„Beruhigen Sie sich doch, Mr Mostly", bat Mia. So wie der arme Mann sich in Rage geredet hatte, stand zu befürchten, dass ihm das alte Herz versagte.

„Warum wollen mir denn nur alle anhängen, dass ich jemanden überfahren hätte?", klagte der alte Mann. „Ich bin zwar alt, aber ich tue doch niemandem was."

Mia überlegte. Was konnte sie dem fast Hundertjährigen zumuten? Sollten sie die Befragung durchziehen? Andererseits waren sie so dicht an der Wahrheit und ans Licht kommen musste sie ja doch. Bewusst langsam nahm sie das alte Foto aus ihrer Tasche und legte es vor ihn auf den Tisch.

„Was sagen Sie denn dazu, Mr Mostly?", fragte sie schlicht.

Die Augen des alten Mannes begannen zu leuchten. „Was ich dazu sage? Ich frage mich, woher Sie dieses Foto haben. Das ist ja toll. Und es kommt genau im richtigen Moment. Mein geliebter alter Lagonda." Tränen traten ihm in die Augen. Er machte sich nicht die Mühe, sie zu verstecken. „Haben Sie eine Ahnung, was mir dieses Auto bedeutet hat?"

„Sie geben also zu, dass das Ihr Auto ist?"

„Ja, sicher. Sehen Sie diese kleine weiße Rose auf der Motorhaube? Die hat meine liebe Catherine – Gott hab sie selig – gemalt. Dieser Wagen ist einzigartig. Ich liebe meinen Lagonda mehr als jedes andere meiner Autos."

„Dann haben Sie mehr davon?"

„O ja. Seit meiner Jugend sind schöne Wagen mein Hobby.“

Mit einem fragenden Blick in Edward Mostlys Richtung griff der Inspector nach dem Foto und betrachtete es eingehend. Dann sah er Mia an.

„Dürfte ich erfahren, woher Ihr Interesse für Edward Mostlys Liebe zu alten Autos rührt, Miss Midway?“

„Sie dürfen.“ Sie nahm ihm das Foto aus der Hand und deutete darauf. „Genau dieser Lagonda wurde von Mrs Ratherford als der Wagen identifiziert, mit dem ihr Mann überfahren wurde. Ich nehme an, es gibt nicht mehr viele davon in Pennygrave und Sie haben eben selbst auf die Einzigartigkeit der Rose verwiesen. Daher liegt die Annahme nahe, dass ...“

„Mooooooment“, gebot ihr der Inspector Einhalt. „Miss Midway, warum kommt Mrs Ratherford mit ihrer Erkenntnis nicht zu mir? Ich hatte sie darum gebeten, sich zu melden, wenn ihr noch etwas einfällt.“

Kurzerhand schilderte Mia den Zufall, durch den sie auf den Wagen gekommen waren, und bat ihn um Verständnis dafür, dass sie sofort bei Mr Mostly hatten nachhaken müssen. Dann zog sie einen Schmollmund.

„Kommen Sie schon Mellony. Sind Sie jetzt böse auf mich? Sie wissen doch, wie neugierig ich bin.“

Er musste kurz auflachen, hatte sich aber gleich wieder im Griff. „Ich bin nicht böse. Es kränkt mich ein wenig, dass Sie offenbar die Zeit fanden, Lady Gellam anzurufen, für ein Telefonat mit mir aber keine war.“

„Nur keine Eifersüchteleien, Mellönchen“, flötete Lady Sophie. „Lassen Sie uns lieber die Konzentration darauf lenken, wie es nun weitergehen soll.“

„Wir werden den Wagen sicherstellen und auf Spuren des Unfalls untersuchen lassen. Und dann, mein lieber Mr Mostly, werden Sie sich dafür verantworten müssen. Ein Unfall mit Fahrerflucht ist leider keine Lappalie. Schon gar nicht, wenn Personen dabei zu Schaden gekommen sind. Tristan Ratherford hätte sterben können. Pures Glück, dass er schwerverletzt überlebt hat."

„Aber ich habe niemanden überfahren, schon gar nicht mit dem alten Lagonda. Er war ein Geschenk meiner verstorbenen Frau. Seit ihrem Tod habe ich es nicht mehr übers Herz gebracht, mich auch nur hineinzusetzen", jammerte Mostly. „Ich fahre nur noch den alten Ford."

Seine Beteuerungen brachten den Detective Inspector nicht davon ab, das gute Stück begutachten zu wollen und so bewegten sich alle vier kurzerhand zum Schuppen.

Das große Rolltor war unverschlossen und ließ sich spielend leicht öffnen. Stolz deutete der Neunundneunzigjährige auf den Wagen. Dann wurde er blass. Die Front des alten Lagonda war sichtlich verbeult und an der lädierten Stoßstange klebte Blut.

„Das kann nicht sein!", keuchte er.

Schnell sprangen Lady Sophie und der Inspector ihm bei und stützten ihn, da seine Beine ihn nicht mehr zu tragen schienen.

„Mr Mostly", sagte Mellony ernst. „Wie es aussieht, haben Sie Tristan Ratherford überfahren. Ich muss Sie bitten, mir aufs Revier zu folgen."

„Werde ich jetzt eingesperrt?"

„Nein. Ich muss Sie nur vorschriftsmäßig zu der Sache befragen und das machen wir am besten gemeinsam mit Sergeant Angel auf dem Revier. Ich nehme Sie in meinem Wagen mit und bringe Sie nach dem Verhör wieder zurück. Fluchtgefahr können wir, denke ich, ausschließen."

Edward Mostly nickte. Dann folgte er kopfschüttelnd. „Da habe ich einen Mann überfahren und habe das einfach vergessen", murmelte er leise vor sich hin. Erschüttert ließ er sich abführen.

Auch als die beiden Männer längst außer Sichtweite waren, standen Mia und Lady Sophie noch an Ort und Stelle und sahen sich traurig an. Der arme Mr Mostly.

Mia regte sich als Erste. „Ich wollte schon immer mal in so einem alten Wagen sitzen", bemerkte sie und kletterte auf den Fahrersitz.

„Drück bloß nicht die Hupe, sonst kommt Mellönchen zurück und verhaftet dich gleich mit."

„Wieso, weil ich in Mostlys Auto sitze?" Mia ruckelte vorsichtig am Lenkrad und ahmte laute Motorengeräusche nach.

„Nein, weil er denkt, du hättest den Wagen gefahren. Theoretisch könnte ja jeder kommen, ihn benutzen und dann wieder zurückstellen."

„Sophie!", rief Mia. „Du bist genial!"

„Ich danke recht schön für die Anerkennung." Sie deutete einen formvollendeten Knicks an, den sie bestimmt seit der höheren Töchterschule beherrschte.

„Nein, wirklich! Dass wir da nicht gleich drauf gekommen sind!"

„Worauf?"

Im Affekt schlug Mia auf die Hupe. Lady Sophie legte warnend den Zeigefinger an die Lippen, aber sie winkte ab. „Sophie, für wie wahrscheinlich hältst du es, dass jemand einen Menschen über den Haufen fährt und es nicht bemerkt?"

„Ausgeschlossen."

„Und dass er es tut und dann vergisst?"

„Sehr unwahrscheinlich."

„Eben. Ich kann mir beim besten Willen nicht vorstellen, dass Edward Mostly Mr Ratherford überfahren hat und sich nicht daran erinnert. Trotz seiner fast hundert Jahre ist er doch nicht senil. Er ist zwar nicht mehr ganz auf der Höhe, aber er hat doch auch bemerkt, dass er Mrs Clottinghams Fahrrad zermatscht hat. Und so abgebrüht, dass er Tristan Ratherford einfach liegen gelassen hätte, ist er sicher auch nicht."

Lady Sophie deutete auf die zerbeulte Front. „Das hier ist aber eindeutig."

„Ja, eine eindeutig miese Nummer. Jemand muss gewusst haben, dass der Wagen für jeden zugänglich hier steht. Das ist das perfekte Verbrechen. Der Täter hat den Wagen gestohlen, Tristan Ratherford überfahren und ihn dann heimlich wieder zurückgestellt. Oh, was ist das?" Sie bückte sich und zog eine Kette mit dem Anhänger einer goldenen Rose aus dem Fußraum.

„Die ist ja hübsch." Lady Sophie strahlte. „Glaubst du, sie hat Catherine Mostly gehört? Das wird eine schöne Überraschung, wenn der arme Mr Mostly vom Verhör zurückkommt."

„Könnte sein." Mia kniff die Augen zusammen und zupfte mit dem Zeigefinger an ihrer Unterlippe. „Andererseits meine ich, ich hätte diese Kette schon mal irgendwo gesehen. Sie kommt mir so bekannt vor."

„Wo?"

„Tja, jetzt lach mich bitte nicht aus: Ich habe es vergessen."

26

Ärgerlich, sehr ärgerlich. Grübelnd überquerte Lady Sophie den Marktplatz und bog dann in die schmale Seitenstraße ein. Während Mia zurück nach Gellam Manor gehen wollte, um weiter nach einem Geheimgang in der Bibliothek des Herrenhauses zu suchen, sollte Lady Sophie die Stadtbibliothek von Pennygrave öffnen, zumindest für ein paar Stunden, und anschließend ein Schild aufhängen, dass sie an den nächsten beiden Tagen nur von zehn bis zwölf Uhr geöffnet sein würde. Diese Maßnahme hatten Mia und sie gemeinsam beschlossen, da ihnen noch nie ein Fall derart viele Nachforschungen abverlangt hatte. Blieb nur zu hoffen, dass sich Mia schnell daran erinnerte, wer die Besitzerin der goldenen Rose war. Beide Frauen waren sich sicher, dass die Kette eine heiße Spur war. Kurz konzentrierte Lady Sophie ihre Aufmerksamkeit auf die Straße. Seit sie das Blut an der Stoßstange gesehen hatte, achtete sie lieber zweimal auf herannahende Autos und verließ sich nicht nur auf ihr Gehör. Aufmerksam sah sie nach rechts, dann nach links und wurde in Sekundenschnelle stocksteif. Das konnte nicht sein! Nein. Das war nicht möglich! Sie hatte ihn nur kurz gesehen, nur für den Bruchteil einer Sekunde aus dem Augenwinkel. Und er war in Carla Potters Cottage verschwunden.

Ohne auf den Verkehr zu achten, rannte sie über die Straße und klingelte Sturm.

Die Tür öffnete sich und eine vollkommen verschlafene Carla Potter stand vor ihr, im Nachthemd, die Haare auf Lockenwicklern.

„Was ist denn los, ich hatte Nachtschicht. Bin gerade eingeschlafen.“

„Mrs Potter, ich muss unbedingt in Ihr Haus. Können Sie mich reinlassen?“

„Lady Gellam, sind Sie verrückt geworden? Mit Verlaub, lassen Sie mich schlafen. Was wollen Sie denn in meinem Haus?“

„Meinen Mann suchen.“

„Ihren Mann? Sie haben wieder geheiratet?“

Lady Sophie schüttelte den Kopf. Nein, natürlich nicht. Ich glaube, Lord Rupert ist gerade in Ihrem Cottage verschwunden, Mrs Potter.“

„Ihre Ladyschaft, geht es Ihnen gut? Soll ich einen Arzt rufen?“

„Nein, Sie sollen mich hereinlassen.“

„Um Ihren Mann zu suchen, der vor fast zwanzig Jahren verstorben ist?“

„Zwölf. Ich weiß, es klingt verrückt, aber lassen Sie mich doch bitte kurz nachsehen, dann verschwinde ich sofort wieder. Sie dürfen sich gerne wieder schlafen legen.“

„Wenn es Sie glücklich macht ...“ Carla Potter trat einen Schritt zur Seite. „Ich geh' wieder ins Bett. Achten Sie bitte darauf, dass die Tür richtig zu ist, wenn Sie gehen. Sie schließt manchmal nicht richtig.“

Lady Sophie suchte. Akribisch durchsuchte sie jeden einzelnen Raum. Sie hätte schwören können ... aber es widersprach jeglicher Logik. Sie musste einer Halluzination zum Opfer gefallen sein. Wollte ihr Unterbewusstsein ihr etwas mitteilen? Sehnte sie sich nach einer neuen Beziehung? Das, was zwischen ihr und Peter gelaufen war, konnte man ja kaum als eine solche bezeichnen. Und Jared Johnson hatte sie abgewiesen, bevor überhaupt etwas hätte entstehen können. Vielleicht sollte sie der Männerwelt nicht ganz so verschlossen gegenübertreten. Gerade als sie ihre Suchaktion als peinliche Spinnerei ihres Liebe ersehnenden Unterbewusstseins abgetan hatte, klingelte ihr Handy.

„Mia", sagte sie, während sie in den Flur marschierte. „Ich bin noch nicht einmal in der Bibliothek angekommen. Stattdessen sehe ich schon wieder Gespenster."

„Ich weiß, wem die Kette gehört." Mias triumphierendes Grinsen war durch das Telefon förmlich zu sehen. „Komm sofort zum Haus der Ratherfords."

27

Ironisch grinsend imitierte Mia einen Applaus, als ihre Freundin keuchend vor dem Haus der Ratherfords ankam.

„Schneller ging es nicht", erklärte sie.

„Hast du das Schild in der Bibliothek aufgehängt?"

„Ich bin ja nicht einmal bis dorthin gekommen."

„Was hast du denn so lange gemacht?"

„Meinen Beziehungsstatus hinterfragt. Erkläre ich dir später. Wem gehört die Kette?"

„Siehst du gleich."

Auf ihr Klingeln hin wurde sofort geöffnet. Noah trug die kleine Elisa auf dem Arm und führte sie ins Wohnzimmer, wo Sissi auf dem Sofa saß, in den Händen eine zerrissene Hose, vor sich einen Korb mit Flickwäsche.

„Mit Tristan geht es weiterhin aufwärts", sagte sie, ohne ihre Arbeit zu unterbrechen. „Er will die Scheidung."

Mia öffnete ihre Handfläche, in der sie die goldene Kette verborgen hatte, und zog sie mit den Fingern der anderen Hand nach oben, sodass sie in der Luft baumelte und der Anhänger gut zu sehen war. So gut, wie in der Kirche, als Elisa Ratherford getauft worden war und die Kette sich elegant an Sissis Dekolleté geschmiegt hatte.

Erschrocken fasste sich Sissi Ratherford an den nackten Hals. „O nein, ich muss sie verloren haben. Wie dumm von mir. Wo haben Sie die her?"

„Aus dem Lagonda, mit dem Ihr Mann überfahren wurde", antwortete Lady Sophie ernst.

Sissi Ratherford riss erschrocken die Augen auf. „Aber wie kommt sie denn da hin?"

Sie war eine bemerkenswert gute Schauspielerin, wie Mia sich eingestehen musste. Bis vor wenigen Sekunden war sie davon ausgegangen, dass allein die Präsentation der Kette genügen würde, um ein umfangreiches Geständnis von der fünffachen Mutter zu erhalten. Da hatte sie sich offenbar bitter getäuscht.

„Die Kette muss Ihnen wohl vom Hals gefallen sein, als Sie ihren Mann überfahren haben", stellte Mia schlicht fest.

„Aber ich habe ihn nicht überfahren. Warum sollte ich denn so etwas tun?"

„Weil Sie sich nur noch gestritten haben", erklärte Lady Sophie in freundlichem Ton. „Tristan hat sein Ding gemacht und Sie mit Haushalt und Kindern weitgehend allein gelassen. Sie waren am Ende Ihrer Kräfte. Komplett überfordert. Als Tristan dann auch noch angefangen hat, seine Abende im *Drunken Skipper* zu verbringen und das Geld zu vertrinken, das Sie als Familie dringend nötig hatten, wurde es Ihnen einfach zu viel. Da sind Ihnen die Sicherungen durchgebrannt. Und ich kann Sie verstehen, Sissi, ich kann absolut verstehen, dass man mit fünf Kindern und einem trinkenden Mann an seine Grenzen kommt. Aber dann muss man sich doch Hilfe holen und nicht gleich einen Mord begehen. Haben Sie nicht an Ihre Kinder gedacht?

Wenn Sie ins Gefängnis müssen, können Sie sich nicht mehr um sie kümmern. Und ich bezweifle, dass Ihr Mann dazu in der Lage sein wird. Was soll denn aus den Kleinen werden?"

„Ich weiß nicht, was in Sie gefahren ist, aber ich habe meinen Mann nicht umgefahren. Ich schwöre es!"

„Der Schwur einer Mörderin ist leider nicht viel wert", entgegnete Lady Sophie traurig. „Ein Geständnis würde vieles einfacher machen. Sicher bekommen Sie mildernde Umstände, Sissi. Jeder wird nachvollziehen können, in was für einer Ausnahmesituation Sie sich befanden."

„Ich habe Tristan nichts getan", wiederholte sie. Tränen sammelten sich in ihren Augen. „Ich war in einer Ausnahmesituation, ja. Und ich bin es noch. Aber ich bringe doch niemanden um." Ob aus Wut oder Verzweiflung, sie begann zu weinen. Bestürzt setzte sich Noah neben sie, legte den Arm um sie und zog sie an sich. Dann küsste er sie auf das Haar.

„Oder waren Sie es, Noah?", fragte Mia leise. „Wollten Sie Tristan aus dem Weg räumen, damit Sie endlich mit der Frau zusammen sein können, die Sie seit Ihrer Kindheit lieben?"

Langsam wandte er sich zu ihr um und schüttelte traurig den Kopf. „So etwas würde ich niemals tun."

Sissi griff nach Elisa, die auf Noahs Schoß leise zu wimmern begonnen hatte. Sogar das Baby schien zu spüren, dass die Situation gerade äußerst brenzlig wurde. Während Sissi ihre Tochter an sich nahm, blieb das kleine Babymützchen in Noahs Armbeuge hängen. Lady Sophie atmete so heftig ein, dass ein lauter Pfeifton aus ihrer Kehle drang und Mia sie besorgt ansah.

„Sophie, ist alles in Ordnung?"

„Nichts ist in Ordnung", hauchte Lady Sophie und deutete auf die kleine Elisa. Nie zuvor hatte Mia die Freundin so schockiert erlebt. Jegliche Selbstbeherrschung war ihr entglitten. Dennoch konnte Mia nicht erkennen, was genau sie derart aus der Fassung gebracht hatte.

„Das Muttermal", keuchte Lady Sophie beinahe tonlos und fuchtelte mit dem Zeigefinger in Richtung des Babys. Dann wies sie auf Noah. Dann wieder auf das Baby. Dann wieder auf Noah.

„Sophie, hast du einen Anfall? Soll ich einen Arzt rufen?", fragte Mia, die mit der Situation ebenfalls vollkommen überfordert war.

Während Lady Sophie nach Worten rang, zog Sissi ihrer Tochter das Mützchen wieder über den Kopf und Noah musterte betreten den alten Teppich.

Endlich schien sich Lady Sophie wieder zu fangen. „Noah hat dasselbe Muttermal am Kopf!", rief sie. „Ich war damals eine junge Frau, aber ich erinnere mich an seine Taufe und daran, dass ich damals schon sicher war, noch nie so ein seltsames Mal am Kopf eines Menschen gesehen zu haben. Ich erinnere mich sogar an den Gedanken, dass ich dem kleinen Jungen möglichst viele Haare und eine dichte Frisur wünschte, damit er es darunter verbergen konnte. Zumindest das ging in Erfüllung. Ich habe diesen Fleck seit der Taufe nicht mehr gesehen. Erst jetzt. Am Kopf von Elisa. Elisa ist Ihre Tochter, habe ich recht, Noah?"

Nun war es an Mia, um Fassung zu ringen. Dass Noah Sissi von Kindesbeinen an liebte und sein Leben lang nicht verkraftet hatte, dass sie sich beim Abschlussball von ihm getrennt hatte, war kein Geheimnis. Wohl aber, dass die beiden offenbar wieder zueinandergefunden hatten. Während Noah schuldbewusst den Kopf senkte, entfuhr Sissi ein tiefer Seufzer.

„Es bringt wohl nichts, es zu leugnen. Die Kinder sind von Noah. Tristan hat die Scheidung bereits eingereicht. Es konnte ihm gar nicht schnell genug gehen.“

„Moment.“ Eine Sekunde lang glaubte Mia, sich verhört zu haben. „Die Kinder?“

Wieder nickte Sissi. Lady Sophie gelang es gerade noch, den Sessel zu erreichen, in den sie sich fallen ließ. Mia setzte sich direkt an Ort und Stelle auf den Boden.

„Darf ich fragen ...“ begann Mia, wurde aber von einem erneuten Seufzer Sissis unterbrochen.

Mit traurigen Augen wandte die sich an Noah. „Es macht keinen Sinn, es abzustreiten. Tristan wird es überall herumposaunen. Ein Wunder, dass Melody es noch nicht getan hat. Ich habe ihren Blick gesehen, als Elisa bei der Taufe das Mützchen vom Kopf gerutscht ist. Sie hat das Muttermal gesehen. Und genau wie Sie, Lady Sophie, hat sie es wiedererkannt. Ich bin mir sicher, sie hat eins und eins zusammengezählt.“

„Ich möchte nochmals darauf zurückkommen, dass Sie vorhin sagten, *die Kinder*“, erinnerte Mia neugierig.

Noah zog hilflos den Kopf ein. „Sie sind alle von mir.“

„Alle fünf?“, kreischte Lady Sophie.

„Alle fünf“, bestätigte er. „Als Sissi sich damals von mir getrennt hat, war ich am Boden zerstört. Mir war klar, dass ich niemals eine andere Frau lieben könnte. Monatelang habe ich versucht, sie zurückzuerobern, aber sie hat sich auf nichts eingelassen. Sie war so tief verletzt, dass ich mit jeglicher Bemühung auf Granit biss."

„Und wie bitteschön kam es dann zu fünf gemeinsamen Kindern? Ich fasse es ja nicht." Kopfschüttelnd rang Lady Sophie um ihre Selbstbeherrschung, als sie einen tadelnden Blick von Mia einfing. Es war immer besser, die Menschen einfach reden zu lassen, wenn der Damm erst einmal gebrochen war. Nachhaken konnte man später noch.

„Eines Tages stand Sissi plötzlich in der Brennerei. Ich glaubte, meinen Augen nicht zu trauen. Niemals hätte ich für möglich gehalten, dass die Liebe meines Lebens zu mir zurückkehren würde."

Lady Sophie öffnete den Mund, schloss ihn wieder und schluckte ihre Bemerkung tapfer hinunter.

„Sissi war vollkommen aufgelöst. Im ersten Moment dachte ich, Tristan und sie hätten sich getrennt, aber dem war leider nicht so. Stattdessen erzählte sie mir, dass die beiden seit Jahren versuchten, Kinder zu bekommen und es einfach nicht klappte. Sissi hatte sich schon immer eine große Familie gewünscht. Eigentlich hatten wir direkt nach der Hochzeit damit beginnen wollen, aber dazu kam es ja leider nicht. Na ja, und nun war sie mit Tristan verheiratet und musste einsehen, dass er wohl keine Kinder zeugen konnte. Sie selbst hatte sich beim Arzt untersuchen lassen, es war alles in Ordnung."

Sissi räusperte sich. „Es ist nicht so, dass ich mich Noah sofort an den Hals geworfen habe. Eine ganze Weile lang habe ich mich mit dem Gedanken gequält, dass ich wohl niemals Mutter sein würde. Irgendwann habe ich es nicht mehr ausgehalten. Ich wusste, dass

Noah mir den Wunsch nicht abschlagen würde. Seit er mich damals betrogen hatte, fühlte er sich schuldig. Außerdem war ich mir sicher, dass er mich noch liebte, er machte ja nie ein Geheimnis daraus. In der vollen Überzeugung, dass Noah mir helfen würde, ging ich zur Brennerei. Ich erklärte ihm, dass ich es nicht aushalten würde, keine Kinder zu bekommen und dass er mir helfen müsse. Er hat nicht einmal versucht, mir meine Idee auszureden. Wir schliefen miteinander und prompt wurde ich schwanger. Beim ersten Versuch."

„Wie können Sie sicher sein, dass nicht trotzdem Tristan der Vater ist? Vielleicht haben Sie sich geirrt, er ist doch nicht zeugungsunfähig und es hat nur zufällig später geklappt."

Sissi lachte, als habe Mia einen Scherz gemacht. „Das Muttermal, Miss Midway. Es ist so einzigartig, dass es besser ist als jeder Vaterschaftstest. All meine Kinder haben es an derselben Stelle auf dem Kopf. Genau wie Noah."

Mia stutzte. „Und da ist Ihr Mann nicht misstrauisch geworden?"

„Tristan?" Wieder lachte Sissi, diesmal schallend. „Ich habe ihm erzählt, das sei dasselbe Muttermal, wie es mein verstorbener Vater am Kopf gehabt habe. Tristan hat ihn nie kennengelernt. Und Noah hat er ja als Kind nicht gekannt, er hat sein Mal nie gesehen. Außerdem hält er sich für den größten Hengst aller Zeiten. Die Tatsache, dass er glaubte, vier Jungs gezeugt zu haben, pushte sein Ego so sehr, dass er meine Erklärung niemals auch nur ansatzweise infrage gestellt hat. Er hat es erst kurz nach Elisas Taufe erfahren. Und dann ja prompt die Scheidung eingereicht."

„Er hat es nach der Taufe erfahren? Von wem?“

„Das weiß ich nicht, Miss Midway. Irgendjemand muss das Muttermal gesehen und es ihm verraten haben.“

„Mutter“, murmelte Noah leise.

„Wie bitte?“, hakte Mia nach, aber Noah schüttelte den Kopf und schwieg.

„Jetzt weiß ich, wo ich die Kette hingetan habe!“, schrie Sissi plötzlich und sprang so schnell auf, dass Elisa zu weinen begann. Hastig eilte sie in Richtung der Zimmertür, drückte Lady Sophie im Vorbeigehen das Baby auf den Arm und huschte hinaus.

„Sollten wir hinterhergehen? Nicht dass sie abhaut“, warnte Mia leise.

„Ach Quatsch.“ Verzückt betrachtete Lady Sophie den Säugling auf ihrem Arm. Mit größtem Erstaunen musterte Elisa das ihr unbekannte Gesicht und verzog sogar den Mund zum Ansatz eines Lächelns. „Niemals würde Sissi so etwas Goldiges zurücklassen, habe ich recht, meine Süße?“ Mit der Kuppe ihres Zeigefingers berührte Lady Sophie das Näschen und gab ihm einen zärtlichen Stups. Elisa gluckste selig. „O du lieber Gott, ist das süß.“ Verzückt schäkerte sie mit dem Winzling in ihren Armen. Die Anwesenden, die Umgebung, ja sogar den Fall schien sie vollständig aus ihrem Wahrnehmungsbereich ausgeblendet zu haben. „Das kann ja gar nicht sein, dass es so was Niedliches wie dich auf der Welt gibt“, sagte sie zärtlich. „Magst du bei mir bleiben, ja, kleine Elisa? Bleibst du bei der alten Lady Sophie im großen, großen Herrenhaus und wirst eine kleine Prinzessin?“

Die Adlige hatte nicht bemerkt, dass Noah den Vorgang mit kritischem Blick verfolgt hatte. Nun stand er auf und nahm ihr das Kind aus dem Arm. Sein Kind, wie sie nun zweifelsfrei wussten.

„Tut mir leid, das war natürlich nur unsinniges Gerede“, verteidigte sie sich rasch. „Allerdings hoffe ich wirklich, mal wieder so ein süßes Baby auf Gellam Manor zu haben. Ich wäre eine hervorragende Großmutter.“

„Das glaube ich sofort“, stimmte Noah ehrlich zu, während Mia etwas peinlich berührt ihre Schuhspitzen betrachtete. Sie war noch nicht bereit für irgendwelche Babydiskussionen, geschweige denn dafür, schon Mutter zu werden. Zwar liebte sie Sir William und konnte sich durchaus ein Leben auf Gellam Manor vorstellen, aber dafür, dass die Beziehung erst wenige Wochen währte, war dieses Thema unangemessen.

„Ich habe sie!“ Genau im richtigen Moment kam Sissi zurück ins Zimmer und schwenkte triumphierend die Kette mit dem goldenen Rosenanhänger durch die Luft. „Ich habe sie beiseitegelegt, weil ich sie für Elisa aufheben möchte. Ich selbst lege keinen großen Wert auf Schmuck, aber ich finde, es ist ein schönes Taufgeschenk für sie.“

Verwirrt starrte Mia auf die goldene Kette, die sie im Lagonda gefunden hatte, und die mit derjenigen, welche Sissi gerade in den Händen hielt, vollkommen identisch war. „Wenn Sie Ihre Kette noch haben, wem gehört dann die?“

„Meiner Mutter“, ächzte Noah.

Alle drei Frauen sahen ihn verwundert an. Er streckte die Hände nach beiden Ketten aus und sowohl Sissi als auch Mia legten die jeweilige hinein. In jeder Hand eine Kette bewegte er die Handflächen, als wollte er sie gegeneinander abwiegen.

„Erklärung bitte", forderte Lady Sophie. Sie war landläufig nicht gerade für ihre Geduld bekannt und diese war nun wohl überstrapaziert.

Noah seufzte schwer, doch als die fragenden Blicke der Anwesenden auf ihm lasteten, holte er tief Luft. „Es sind zwei Ketten. Schon immer gewesen. Meine Mutter und deren beste Freundin haben sie gemeinsam als Einzelstücke bei einem Goldschmied anfertigen lassen, nachdem ihnen eine große Sensation gelungen war. Wie Sie vielleicht wissen, ist die Brennerei schon seit vielen Jahrzehnten im Besitz der McCanns. Meine Mutter war damals mit meinem Vater, dem Erben der Brennerei zusammen. Er hat sie ein paarmal mit in den Betrieb genommen und sie war sofort begeistert davon. Ihr Interesse, gepaart mit einem absoluten Talent für Geschmacksrichtungen von Likör und Schnaps, war wohl ausschlaggebend dafür, dass mein Vater sie geheiratet hat. Er selbst war zwar der Erbe, konnte mit der ganzen Brennerei aber wenig anfangen. Er trank nicht einmal Alkohol."

Ungeduldig wippte Lady Sophie mit den Füßen. Sie hatten mehr über die Herkunft der Kette erfahren wollen, nichts über die Familiengeschichte der McCanns.

„Wie dem auch sei ...", deutete Noah die Anzeichen der Ungeduld richtig. „Meine Mutter konnte meinen Vater zwar nie für das Handwerk begeistern, wohl aber ihre beste Freundin. Gemeinsam haben sie in einer Nacht- und Nebelaktion einen Rosenlikör entworfen, der so fantastisch schmeckte, dass er direkt einen Preis gewann. Leider wollte mein Vater nicht zugeben, dass seine Frau diejenige gewesen war, die das Siegesgetränk entworfen hatte. Er meinte, das schade der Familienehre. Also hatte er so getan, als sei es seine Kreation gewesen und den Preis angenommen. Der Pokal dafür sah genauso aus wie diese Anhänger hier." Er hielt die Ketten gut sichtbar in die Luft. „Meine Mutter und ihre beste Freundin wussten, dass sie sich dem Willen meines Vaters und der Familie unterordnen mussten, aber so ganz wollten sie dann doch nicht auf ihren Triumph verzichten. Also ließen sie sich diese Anhänger in der Optik des Siegerpokals anfertigen und trugen sie von da an als sichtbares Zeichen ihres gemeinsamen Geheimnisses. Als die beste Freundin meiner Mutter dann starb, nahm meine Mutter deren Kette an sich und hatte seither zwei. Als ich gesehen habe, dass sie Sissi die Kette schenkt, musste ich kurz schlucken, fand diesen Zug aber unglaublich rührend, weil sie damit wohl ausdrücken wollte, dass sie ihr den Platz ihrer besten Freundin einräumt und sie ihr sehr nahesteht. Eine große Ehre. Ich weiß, dass sie Sissi immer geliebt hat. Dass wir uns getrennt haben, war nicht nur für mich schlimm, auch Mutter hat sehr unter der Trennung gelitten. Sie hat sich nichts mehr gewünscht, als dass Sissi und ich wieder ein Paar werden. Das konnte ich schon daran sehen, dass sie sich immer sofort aus dem Staub gemacht hat, wenn Sissi bei uns auf dem Anwesen auftauchte. Ich glaube, sie wollte uns freie Bahn gewähren und hat geduldig auf eine Versöhnung gehofft, deren Ausbleiben sie dann jedes Mal aufs Neue enttäuscht hat. Sie hätten sie mal nach Tristans Unfall erleben sollen. Sie kam in mein Zimmer gestürmt und hat mich bedrängt, so schnell wie möglich zu Sissi zu fahren. Sie hat mich begleitet, mir die Möglichkeit gegeben, sie zu trösten und währenddessen den gesamten Haushalt geschmissen.“

„Ja, sie war eine riesige Hilfe“, pflichtete Sissi bei.

„Ich glaube, sie witterte einfach die Chance auf unser Happy End.“

„Oder sie hat sie geschaffen“, murmelte Lady Sophie mehr zu sich selbst, aber Noah und Sissi hörten sie gar nicht. Sie hatten die Augen geschlossen und küssten sich.

Verträumt sah Mia den beiden zu. Es stand außer Frage, dass sie sich liebten, das konnte ein Blinder mit Krückstock erkennen.

Plötzlich stieß Noah Sissi von sich. „O Gott!“, platzte er laut heraus. „Das Blut!“

„Welches Blut?“, rief Lady Sophie im gleichen Tonfall. Als sei er eine Gummipuppe, der man die Luft abgelassen hatte, sank Noah in sich zusammen. Sein Blick ging ins Leere. „Es war die Nacht nach Elisas Taufe ...“, sagte er mit monotoner Stimme, als könnte er selbst nicht glauben, dass sich die Gedanken aus seinem Kopf zu Wörtern formten, „... ich bin mitten in der Nacht aufgewacht, weil ich ein Geräusch gehört hatte. Da ich davon ausging, ein Einbrecher sei im Haus, bin ich mit der Schrotflinte in den Flur gegangen, um ihn zu stellen. Und da stand ich plötzlich Mutter gegenüber. Sie war von oben bis unten mit Blut bespritzt. Ich dachte, sie sei schwer verletzt, aber sie sagte, es sei Kirschsaft. Sie habe mit Kirschsaft experimentiert. Da sie kerngesund wirkte und ich keinerlei Verletzungen ausmachen konnte, habe ich ihr natürlich geglaubt. Wenn es Blut gewesen wäre, hätte sie furchtbare Schmerzen haben müssen und kaum so fröhlich im Flur stehen können – so dachte ich zumindest. Was ich nicht bedacht habe, ist, dass Blut nicht wehtut, wenn es von jemand anderem stammt."

„Sie meinen, Ihre Mutter stand mitten in der Nacht im Flur, mit Blut besudelt und bester Laune?" Ungläubig weiteten sich Lady Sophies Augen. Den Funken Begeisterung, der in ihren Iriden glomm, nahm wohl nur Mia wahr.

Noah nickte.

„Ich denke, das genügt. Das und die Halskette, die wir im Tatfahrzeug gefunden haben, müssten als Beweis ausreichen."

Mit einem kurzen Blick verständigten sich die beiden Frauen, erhoben sich und murmelten einen leisen Abschiedsgruß, aber weder Noah noch Sissi schienen ihn wahrzunehmen. Tröstend hatte Sissi ihre Arme um ihn geschlungen und er sein Gesicht in ihrer Schulter vergraben.

„Das hier bringen wir Ihrer Mutter zurück", erklärte Mia noch und griff rasch nach einer der beiden Ketten, die Noah auf den Wohnzimmertisch gelegt hatte. Er gab einen zustimmenden Laut von sich, verharrte aber in der Umarmung seiner großen Liebe. Sogar Elisa schien diesen Augenblick nicht stören zu wollen und war zufrieden auf seinem Arm eingeschlummert.

„Siehst du", vermeldete Mia stolz, als sie vor dem Cottage standen. „Man muss die Leute nur reden lassen."

28

Ächzend stellte Clara Clottingham ihre schweren Taschen vor der Bibliothek ab und wischte sich den Schweiß von der Stirn. Das war das erste und letzte Mal, dass sie alle Bücher, die sie im vergangenen Monat ausgeliehen hatte, auf einmal zurückbringen würde. Früher hatte das Vinnie übernommen. Jeden ersten Montag im Monat. Sie hatte die fälligen Romane lediglich auf die Kommode im Flur gelegt und er hatte die Bücher in der Bibliothek abgegeben. Erst jetzt wusste sie diesen Service zu schätzen. Sie vermisste ihn. Er war ein Verbrecher, aber sie vermisste ihn aus tiefstem Herzen. Warum hatten sie nur so viele Jahre damit verbracht, sich über Nichtigkeiten zu streiten? Im Grunde seines Herzens war Vinnie ein wunderbarer Mensch und ein zuverlässiger Ehemann. Schade, dass sie nicht mehr Zeit damit verbracht hatten, das Leben und ihre Liebe zu genießen. Jetzt, da er im Gefängnis saß, kamen ihr viele Handlungen einsam und viele Räume leer vor. Gesten, die sie für selbstverständlich gehalten hatte, trieben ihr nun beim alleinigen Gedanken daran fast die Tränen in die Augen. Ach Vinnie ... wenn die fünf Jahre nur schon um wären.

Clara zog an der breiten Stange, um die gläserne Tür zu öffnen. Die neuen Scheiben mussten ein Vermögen gekostet haben. Sie stutzte. Dann drückte sie gegen die Stange. Zog wieder. Nichts. Die Tür bewegte sich nicht.

War etwa abgeschlossen? Hatte sie sich im Tag geirrt? Nein, der Sonntag war vorüber, da war Elisas Taufe gewesen. Sicherheitshalber wandte sie sich um. Doch, die Gemüsehandlung hatte ebenfalls geöffnet, es konnte also auch kein Feiertag sein, den sie vergessen hatte. Sie wandte sich wieder der Bibliothekstür zu und spähte durch das Glas. Die Bücher boten in den ordentlich aufgereihten Regalen einen wundervollen Anblick, aber das war es auch schon.

Erneut rüttelte Clara an der Tür – vergeblich. Doch, da! War da nicht jemand? Schnell presste sie ihre Stirn an die Scheibe und schirmte ihr Gesicht mit den Handflächen gegen die Sonne ab. Da war doch gerade jemand gegangen.

„Mia?", brüllte sie und klopfte gegen die Scheibe. „Lady Sophie? Seid ihr da drin?" Sie hämmerte so fest gegen das Glas, dass ihre Knöchel schmerzten.

Laut genug war das Klopfen auf jeden Fall. Das musste man doch hören. Die Frauen ließen sie hoffentlich nicht mit Absicht vor verschlossener Tür stehen. Das wäre ja der Gipfel der Dreistigkeit! Außerdem hätte sie zu gerne gewusst, ob es etwas Neues zum Fall Tristan Ratherford gab. Wenn jemand etwas darüber wusste, dann die beiden Bibliothekarinnen.

„Mia? Lady Sophie?", brüllte Clara erneut und klopfte tapfer weiter. Nichts regte sich.

Hatte sie sich nur getäuscht? Ein letztes Mal rüttelte sie an der Tür. Dann warf sie kurzerhand ein Buch nach dem anderen durch den Rückgabebriefkasten. Wenigstens eine Erfindung, die nützlich war.

Mit leeren Taschen und bar jeder weiteren Information machte sich Clara auf den Rückweg in ihr einsames Zuhause.

29

Schwer zu sagen, wer breiter grinste, Mia oder Lady Sophie, als Inspector Mellony seinen schwarzen Vauxhall in die Parkposition brachte und aus dem Wagen stieg.

„Nun, meine Damen", begann er zögerlich. „Ich bin es ja gewohnt, dass Sie mich zu den ungewöhnlichsten Tages- und Nachtzeiten aus den seltsamsten Gründen herbeirufen, aber mich aus der Befragung mit Edward Mostly zu holen, um mich zum Anwesen der McCanns zu lotsen, wo sich sichtlich kein Verbrechen ereignet hat, stellt mich doch vor erhebliche Rätsel. Wie kann ich Ihnen diesmal behilflich sein?"

Mia bemühte sich, seriös zu wirken, obwohl sie sich am liebsten ins Fäustchen gelacht hätte. „Aber Sie sollen uns ja gar nicht behilflich sein, verehrter Detective Inspector Mellony", flötete sie. „Vielmehr ist es so, dass wir *Ihnen* helfen möchten."

„Aha." Seine Augenbrauen wanderten ein übertriebenes Stück weit nach oben. „Das ist äußerst freundlich von Ihnen. Und Sie denken, ich benötige Ihre Hilfe wobei genau?"

„Na, beim Finden des Mörders von Tristan Ratherford."

„Tristan Ratherford ist am Leben."

Mia verdrehte die Augen. „Ja, dann suchen wir eben nicht den Mörder, sondern den Täter. Also besser gesagt, die Täterin. Ach, Mellony, Sie bringen mich ganz durcheinander."

Nun war es am Inspector, sich das Grinsen zu verkneifen. Dass er Mia aus der Fassung brachte, schien ihm sichtlich zu gefallen.

„Wir möchten Ihnen hier und heute die Person präsentieren, die Tristan Ratherford überfahren hat. Mit Absicht", kam Lady Sophie ihrer Freundin zu Hilfe. „Und zwar auf dem Silbertablett, wenn ich das bemerken dürfte."

„Sie dürfen. In der Tat wäre mir das eine große Freude. Den armen Mr Mostly weiterhin zu verdächtigen, scheint mir nach den ersten Vernehmungen fast unmenschlich. Der gute Mann hat weder ein Motiv noch hatte er die Möglichkeit, Tristan Ratherford umzubringen. Wie er mir versicherte, geht er jeden Abend um einundzwanzig Uhr ins Bett und schläft wie ein Murmeltier bis morgens um sechs. Zur Tatzeit müsste er also in tiefem Schlummer gelegen haben, vorausgesetzt, er lügt nicht, aber das traue ich dem alten Herrn eigentlich nicht zu." Irritiert sah der Inspector sich um. „Und wo ist nun besagte Täterin auf dem Silbertablett?"

„Geduld, Geduld, Inspectorchen", bat Lady Sophie. „Ein bisschen Bewegung hat noch niemandem geschadet. Erst bringen wir unseren Kreislauf in Schwung und lüften unser Gehirn durch einen kleinen Fußmarsch und dann bekommen Sie Ihre Täterin serviert. Mit Kirsche obendrauf, wenn Sie wünschen."

„Ich wünsche. Wenn auch nur, um Sie vor eine besondere Herausforderung zu stellen, verehrte Lady Gellam." Entgegen seiner sonst eher steifen Art zwinkerte er ihr spitzbübisch zu.

„Sie sollten diese Angelegenheit mit dem notwendigen Ernst betrachten." Lady Gellam hob mahnend den Zeigefinger. „Mit nächtlich Fußgänger torpedierenden Frauen ist nicht zu spaßen."

Nachdem der Inspector sich seinen ernsten Gesichtsausdruck zurückerkämpft hatte, setzte sich das Trio in Bewegung. Das Anwesen der McCanns lag auf einer Anhöhe, zu der ein schmaler Weg hinaufführte. Ganz bewusst hatten sich Mia und Lady Sophie dafür entschieden, diesen Weg weder hinaufzugehen noch zu fahren, da Heather nicht vorzeitig gewarnt werden sollte. Von der Brennerei, speziell aber vom Wohnhaus, das sich an den großen Komplex anschloss, ließ sich der Weg perfekt überblicken, was ihr im Ernstfall genügend Zeit verschaffen würde, sämtliche Beweise verschwinden zu lassen. Man konnte ihr vieles nachsagen. Sie war stur, herrisch, egoistisch und im Umgang mit Menschen, die ihr nichts bedeuteten, oft grob, aber dumm war sie ganz sicher nicht. Damit begründeten sie nun auch gegenüber dem Inspector, dass sie sich durch verwildertes Gestrüpp von hinten her an den Betrieb der McCanns anschleichen wollten. Wenn sie Heather überführen wollten, dann mussten sie das Überraschungsmoment ausnutzen. Warum die Brennereibesitzerin auf einmal zur Verdächtigen geworden war, verschwiegen sie dem Inspector eisern. Auch für ihn sollte es einen kleinen Überraschungseffekt geben, aufgrund dessen sie sich Anerkennung für ihre erneut erfolgreiche Ermittlungsarbeit erhofften.

Mias Herz pochte heftig, als sie sich die letzten Meter durch eine Hecke schlugen. Sie voran, hinter ihr Mellony und zum Schluss Lady Sophie. Nur noch wenige Schritte, dann stünden sie auf der Rückseite des Wohnhauses und könnten damit beginnen, Heather ausfindig zu machen.

Mit den Händen schob Mia einige Zweige zur Seite und blieb plötzlich derart abrupt stehen, dass Inspector Mellony gegen ihren Rücken prallte.

„Guten Tag, Mrs McCann", sagte Mia höflich, während sie erschrocken in den Lauf der langen Schrotflinte lächelte, mit der die alte Frau direkt auf ihr Gesicht zielte. „Wären Sie vielleicht so freundlich, dieses Ding herunterzunehmen?" Vorsichtig griff sie nach dem langen Rohr und wollte es zur Seite schieben. Mit einer kräftigen Bewegung schüttelte Heather ihre Hand ab und zielte genau auf Ihre Nase. „Wären Sie vielleicht so freundlich, mir zu erklären, warum Sie sich heimlich auf mein Land schleichen?"

„Wir waren auf der Suche nach Ihnen."

„Sie haben mich gefunden. Wie weiter?"

„Weiter geht es, indem wir uns alle beruhigen." Vor Schreck war der Inspector nach dem Aufprall keinen Zentimeter zurückgewichen. Möglicherweise war er auch zwischen ihr und Lady Sophie eingeklemmt. Auf jeden Fall spürte Mia seinen Oberkörper noch immer eng an ihrem Rücken. Rückendeckung hatte sie sich zwar immer anders vorgestellt, aber insgeheim musste sie sich eingestehen, dass ihr die Berührung angenehm

war, ja dass sie sie vielleicht sogar genossen hätte, wäre
da nicht die Schrotflinte vor ihrer Nase, die in Kombination mit Heathers Gesichtsausdruck eine höchst un-
heimliche Bedrohung darstellte.

Nun löste sich Mellonys Oberkörper doch von ihrem
Rücken. Schnell drängte sie ihre anzüglichen Gedanken fort und der Inspector sich an ihr vorbei. Mit beein-
druckender Ruhe nahm er Mrs McCann die Waffe aus
der Hand.

„Ich nehme an, Sie sind berechtigt, diese Waffe zu
führen?" Selbst in so einer Situation gelang es ihm,
sachlich zu bleiben.

„Das bin ich", gab sie ebenso sachlich zurück. „Warum suchen Sie mich? Und warum melden Sie Ihren
Besuch nicht an und kommen den Weg herauf wie jeder andere Besucher auch? Ich muss Sie ja für Ganoven
halten, so wie Sie drei sich hier anschleichen."

„Wenn Sie so freundlich wären, uns die Unterhaltung
an einem passenderen Ort fortsetzen zu lassen ..." Pi-
kiert zupfte er sich einen kleinen Zweig vom Ärmel seines Jacketts.

„Wenn Sie so freundlich wären, mir zu verraten, was
diese ganze Aktion soll", konterte Heather. Nein, dumm
war diese Frau ganz bestimmt nicht.

„Das werden wir Ihnen gleich auseinandersetzen",
versprach Inspector Mellony und musterte Mia.

Die grinste in sich hinein. Dafür, dass er nicht die geringste Ahnung hatte, worum es ging, pokerte er erstaunlich gut. Die Natur schien ihm zutiefst zuwider zu
sein.

Heather ließ sich erweichen und führte das Trio in
den Eingangsbereich des Wohnhauses. Weiter wollte

sie die Überraschungsgäste offenbar nicht in ihren Privatbesitz vordringen lassen, denn sie wies auf die beiden Sofas im Flur und blieb selbst an Ort und Stelle stehen.

„Nun?", fragte sie fordernd.

„Mrs McCann, wir würden gerne von Ihnen wissen, warum Sie Tristan Ratherford überfahren haben", begann Mia.

„Nein, genaugenommen wissen wir das schon und hätten gerne noch ein passendes Geständnis", korrigierte Lady Sophie.

Inspector Mellony deutete verwundert auf Heather, während diese laut auflachte.

„Ich habe keine Ahnung, wie Sie darauf kommen, aber ich habe Tristan Ratherford nicht überfahren. Wie käme ich denn dazu?"

„Ach. Wollen Sie wirklich behaupten, Sie hätten den alten Lagonda nicht aus Mr Mostlys Schuppen gestohlen und Tristan damit angefahren? Und anschließend haben Sie das Tatfahrzeug auch nicht wieder in Mr Mostlys Schuppen zurückgestellt, total verbeult und noch mit dem Blut Mr Ratherfords besudelt?"

Wieder lachte Heather künstlich. „Jetzt weiß ich, warum ausgerechnet Sie die Bibliothek in Pennygrave leiten, Miss Midway. Ihre Vorliebe für Geschichten ist beeindruckend."

„Dann wollen Sie behaupten, Sie hätten das nicht getan?"

„Das will ich."

Mia machte eine dramatische Pause. Dann zog sie mit theatralischer Geste die Kette aus der Tasche. „Und dann wollen Sie vielleicht auch behaupten, dass diese Kette hier nicht Ihnen gehört?"

„Sie gehörte mir. Ich habe sie Sissi geschenkt."

„Falsch. Sie haben ihr eine andere Kette geschenkt. Eine, die mit dieser hier optisch identisch ist", fügte sie mit Blick auf den Inspector erklärend hinzu. „Diese hier habe ich im Fußraum des Lagonda gefunden. Vielleicht können Sie mir erklären, wie sie da hingekommen ist?"

Entgegen Mias Erwartungen verzog Heather bei dieser Offenbarung keine Miene.

„Woher soll ich denn das wissen? Irgendjemand wird sie mir gestohlen und dann in Mr Mostlys Wagen verloren haben."

„Ach." Die Empörung war Lady Sophie deutlich anzusehen. Verwunderlich, dass sich die pfiffige Lady überhaupt so lange zurückgehalten hatte. „Wollen Sie uns wirklich erzählen, eine Kette, die einen so hohen emotionalen Wert für Sie hat, sei Ihnen dermaßen gleichgültig, dass Sie den Diebstahl nicht anzeigten und sich noch nicht einmal auf die Suche nach dem verlorenen Stück machten? Zufällig wissen wir von Ihrem Sohn, dass sie einen Inbegriff des Triumphes symbolisiert, weil sie in jungen Jahren um den Preis für einen Likör betrogen wurden." Sie drehte sich zum Inspector hin und raunte: „Lange Geschichte, erzählen wir Ihnen später."

„Ich habe den Diebstahl ja noch nicht einmal bemerkt", behauptete Heather. „Ich freue mich sehr, dass Sie mir die Kette zurückbringen, aber ich kann nichts dafür, dass oder wo Sie sie gefunden haben."

„Im Fußraum des Fahrzeugs, mit dem Tristan Ratherford überfahren wurde.“

„Na, dann haben Sie ihn vielleicht überfahren. Wenn Sie den Fußraum untersucht haben, haben Sie ja definitiv in besagtem Auto gesessen, nicht wahr? Im Gegensatz zu mir.“

Mia rang nach Worten, aber die passenden wollten ihr nicht einfallen.

„Mrs McCann“, half Lady Sophie aus. „Betrachten wir doch mal die Motivlage. Sie haben bei der Taufe herausgefunden, dass Elisa Ratherford Noahs Kind ist, korrekt?“

Wortloses Erstaunen zeichnete die Züge des Inspectors, während Heather vollkommen unbeeindruckt die Arme vor der Brust verschränkte. „Und wenn schon.“

So schnell kam sie nicht vom Haken. „Tja, und da dachten Sie sich, wie wunderbar es wäre, wenn Ihr Sohn, der jahrelang unter der Trennung von Sissi gelitten hat, sie doch noch zurückerobern könnte. Dass die Chance dazu bestand, wussten Sie ja jetzt, denn auf eine bestimmte Art und Weise musste Elisa zustande gekommen sein. Die Intimität ließ sich nicht mehr leugnen. Das Einzige, was Ihrer Meinung nach einer Wiedervereinigung von Sissi und Noah im Wege stand, war Tristan. Also haben Sie ihn kurzerhand überfahren, um ihn aus dem Weg zu räumen. Danach haben Sie Noah sofort animiert, sich um Sissi zu kümmern, während Sie den Haushalt der Ratherfords übernahmen und Elisa endlich nah sein konnten. Ihrem Enkelkind.“

„Das sind wirklich hübsche Geschichten, die Sie sich da ausdenken“, lobte Heather mit vor Ironie triefender

Stimme. „Sie sollten Bücher schreiben, anstatt sie zu verleihen.“

„Jetzt geben Sie doch endlich zu, Tristan überfahren zu haben!“

„Gar nichts werde ich. Im Gegenteil: Ich kann ihn nicht überfahren haben. Ich habe ja nicht einmal einen Führerschein.“

„Nach meiner Erfahrung ist das kein zureichender Hinderungsgrund für das Bedienen eines Fahrzeugs“, gab Inspector Mellony zu bedenken.

Die resolute Geschäftsfrau rümpfte die Nase. „Man sollte meinen, dass Sie sich lieber mit Fakten beschäftigen als mit haltlosen Unterstellungen, Detective Inspector.“ Sie schlug den Tonfall einer Rüge an, die Mellony sichtlich unangenehm war.

„Wenn Sie Beweise für Ihre Unschuld anbringen, wäre ich Ihnen sehr zu Dank verpflichtet.“ Mit beschwichtigender Geste bat er Mia und Lady Sophie abzuwarten, die beide den Mund bereits zu einem Einwand geöffnet hatten.

„Das kann ich gerne tun.“ Zu ihrer aller Überraschung zog Heather ein Smartphone aus der Tasche und tippte auf den Bildschirm. „In der Nacht, in der der Unfall geschehen ist, war ich die gesamte Zeit über in der Brauerei und habe an einem neuen Kirschlikör gearbeitet.“

„Ja, die Geschichte kennen wir schon.“ Lady Sophie hatte sich ihre Meinung über die roten Spritzer auf Heather McCanns Körper bereits gebildet, aber die grinste nur siegessicher und tippte weiter auf den Bildschirm. „Nein, sehen Sie, hier.“ Sie reichte dem Inspector das Smartphone.

Sofort waren Mia und Lady Sophie neben ihm und begutachteten ebenfalls, was sie ihm zeigen wollte. Es handelte sich um das Video einer Überwachungskamera. Ganz offensichtlich war diese in der Brennerei angebracht und zeigte Heather, wie sie in einem großen Topf rührte. Nach und nach goss sie verschiedene Flüssigkeiten aus kleinen Flaschen hinzu. Zwischendurch probierte sie. Auf einmal kippte eine der Flaschen und landete mit einem Platschen im Topf. Die Heather McCann auf dem Video war über und über mit Likör bespritzt, lachte aber aus vollem Hals. Dann trocknete sie sich die Hände ab und ging aus dem Raum. Die Kamera zeigte kurz vor halb drei Uhr morgens an, da war der Anschlag auf Tristan Ratherford längst geschehen. Mia schluckte. Heather McCann hatte ein einwandfreies Alibi.

30

Mit einem letzten Blick vergewisserte sich Leyla, dass Hunter keinen Rückzieher machen wollte. Dann betraten sie gemeinsam die Polizeistation von Pennygrave.

Sergeant Angel wirkte überrascht, als Hunter den dicken braunen Umschlag über den Tresen schob. Noch mehr, als sie ihn öffnete und den Inhalt kurz überflog.

„Ich möchte, dass Sie diese Unterlagen dem Staatsanwalt zukommen lassen, der den Fall Beatrice Brisbay behandelt", sagte er ruhig. Seine Stimme klang fest, aber Leyla konnte seine Hände zittern sehen. Er bemerkte ihren Blick und verschränkte sie ineinander.

„Beatrice Brisbay …", murmelte Sergeant Angel, während sie einen Notizzettel auf den Umschlag klebte. „Ich werde alles Nötige veranlassen." Sie zögerte einen Moment. Dann runzelte sie die Stirn. „Sagen Sie, ist Beatrice nicht Ihre Tochter?"

Die Frage war unnötig. Jeder wusste, dass es so war. Er nickte.

„Sie wissen aber, dass Sie eine nahe Angehörige nicht belasten müssen?"

Wieder nickte er. Als er zu keiner weiteren Erklärung ansetzte, nickte die Polizistin ebenfalls und er war froh, dass sie ihm vorwurfsvolle Nachfragen ersparte.

Wenig später verließen sie das Revier.

„Du hättest das nicht tun müssen." Leyla umarmte ihn fest und spürte, dass nicht nur seine Finger zitterten.

„Doch, es war richtig so." Er drückte sie fest an sich. Dann richtete er sich auf und sah ihr fest in die Augen. „Es ist höchste Zeit, der Wahrheit ins Auge zu sehen. Beatrice ist eine Gefahr. Sie hat dich und mich angegriffen, Sally McTrout angegriffen. Wir müssen ihr Einhalt gebieten, bevor sie noch weitere Menschen verletzt oder Schlimmeres. Bisher ist es gutgegangen, aber was, wenn beim nächsten Mal wirklich ... ich muss sie aufhalten. Es bricht mir das Herz, aber es ist das einzig Richtige."

Leyla küsste ihn so lange, bis er spürte, dass seine Worte der Wahrheit entsprachen.

31

„Was für eine Blamage! Das war unendlich peinlich“, schimpfte Mia, während sie Lady Sophie in den Salon von Gellam Manor folgte. „Peinlich, ärgerlich und gemein. Ich war mir so sicher, dass sie es war. Heather hatte das perfekte Motiv. Und ehrlich gesagt, so eine hinterhältige Aktion passt auch gut zu ihr. Einen Betrunkenen mitten in der Nacht zu überfahren, um ihren Willen zu bekommen, das ist doch genau ihr Stil, wenn du mich fragst.“

„Ich dachte auch, wir hätten den Fall gelöst“, gab Lady Sophie zu.

Walter nahm ihnen die Mäntel ab und kündigte an, gleich ein paar Häppchen im Salon reichen zu lassen, deren Zubereitung er höchstpersönlich zu überwachen versprach. Dankbar nickte Mia ihm zu. Während dieser ganzen Aktion hatte sie nicht einmal bemerkt, wie hungrig sie war. Glücklicherweise war die Köchin schon mit der Zubereitung des Abendessens zugange.

Weil die Ermittlungen des Tages bisher mehr als frustrierend verlaufen waren, ließ sie sich nur zu gerne von Sir William in den Arm nehmen. Leider war auch seine Suche nach dem Geheimgang bisher ergebnislos geblieben und so beschloss Lady Sophie frustriert, heute mal alle Regeln des guten Geschmacks zu ignorieren und die Vorspeise in der Bibliothek servieren zu lassen. Der Salon war mit seinen hohen Decken, dem schweren Kronleuchter und den üppigen Stuckverzierungen zweifellos schön. Für ein förmliches oder familiäres Essen perfekt, allerdings interessierte sich aktuell niemand für die Mahlzeit, sondern vielmehr dafür, wie es in diesem verzwickten Fall weitergehen sollte. Niemandem der bisher Befragten war zu hundert Prozent zu trauen. Jeder, sowohl Sissi als auch Noah und Mrs McCann, hatten ein Motiv, Tristan Ratherford umbringen zu wollen, und genaugenommen hatten Sissi und Noah auch die Gelegenheit dazu gehabt. Zwar war Noah aus seinem Schlafzimmer gekommen, als er seiner besprenkelten Mutter begegnet war, aber es war nicht herauszufinden, wann er dieses betreten hatte, vorausgesetzt, seine Geschichte entsprach überhaupt der Wahrheit. Bei allen dreien konnten sie sich nur auf ihr Gefühl verlassen und Mias sagte eindeutig, dass mit Heather McCann etwas nicht stimmte. Zwar hatte sie als Einzige ein eindeutiges Alibi, aber sie wirkte so verschlagen und unsympathisch, dass sie ihr trotz der Gegenbeweise nicht über den Weg traute. Lady Sophie merkte vorsichtig an, dass das auch von der kürzlich zurückliegenden unangenehmen Begegnung herrühren könnte. Schließlich wurde nicht jeden Tag eine Waffe auf das eigene Gesicht gerichtet. Aber Mia beteuerte, dass ihr Verdacht auf das plumpe Verhalten der Brennereibesitzerin gründete. Sie wurde den Eindruck nicht los, dass Heather unehrlich war. Noah und Sissi hingegen waren ihr sympathisch. Es würde ihr leidtun, wenn einer von ihnen die Tat verübt hätte und infolgedessen ins Gefängnis müsste. Was für ein unschönes Ende ihres zweiten Beziehungsversuchs wäre das. Oder gab es vielleicht noch einen ganz anderen Täter, den sie bisher übersehen hatten? Höchste Zeit, etwas in den Magen zu bekommen. Vielleicht funktionierte dann auch das Gehirn wieder besser.

„Es war eine gute Entscheidung, hier zu essen.“ Mit einer weitläufigen Geste deutete Mia auf die Bücher, die sie umgaben und biss in eines der Seelachshäppchen. „Ich muss gestehen, sobald ich Bücher sehe, geht es mir gut. Es ist, als seien sie meine Familie und wenn sie mich umgeben, fühle ich mich sicher und zufrieden. Als würden sie mich mit ihren Geschichten und Seiten umarmen und sagen: Alles wird wieder gut.“

Lady Sophie lachte. „Also wenn du das wörtlich wiederholen kannst, fände ich das als Zitat perfekt. Wir könnten Flyer drucken und als Werbung für die Bibliothek verteilen.“

„Eine schöne Idee“, stimmte Mia zu. „Ohnehin haben wir die Stadtbibliothek in den vergangenen Tagen ein wenig zu sehr vernachlässigt. Bleibt nur zu hoffen, dass nicht zu viele der Pennygraver vor verschlossenen Türen standen. Nicht dass uns noch die Klientel abhandenkommt. Tante Lena wäre bestimmt nicht erfreut, wenn sie von ihrer Weltreise zurückkommt und die Kundenkartei ihrer geliebten Bibliothek drastisch reduziert vorfindet.“

Sir William gab ein missmutiges Knurren von sich. „Es macht mich traurig, wenn du davon sprichst. Kannst du das bitte lassen?“

Irritiert sah Mia ihn an. „Über die Bibliothek zu sprechen, macht dich traurig? Da werden wir aber früher oder später große Schwierigkeiten bekommen, mein Lieber.“

„Nein, über die Bibliothek kannst du reden so viel du willst. Mir behagt es nicht, wenn du von der Rückkehr deiner Tante sprichst."

„Wieso das denn?"

„Das kann ich dir auch nicht genau sagen. Ich vermute, weil es für mich von Anfang an wie eine Art Ultimatum war. Nach dem ursprünglichen Plan bist du ja nach Pennygrave gekommen, um deine Tante für zehn Monate in der Bibliothek zu vertreten. Inzwischen macht mich der Gedanke, dass du nach Ablauf der Frist wieder gehen könntest, verrückt. Ich will dich hier haben, hier bei mir, Mia. Ich hoffe, du weißt das. Nur ist unsere Beziehung noch nicht so langwährend, dass ich mich diesbezüglich in Sicherheit wiegen kann. Natürlich hoffe ich, dass du früher oder später hierher zu uns ins Herrenhaus ziehst, aber wer garantiert mir, dass du nicht doch deine Sachen packst und wieder nach Deutschland zurückgehst? Wir haben uns nie darüber unterhalten."

„Nein, das ist wahr", gab Mia zu. „Aber das müssen wir auch noch lange nicht. Die zehn Monate sind doch erst zur Hälfte um. Es dauert noch, bis Tante Lena zurückkommt und wer weiß, was bis dahin alles geschieht."

„Ja, wer weiß ..." Traurig ließ er seinen Blick auf ihr ruhen. Mia wich ihm aus. Wer konnte schon wissen, welche Überraschungen die Zukunft bereithielt? Als sie nach Pennygrave gekommen war, hätte sie auch nicht damit gerechnet, in eine Liebesbeziehung mit einem waschechten englischen Lord zu stolpern und schon gar nicht damit, auch noch mit dessen Mutter befreundet zu sein. Aber es hatte sich eben ergeben und es war wunderbar so. Warum sollte sie es infrage stellen? Sie hatte keine Lust, sich Gedanken darüber zu machen, was in fünf Monaten sein würde. Entscheidungen traf man am besten dann, wenn sie anstanden. Insgeheim war ihr auch bewusst, dass Tante Lenas Rückkehr eine Art Entscheidung erforderte, allerdings hatte sie die Geduld, abzuwarten. Wozu die letzten fünf Monate mit Grübeleien verderben? Pennygrave war ein Abenteuer, ein riesiger Spielplatz aus Geheimnissen, Versuchungen, unwirklichen Landschaften und Kriminalfällen. Die Menschen hier waren in ihren charakterlichen Schrullen so einzigartig, dass es einen Ort wie diesen hier ganz bestimmt kein zweites Mal gab. Ja, sie konnte sich durchaus vorstellen, hier zu leben, hier alt und mit etwas Glück auch so seltsam wie die anderen zu werden. Vielleicht würde eines Tages eine Frau wie sie aus einem anderen Teil der Welt in den Ort kommen und dann wäre sie selbst, Mia Midway, die schrullige Bibliothekarin von Pennygrave, die in Kriminalfällen ermittelte und über die die Fremde sich prächtig amüsierte.

Nein, halt. Sie war nicht die Bibliothekarin dieses Städtchens. Das war und blieb Tante Lena. Mia wusste, wie sehr diese ihre Arbeit liebte. Diesen Platz würde sie niemandem überlassen, nicht einmal ihrer Lieblingsnichte. Immer wieder hatte sie betont, wie glücklich sie in Pennygrave war. Die Weltreise war eine spontane Eingebung gewesen, als sie beschlossen hatte, die Schauplätze all ihrer Lieblingsromane einmal persönlich zu besuchen. Zehn Monate waren dafür eine verdammt kurze Zeit. Zu kurz für Mia, um herauszufinden, was sie sich vom Leben in Pennygrave erhoffte.

„Na, Liebes, wo bist du denn mit deinen Gedanken?“ Lady Sophies Stimme klang sanft.

Statt einer Antwort umarmte Mia ihre ungleiche Freundin und drückte sie für einen Moment fest an sich.

„Ich habe dich sehr in mein Herz geschlossen, Lady Sophie Gellam, habe ich dir das schon einmal gesagt?“

„Na, na.“ Zärtlich schob die Freundin sie von sich. „Jetzt bloß nicht sentimental werden, Herzchen. Ich mag dich auch sehr gut leiden. Aber nur, weil William mit seinen Zukunftsängsten aufwartet, müssen wir nicht gleich alles infrage stellen, nicht wahr?“

Mia schüttelte den Kopf. Dann ging sie zu Sir William, der bedrückt auf dem Boden saß. Natürlich war auch ihm nicht entgangen, dass Mia sich in ihren eigenen Zukunftsvisionen verfangen hatte und er neigte dazu, seine Fantasien in Verlustängste zu verwandeln.

„Ich bin hier“, sagte Mia sanft. „Mach dir doch nicht so viele Gedanken und schon gar nicht so trübselige. Wer weiß, vielleicht willst du mich ja in ein paar Wochen gar nicht mehr haben.“

„Das glaubst du doch selbst nicht.“

„Es spielt keine Rolle, was wir glauben, William. Es ist nur von Bedeutung, was geschieht und wie wir es wahrnehmen. Lass es uns einfach genießen, okay?“

„Ach Mia ...“ Er küsste sie lange.

„So“, unterbrach Lady Sophie die romantische Stimmung nach ein paar Sekunden. „Wollen wir jetzt endlich diesen Geheimgang finden, oder was?“

Ein Hoch auf ihren Pragmatismus.

Dankbar richtete Mia sich wieder auf und trat näher an die Wand heran. „Diese drei Reihen habe ich gestern schon untersucht“, verkündete sie, um Fröhlichkeit bemüht, während sie mit der Handfläche zärtlich über einige Buchrücken strich. „Wir müssten also hier weitermachen. Ich vermute, es gibt irgendeinen Mechanismus, der die Tür öffnet oder zumindest einen Spalt aufspringen lässt, sodass man sie bewegen kann. Habt ihr nicht irgendwelche Familienchroniken oder so, in denen etwas Derartiges vermerkt sein könnte?“

Lady Sophie ging zu der hohen Leiter, die dazu diente, Bände der oberen Reihen zu erreichen, und kletterte die Stufen hinauf. „Das ist eine ziemlich gute Idee, Mia. Es gibt Familienchroniken, hier, sogar eine ganze Reihe, aber zu meiner Schande muss ich gestehen, dass ich noch nie zuvor einen Blick hineingeworfen habe.“ Sie nahm ein Buch aus dem Regal und reichte es hinunter. „Hier, William, nimm mir das mal ab.“

„Ganz schön schwer.“ Auf der Handfläche wog er das Buch. Dann schlug er es auf. „Das müsste der erste Band sein. Ich nehme an, wenn etwas über einen Geheimgang vermerkt ist, müsste er direkt beim Bau des Gebäudes erwähnt worden sein, oder?“

„Stimmt.“ Neugierig hatte sich Mia neben ihn gestellt und steckte ihre Nase in die Seiten. „Hm, und das riecht so gut. Ich liebe den Duft von alten Schriften.“

Flüchtig küsste er sie von der Seite auf die Wange. Dann begann er, in den Seiten zu blättern. „Hm … das ist seltsam.“

„Was denn?“ Lady Sophie stieg die Leiter herunter und trat ebenfalls zu ihnen.

Sein Zeigefinger huschte suchend über die Zeilen. Mias Augen folgten ihm.

„Der Band hier ist wirklich der erste?“

„Zumindest stand er als erster im Regal. Davor steht ein Sammelband von Shakespeares Komödien, ich habe genau hingesehen.“

„Das ist jetzt aber schlecht.“ Brummend blätterte er ein paar Seiten vor und wieder zurück. „Der Band stammt laut Verfasser aus dem Jahr 1775. Gellam Manor wurde doch viel früher erbaut, oder nicht?“

„Ja, sicher. Ende des siebzehnten Jahrhunderts, wenn ich mich nicht irre.“

„Dann ist das hier aber nicht der erste Band.“

„Oder es wurde erst später damit angefangen, die Familiengeschichte aufzuschreiben“, gab Mia zu bedenken. „Könnte doch sein. Vielleicht war sich der Erbauer von Gellam Manor nicht sicher, ob die Familie bedeutsam genug werden würde, um ihre Geschichte für die Nachwelt festzuhalten.“

„Ui, der war fies.“ Lady Sophie lachte. „Dann beauftrage ich hiermit dich, meine Liebe, höchstpersönlich, heute noch mit dem Tagebuchschreiben anzufangen. Damit unsere Familiengeschichte für die Nachwelt festgehalten werden kann. Ich weiß, bei dir ist sie in guten Händen und ich finde uns überaus bedeutsam.“

Mit einem schiefen Lächeln versuchte Mia deutlich zu machen, wie sehr sie den ironischen Konter von Lady Sophie schätzte. Generell liebte sie ihre verbalen Schlagabtausche. Beim Gedanken, für die Familiengeschichte der Gellams zuständig zu sein, wurde ihr trotzdem mulmig.

„Okay, William, du kannst dieses Buch ja mal durchschauen und wir suchen in den anderen nach einem Hinweis. Wenn wir ein bisschen Glück haben, wurde der Geheimgang erst nachträglich gebaut oder es gibt in späteren Aufzeichnungen einen Hinweis."

„Wie soll das denn gehen?"

„Na, blättern und lesen."

„Nein." Lachend schüttelte er den Kopf. „Dass man einen Geheimgang später baut, meinte ich."

„Ach so. Keine Ahnung, ich bin keine Architektin. Aber ich würde es nicht grundsätzlich ausschließen."

Lady Sophie stieg wieder auf die Leiter. „Gut, ich gebe euch alle Bücher der Familienchronik hinunter, aber habt ihr eine Vorstellung davon, wie lange es dauern wird, die alle zu lesen? Das ist eine Jahresaufgabe."

„Ich glaube auch nicht, dass wir alle lesen können", pflichtete Mia ihr bei. „Andererseits haben wir alle drei genügend Leseerfahrung, dass wir sie durchblättern und grob überfliegen können. Sobald jemand das Wort *Geheimgang* oder eine Zeichnung entdeckt, sehen wir detaillierter nach."

„Super Idee." Keuchend begann Lady Sophie, einen Band nach dem anderen aus dem Regal zu wuchten und Mia herunterzureichen. Sir William hatte unterdessen mit dem Durchblättern des ersten Bandes begonnen.

Auf einmal knirschte es. Im ersten Moment konnte Mia das Geräusch überhaupt nicht einordnen, dann fuhr ihr der Schreck durch alle Glieder. Das Knirschen kam von der Leiter, auf der Lady Sophie stand.

„Sophie, schnell! Runter da!", schrie sie laut. Sie hatte nicht die geringste Ahnung, was da gerade vor sich ging, aber es quietschte und knackte bedenklich und das Geräusch kam definitiv aus Lady Sophies Richtung.

Vermutlich würde die alte Leiter gleich in sich zusammenstürzen und die Hausherrin drei Meter in die Tiefe hinab. Das würde ganz böse ausgehen.

Gedankenlos stolperte Mia zur Leiter, positionierte sich am unteren Ende und streckte die Arme in die Luft, um Lady Sophie im Notfall auffangen zu können. Dass diese sie unter ihrem Gewicht vollständig begraben würde, bedachte sie dabei keine Sekunde lang, es ging ihr einzig und allein darum, die Freundin vor schweren Verletzungen zu bewahren. Inzwischen knackte und knirschte es noch lauter. Dann stieß Lady Sophie einen spitzen Schrei aus, als die Leiter sich auf einmal bewegte. Entgegen Mias Erwartung brach sie allerdings nicht in sich zusammen, sondern glitt rückwärts auf sie zu. Instinktiv wich sie einige Schritte zurück, sodass sie den Abstand zwischen sich und der Leiter beibehalten konnte. Lady Sophie gab inzwischen selbst quietschende Laute von sich, hatte die Leiter umarmt und klammerte sich daran wie eine Ertrinkende an den Mast eines sinkenden Schiffes. Noch immer hoffte Mia, dass die Freundin herabsteigen würde, aber die Leiter schob sich unaufhaltsam weiter in den Raum und Lady Sophie war in ihrer Umklammerung wie versteinert. Erst jetzt begriff Mia, dass es nicht nur die Leiter war, die sich in den Raum schob, sondern dass die Ursache für diese seltsame Bewegung dahinter lag. Die Wand mitsamt den Regalen, an dessen oberstem die Leiter befestigt war, hatte sich geöffnet.

Der zunächst winzige Spalt vergrößerte sich Zentimeter für Zentimeter. Offenbar steckte in der Wand ein Drehmechanismus. Während sich die Hälfte, an der die

Leiter befestigt war, weiter in den Raum schob, verschwand die andere in der Wand, als würde sie ins Gebäude hineingedrückt. Eine riesige Drehtür! Mit offenem Mund stand Mia da und starrte auf das Geschehen vor sich.

„Hallo?", hörte sie plötzlich eine helle Stimme.

Niemand von ihnen dreien antwortete.

Mias Herz klopfte so schnell, dass ihr beinahe schwindelig wurde. Nun wäre der richtige Zeitpunkt für Sir William, den Helden zu mimen, aber der stand eingefroren an Ort und Stelle, Mund und Augen ebenso weit geöffnet wie das Buch in seiner Hand, unfähig, sich auch nur einen Zentimeter von der Stelle zu rühren. Dann sah sie die kleine Hand, die an die Kante der Wand griff, dort, wo sie sich aus der Verankerung gelöst hatte. Der Hand folgte ein Gesicht.

„Carla Potter", hauchte Mia überrascht.

„Ui, wo bin ich denn jetzt gelandet?" Carla trat aus der Wand und sah sich überrascht in der Gellam'schen Bibliothek um. Mit einem anerkennenden Pfiff stemmte sie die Hände in die Hüften. Sie trug eine beige Bluse und darüber eine grüne Latzhose. Dunkelbraune Gummistiefel und ein riesiger Strohhut komplettierten ihr Outfit. In den Händen, die in Gartenhandschuhen steckten, hielt sie eine kleine Schaufel. In kurzen Intervallen nickend begutachtete sie den gesamten Raum, als müsste sie für irgendetwas ihre Zustimmung geben. Dabei schien sie ebenso zufrieden wie überwältigt.

„Also das ist ja mal ganz großes Kino", sagte sie schließlich. Endlich gelang es den anderen, sich wieder zu rühren.

„Der Geheimgang", sagte Mia ungläubig.

„Wie kommst du denn hierher?", fragte Lady Sophie gleichzeitig in Carlas Richtung und stieg endlich von der Leiter, die nun mitten im Raum aufragte.

„So viel ist sicher, gegraben habe ich nicht." Lachend schwenkte Carla ihr Gartenschäufelchen durch die Luft. „Also das ist wirklich unglaublich. Nein, ich kann nicht fassen, dass das echt sein soll. Träume ich?"

„Genauso wenig wie wir", antwortete Mia betont lässig. „Würden Sie uns verraten, wie Sie hierhergekommen sind, Mrs Potter?"

„Tja, wenn ich das wüsste", sagte diese und ließ ihre Hand mit der Schaufel hilflos sinken. „Ursprünglich wollte ich nur ein wenig Gartenarbeit erledigen. Dann ging meine Heckenschere kaputt und ich wollte im Schuppen nachsehen, ob wir vielleicht noch eine andere haben. Mein verstorbener Mann hatte normalerweise alle Werkzeuge in doppelter Ausführung, verstehen Sie? Nur falls mal was kaputtgeht. Was ja auch geschehen ist. Wow, sind das viele Bücher. Was ist das für ein Raum hier?" Mit großen Augen sog sie den Anblick der Regale in sich auf.

„Das ist die Bibliothek von Gellam Manor." Lady Sophie trat neben Carla und schnippte mit den Fingern vor deren Gesicht herum, um ihre Aufmerksamkeit wieder vom Raum weg auf sich selbst zu lenken. „Ich verspreche, Sie dürfen sich nachher alles in Ruhe ansehen. Aber zuerst müssen Sie uns verraten, wie Sie hierhergekommen sind."

„Ja, das war eine ganz seltsame Sache ..." Mit gerunzelter Stirn rückte Carla ihren Sonnenhut zurecht. „Ich wollte also nach einer Ersatzschere suchen, da bin ich irgendwie mit dem Fuß an einem Stapel von Gartenstühlen hängengeblieben und habe ihn umgerissen. Die Stühle sind auf der Erde aufgeschlagen und seltsamerweise in den Boden hineingefallen. Also ... nicht vollständig, aber doch so, dass der oberste zur Hälfte im Boden steckte. *Im Boden*, verstehen Sie?"

Alle drei nickten.

„Na, und da habe ich die Stühle wieder aufgesammelt, um zu sehen, was da los ist. Ich dachte schon, wir hätten Termiten, aber die fressen sich ja nicht durch den Erdboden, sondern nur durch Holz. Tja, und dann habe ich entdeckt, dass auf dem Boden meines Schuppens ein Holzdeckel eingelassen ist. Alt und morsch, deshalb ist er wohl auch unter dem Gewicht der Gartenstühle zerbrochen. Ansonsten hätte ich ihn wohl nie entdeckt. Dann habe ich also kurzentschlossen eine Taschenlampe genommen und bin in das Loch gestiegen. Fragen Sie mich bitte nicht, was mich da geritten hat, das war eine absolut lebensgefährliche Aktion, das ist mir auch klar, aber irgendwie hat mich da meine Neugier übermannt und ich habe nicht nachgedacht."

„Kenne ich", entfuhr es Mia. Genauere Erläuterungen verkniff sie sich, weil sie unbedingt wissen wollte, wie Carla hierhergelangt war. Es würde wohl kaum einen Geheimgang von ihrem Schuppen bis in die Bibliothek geben. Das war viel zu weit.

„Das Loch mündete in einen breiten Gang", erzählte Carla weiter. Der war ganz schön lang und von ihm aus gingen verschiedene Abzweigungen ab. Ich musste mich entscheiden und habe immer irgendeine genommen. Zuerst kam ich in der Kirche raus, direkt im

Schrank der Sakristei. Da Pater Morten sich aber gerade umzog, wie ich durch das Schlüsselloch erkennen konnte, wollte ich uns beiden diesen Moment der Peinlichkeit ersparen und bin, anstatt aus dem Schrank zu steigen, wieder zurückgelaufen. Ich dachte ja, ich komme dann direkt wieder in meinem Schuppen heraus. Aber Pustekuchen. Mein Orientierungssinn ist zugegebenermaßen eine Katastrophe. Also lief ich weiter und staunte nicht schlecht, als ich auf einmal einen Deckel öffnete und in einem alten Archiv stand. Ich dachte erst, es handelte sich dabei um irgendein städtisches Gebäude, ich könnte unbemerkt hinausmarschieren und nach Hause zurückkehren. Wieder Fehlanzeige. Ich sah mich um und stieg dann eine Treppe hinauf und wissen Sie, wo ich war?"

„Sagen Sie schon", forderte Mia, die kaum glauben konnte, was sie da hörte.

„In der Bibliothek von Pennygrave", ließ Carla die Bombe platzen.

„Das gibt es doch nicht!" Nie zuvor hatte Mia Lady Sophie so fassungslos gesehen. Sir William war in ungläubiges Schweigen verfallen.

„Doch, wenn ich es doch sage … ich stand mitten in der Bibliothek. Gar nicht schlecht, dachte ich mir. Wenn es mir gelingen würde, den Weg zu wiederholen, dann könnte ich zu jeder Tages- und Nachtzeit lesen, dann wäre die Bibliothek von Pennygrave wie meine eigene."

„Sie wissen aber schon, dass ich die Bibliotheksleitung bin? Und von dieser Vorstellung bin ich ehrlich gesagt nicht halb so angetan wie Sie."

„Ups, Entschuldigung." Kichernd schlug sich Carla die Hand vor den Mund.

Mia winkte ab.

„Also, ich wollte wieder zurück, aber da habe ich doch das Muffensausen bekommen und beschloss, einen Ausgang zu suchen. Leider waren alle Türen der Bibliothek verschlossen. So blieb mir nichts anderes übrig, als ein drittes Mal in den Gang hinunterzusteigen. Diesmal beschloss ich, mir die Wege auf jeden Fall zu merken, damit ich wieder zurückfände, aber von wegen, jetzt bin ich hier herausgekommen. Verrückt."

„Verrückt ist ja gar kein Ausdruck", ächzte Mia. „Wie haben Sie die Wand denn geöffnet? Wir sind schon die ganze Zeit auf der Suche nach einem Mechanismus."

„Also in den Gängen finden sich immer wieder Hebel. Und wenn man an einem solchen zieht, öffnet sich eine Wand und man steht in einem Raum. Also zumindest in der Kirche, der Bibliothek und hier. Ich habe nicht alle Gänge abgeschritten."

„Was für ein Hebel?" Mia trat an die Stelle, von der Carla Potter gekommen war.

Tatsächlich. Hinter der Wand lag der Blick in einen langen, dunklen Gang frei und an der kalten Steinwand war ein großer Hebel zu sehen, der ein wenig an den Bühnenbereich eines Theaters erinnerte. Sie starrte ihn an.

„Ich sehe es mit eigenen Augen und trotzdem fällt es mir schwer, diese ganze Geschichte zu glauben."

„Ja, frag' mich mal", stöhnte Lady Sophie. „Ich habe mich in diesem Haus immer sicher gefühlt und nun muss ich feststellen, dass man von sämtlichen Orten dieser Stadt problemlos in unsere Bibliothek marschieren kann. Wer auch immer diesen Tunnel entworfen hat, muss eine riesige Meise gehabt haben."

„Was in unserer Familie nicht allzu überraschend wäre." Es war das Erste, was Sir William seit Langem wieder von sich gab.

„Ich vermute ehrlich gesagt, dass es jemand aus der Familie gewesen sein muss. Vielleicht der erste Lord Gellam. Schließlich hat er zuerst Gellam Manor gebaut und anschließend das Dorf darum herum entworfen, das nach und nach zu einem Ort herangewachsen ist. Kann doch sein, dass er die Tunnel zu Beginn angelegt hat, um seine Pächter zu kontrollieren. Oder aber, um jederzeit in alle Richtungen fliehen zu können, falls das Anwesen angegriffen wird. Gab es zu dieser Zeit nicht sogar noch Ritter und so?"

„Na, das war dann doch ein wenig früher."

„Egal. Aber die Geheimgänge hat er anlegen lassen. Wäre logisch, wenn sie ganz Pennygrave untergraben."

„Wir müssen diese Tunnel zuschütten lassen. So schnell wie möglich." So entsetzt wie in diesem Augenblick hatte Mia ihre sonst so toughe Freundin noch nie zuvor gesehen. Verständlich auf der einen Seite. Was für eine Horrorvorstellung, das eigene Zuhause auf dem Präsentierteller für Einbrecher zu wissen. Schrecklich. Trotzdem war Mia anderer Meinung.

„Ich würde den Tunnel nicht zuschütten lassen, sondern irgendwie sehen, ob sich etwas Tolles daraus machen lässt", überlegte sie laut. „Außerdem scheint es nach Mrs Potters Schilderungen kein einzelner Tunnel zu sein, sondern vielmehr ein ganzes System. Es wird ganz schön lange dauern, herauszufinden, wo diese Gänge überall verlaufen."

„Wird es nicht." Im Gegensatz zu Lady Sophies ängstlichem Tonfall klang Sir William fast euphorisch. „Seht nur, was ich hier gefunden habe!" Mit großer Geste deutete er auf eine Seite am Ende der Familienchronik, die er noch immer in Händen hielt. „Hier ist eine Zeichnung von etwas, das ich zunächst für abstrakte Kunst gehalten habe. Aber seien wir ehrlich, abstrakte Kunst im siebzehnten Jahrhundert? Eher unwahrscheinlich. Ich glaube eher, dass wir hier eine Zeichnung des Tunnelsystems haben. Wir müssten nur herausfinden, an welcher Stelle die Bibliothek sein soll und es mit einem Stadtplan abgleichen. Vielleicht finden wir dann die verschiedenen Ein- und Ausgänge. Ich nehme an, diese zu verschließen, würde genügen. Wenn wir dann noch den Zugang zur Bibliothek absichern, sparen wir jede Menge Zeit, Geld und Aufwand. Oder was glaubst du, Mutter, wie viele Tonnen Erde man bräuchte, um so ein aufwändiges System zuzuschütten? Man kann ja wohl auch schlecht das halbe Dorf abgraben."

„Wieso nicht? Es gehört doch uns." Sie zögerte einen Moment und schluckte trocken. Dann schüttelte sie den Kopf. „Nein, das können wir nicht tun. Zeig mal her." Lady Sophie nahm ihm das Buch aus der Hand und betrachtete die Zeichnung eingehend. Auch die anderen steckten ihre Köpfe darüber. Auf den ersten Blick sah es aus, als hätte jemand einen dünnen Baumstamm zeichnen wollen, von dem aus viele Äste wegführten und sich in unterschiedliche Richtungen verzweigten.

„Das ist ja der Wahnsinn!", rief Mia anerkennend. Es muss Jahre gedauert haben, solch ein System zu entwerfen und zu graben. Gerade zur damaligen Zeit. Da hatten die noch nicht mal schweres Gerät. Eine fast unmenschliche Leistung."

„Und absolut verrückt", ergänzte Lady Sophie. „Wenn ich bedenke, dass sich jemand die Mühe gemacht hat, so viele Orte miteinander zu verbinden. Auf der anderen Seite ist es auch sehr raffiniert. Die Gellams waren schon immer eine sehr reiche Familie. Dieses System ist natürlich eine hervorragende Möglichkeit, von allen eingezeichneten Orten in der Stadt zu verschwinden. Nehmen wir an, jemand trachtet dir nach dem Leben und will dich überfallen. Der hat ja nicht einmal eine Chance, dich zu finden. Jedes Mal, wenn er dich aufgespürt hat, bist du kurzerhand durch die Geheimgänge wieder verschwunden."

„Genau." Mias Augen leuchteten allein bei der Vorstellung. „Und stellt euch mal vor, da kann man nicht nur Menschen in Sicherheit bringen, sondern auch sein gesamtes Hab und Gut. Die Tunnels müssen der Zeichnung nach riesig sein. Jedes wertvolle Stück, jeder Penny, hätte hier unterirdisch verschwinden können, so lange, bis die jeweilige Gefahr gebannt ist. Wahnsinn!"

Einen Moment lang schwiegen alle andächtig.

Dann huschte ein Strahlen über Mias Gesicht. „Pennygrave", sagte sie ergriffen. „Ein unterirdisches Grab, in dem man alles verschwinden lassen kann, was einem lieb und teuer ist. Der Penny steht als Symbol für den jeweiligen Wert und die Tunnel sind das Grab. Pennygrave. Das ist das Geheimnis dieses Ortes! Ich fasse es nicht!"

Staunend, und durchaus mit Bewunderung für diese Erkenntnis, sahen die anderen Mia an.

„Du hast recht", sagte Lady Sophie dann leise. „Da hat sich der erste Lord Gellam tatsächlich etwas bei der Namensgebung gedacht. Dieser ganze Ort ist ein Geheimnis. Die Menschen sind miteinander durch ihre kleinen Geheimnisse verbunden wie die Häuser und Orte durch die Tunnel. Dass die Verbindung ein wahrer Segen sein und auch zum Schutz der Menschen dienen kann, ist nur über die Jahre und Jahrzehnte in Vergessenheit geraten."

„Und dann kommt ausgerechnet eine Fremde und deckt die ganzen Geheimnisse auf." Sir William nahm Mia in den Arm und drückte sie fest an sich, als wollte er damit verhindern, dass jemand sie ihm wegnahm.

Sie schmiegte sich in seinen Arm. Ja, sie hatte das intimste Geheimnis von Pennygrave gelöst. Zum ersten Mal fühlte sie sich einer Gemeinschaft vollständig zugehörig, in die sie mehr oder minder zufällig hineingeplatzt war. Vielleicht hatte das alles so kommen müssen. Vielleicht gehörte sie hierher. Vielleicht war dieses Leben an diesem Ort ihr Schicksal. So glücklich wie hier hatte sie sich noch nie in ihrem Leben gefühlt.

Am liebsten hätte sie in diesem Moment die Augen geschlossen, eines der Bücher aus dem Regal genommen, die anderen ignoriert und das Lesen in dieser wunderschönen Bibliothek, in diesem fantastischen Herrenhaus, einfach nur genossen. Die beiden klaffenden Öffnungen zwischen dem Drehmechanismus der Wand warfen einen dunklen Schatten auf ihr Glücksgefühl.

„Ich bin wirklich froh, dass wir dieses Geheimnis gelöst haben, glaubt mir bitte."

„Aber?" Natürlich hatte Lady Sophie den feinen Unterton wahrgenommen und sofort Lunte gerochen.

„Aber ...", sagte Mia mit betont fester Stimme, „... wir wissen immer noch nicht, wer hier als Geist sein Unwesen treibt und warum. Auch nicht, wie man diesen Geheimgang von der Bibliothek aus öffnet und schließt. Und wir haben nach wie vor keine Ahnung, wer Tristan Ratherford umbringen wollte."

„Stimmt", pflichtete Lady Sophie ihr bei. „Du verdirbst uns gerade absolut die Stimmung, aber du hast mal wieder recht. Lasst uns nicht hier herumsitzen und in Gefühlen schwelgen, sondern aktiv werden. Wir müssen herausfinden, wie man diese Wand wieder schließt und dann müssen wir unserem angeblichen Geist eine Falle stellen. Ich habe auch schon eine Idee."

„Das Abendessen wäre angeri... was ist denn hier los?" Walter war wie gewohnt elegant und mit diskret in die Ferne gerichtetem Blick in der Tür erschienen und schaffte es vor Überraschung nicht einmal, seine Verneigung zu vollenden. Stattdessen schaute er sprachlos zwischen Carla Potter, die in voller Gärtnermontur zwischen den anderen stand, und der halb geöffneten Drehwand hin und her. „Wenn ich mir nicht sicher wäre, wach und bei Verstand zu sein ...", murmelte er.

Lady Sophie strahlte. „Wir haben den Geheimgang gefunden, durch den unser Geist rein und rausspaziert", erklärte sie. „Genauer gesagt, Carla hat ihn gefunden.

Walter, Sie sind doch seit Jahrzehnten in diesem Haus und haben davor bereits in anderen großen Häusern gearbeitet, richtig?"

„Sehr richtig, Ihre Ladyschaft." Er verneigte sich leicht. „In meiner Familie ist das Dienen seit Generationen eine hohe und geschätzte Kunst, die wir nach bestem Bestreben zu verwirklichen suchen."

„Damit haben Sie mehr Erfahrung mit den Geheimnissen alter Bauten als wir. Haben Sie nicht zufällig eine Idee, wie man diese Tür auch von der Bibliothek aus betätigen könnte? Mrs Potter hat die Tür ja vom Geheimgang aus geöffnet."

„Das erscheint mir etwas einfach." Der alte Butler runzelte die Stirn. „Können Sie mir vielleicht erklären, was Sie getan haben, als die Tür sich öffnete?"

So detailliert wie möglich schilderte Lady Sophie die Abläufe der vergangenen halben Stunde, dabei schob sie ihren Sohn und Mia hin und her wie Schachfiguren, um optisch deren Positionen im Raum zu verdeutlichen.

„Darf ich Sie bitten, auch Ihre Position erneut einzunehmen, Ihre Ladyschaft?" Mit wachem Blick hatte Walter die Schilderungen und Darstellungen verfolgt und deutete nun auf die lange Leiter.

Vehement schüttelte Lady Sophie den Kopf und fuchtelte abwehrend mit den Händen. „Keine zehn Pferde bringen mich da wieder rauf. Ich erlitt vorhin beinahe einen Herzstillstand, als sich die Leiter plötzlich bewegt hat."

„Ich mache das." Behände kletterte Mia die Leiter hinauf, während Lady Sophie geistesgegenwärtig den frei gewordenen Platz einnahm. „Da tut sich gar nichts“, rief Mia von oben herunter.

„Die Bücher.“ Sir William klappte die Chronik zu, die er inzwischen auf dem Schreibtisch abgelegt hatte, und reichte sie hinauf.

„Hey, den Band brauchen wir aber noch, um den Verlauf der Geheimgänge nachzuvollziehen“, protestierte Mia.

„Nimm schon. Wir können ihn nachher wieder herausnehmen, aber jetzt schieb' das Buch zurück an seinen Platz. Und die anderen hier auch. Wir müssen die Chroniken wieder in ihre Reihe schieben. Ich will sehen, was passiert.“

In diesem Moment dämmerte Mia, was er sich überlegt hatte. Es war naheliegend, auch wenn sie bisher nicht darauf gekommen waren. Sich der Bedeutsamkeit des Augenblicks bewusst, schob sie ein Buch nach dem anderen zurück ins Regal. Es tat sich nichts.

„Unterbrechen Sie mich, wenn ich mich irre“, sagte Carla Potter zögerlich. „Aber versuchen Sie gerade, herauszufinden, wie man die Geheimtür schließt?“

Mia rollte mit den Augen. Diese Frau war entweder überraschend langsam von Begriff oder sie war derart fasziniert von der Gellamschen Bibliothek, dass sie den Gesprächen nur bruchstückhaft gefolgt war. Sich eine diesbezügliche Bemerkung verkneifend zwang sie sich zu Höflichkeit. „Allerdings. Haben Sie eine Idee?“

Statt einer Antwort marschierte Carla in den dunklen Gang zurück. „Na so.“

Mit einem Ruck setzte sich der Mechanismus in Bewegung. Die Leiter quietschte und knirschte bedenklich, während sie mitsamt der Wand zurück in ihre ursprüngliche Position gezogen wurde und Mia wusste nun, warum sich Lady Sophie an der Leiter festgeklammert hatte. Gleichzeitig schämte sie sich für ihre Gedanken Carla Potter gegenüber, war jene doch die Einzige, die in diesem Raum logisch überlegt hatte. Natürlich war sie es gewesen, die die Tür mit dem Hebel von außen in Bewegung gesetzt hatte. Ein Zusammenhang mit den Büchern der Familienchronik wäre reiner Zufall.

Die Leiter quietschte, die Wand knirschte und öffnete sich wieder. Mit größter Selbstverständlichkeit betrat Carla erneut den Raum.

„Wir wissen, wie sich der Raum von außen öffnen lässt", stellte Mia fest. „Aber das muss doch auch von innen möglich sein."

„Normalerweise befindet sich alles Geheime in so ehrwürdigen Häusern am Schreibtisch des Hausherrn." Walter trat an das benannte Möbelstück und ließ seine Handfläche über die Eichenholzplatte gleiten. Dann griff er unter den Tisch.

Von ihrer Position hoch oben auf der Leiter konnte Mia die überraschte Freude sehen, die ihm ein Lächeln ins Gesicht zauberte. Diesmal war sie vorbereitet. Schnell klammerte sie sich an den Holmen fest, während die Wand sich erneut öffnete und sie mitsamt Leiter in den Raum schob.

„Hier, unter der Tischplatte", verkündete der Butler stolz. Hier ist ebenfalls ein Hebel." Er zog erneut und die Wand schloss sich wieder. Nach zwei weiteren Versuchen bestand Klarheit. Auf diese Weise ließ sich also ein Geheimgang zu den unterirdischen Gängen von

Pennygrave öffnen. Und es gab außer ihnen eine Person, die ebenfalls davon wusste.

Freudestrahlend kletterte Mia von der Leiter. Dabei war sie etwas übermütig und bemerkte zu spät, dass sie ihren Fuß etwas zu weit nach innen gesetzt hatte. Mit der Fußspitze rutschte sie von der Sprosse. Ihr Fuß glitt durch den Abstand zwischen zwei Absätzen und knallte gegen das Regal.

„Hoppla", sagte sie entschuldigend. „Nix passiert."

Nein, nichts, außer dass sie in akrobatischer Verrenkung an der Leiter klemmte und ihr Fuß zwischen zwei Büchern im Regal feststeckte. Wie peinlich.

Noch bevor Sir William ihr zu Hilfe eilen konnte, zog sie das Bein mit einem heftigen Ruck zurück, mit dem Ergebnis, dass die beiden Bücher rechts und links ihres Fußes auch mit aus dem Regal gerissen wurden und zu Boden segelten. Im Flug öffneten sie sich und schlugen mit einem Knall auf dem Boden auf. Zeitverzögert rieselten Geldscheine herab und segelten sachte zu Boden.

Flink kletterte die nun befreite Mia hinunter und beugte sich über die Pfundnoten, die wie übergroßes Konfetti den Boden bedeckten. „Sind die gerade aus den Büchern gefallen?", fragte sie staunend.

Mit ernster Miene hob Lady Sophie einen der Scheine auf. „Ich denke, wir wissen nun nicht nur, wie der Geist hier hereingekommen ist, sondern auch, was er hier gesucht hat."

Es half alles nichts, das Abendessen musste zum Leidwesen der schimpfenden Köchin um zwei Stunden verschoben werden. Wie hätten sie sich friedlich an den Esstisch setzen können, nachdem sie wussten, welche Geheimnisse in dieser Bibliothek schlummerten?

Nach und nach öffneten sie verschiedene Bücher. Jetzt stellte es sich als großer Vorteil heraus, dass Carla Potter sowie Walter und Nanna mit anpacken konnten. Auf diese Weise arbeiteten sie sich bedeutend schneller durch die Regalreihen. Buch für Buch zogen sie aus seiner Position, schüttelten es vorsichtig aus und schoben es wieder an seinen ursprünglichen Platz zurück. Keiner von ihnen konnte so richtig glauben, was er da gerade erlebte, aber in vielen der Bücher war Geld versteckt. In einigen größere, in anderen kleinere Summen.

Immer wieder gab Lady Sophie ungläubige Geräusche von sich. Sie konnte einem leidtun. Jahrzehntelang lebte sie auf Gellam Manor, im Glauben, sie sei die Herrin dieses Hauses, kenne jeden Winkel und jede Eigenart und dann stellte sich heraus, dass es nicht nur einen Geheimgang gab, sondern auch noch Unmengen von Geld in der Bibliothek versteckt waren, von denen sie nichts gewusst hatte. Zwar schienen die Gellams nicht in finanziellen Schwierigkeiten zu stecken, aber es schadete sicherlich nicht, ein bisschen mehr auf der hohen Kante zu haben. Außerdem ging es ums Prinzip. Im eigenen Haus sollte man schon wissen, was vor sich geht.

Nach und nach sammelten sie ihre Funde in der Mitte der Bibliothek. Nach zwei Stunden war ein ordentlicher Haufen zusammengekommen.

Sich die Augen reibend starrte Sir William auf den entstandenen Geldhaufen. „Hast du irgendeine Ahnung, woher das stammt, Mutter?", fragte er noch immer ungläubig.

„Nicht die geringste. Ich habe nicht einmal eine Idee, wer es versteckt haben könnte oder aus welchem Jahrhundert es stammt."

„Oh, das ist nicht schwer herauszufinden." Walter bückte sich und streckte die Hand aus. „Darf ich?"

Auf die gestische Bestätigung hin hob er verschiedene Geldscheine vom Boden auf und besah sie genauer.

„Aus diesem Jahrhundert auf jeden Fall. Es sind alles relativ aktuelle Pfundnoten, soweit ich das beurteilen kann."

Zum ersten Mal in ihrem Leben hatte es Mia vollständig die Sprache verschlagen und auch die anderen verhielten sich außergewöhnlich wortkarg.

Plötzlich hob Nanna die Hände und seufzte tief. „Vielleicht wäre jetzt der perfekte Zeitpunkt für ein leckeres Abendessen."

32

Die Idee stellte sich als in der Tat passend heraus. Das leckere Mahl schien alte Kräfte zurückkehren zu lassen und Lady Sophies Wangen, die in den vergangenen Stunden erstaunlich blass geworden waren, röteten sich wieder. Trotzdem herrschte eine ganze Weile lang Schweigen am Tisch. Nanna war wieder in der Küche verschwunden und Walter, dem sie angeboten hatten, beim Abendessen als Gast mit am Tisch zu essen, hatte dankend abgelehnt. Fast wirkte er in seiner Berufsehre gekränkt und stellte sich dann lächelnd an die Tür, wo er den Speisenden wie gewohnt zu Diensten stand. Erst dort kehrte ein zufriedenes Lächeln auf seine Lippen zurück.

Carla Potter hingegen hatte die Einladung dankend angenommen und konnte gar nicht genug zum Ausdruck bringen, wie beeindruckt sie von Gellam Manor, seinen langen Fluren und großen Räumen war. Schon auf dem Weg von der Bibliothek zum Salon hatte sie sich kaum mehr eingekriegt und im Speisezimmer angekommen, hatte sie erst einmal zwei Minuten schweigend an Ort und Stelle verharrt, bis Walter ihr höflich bedeutet hatte, ihren Platz einzunehmen.

Erst beim Hauptgang begannen sie, sich über das Erlebte in der Bibliothek auszutauschen und so langsam waren sie auch in der Lage, darüber zu lachen.

„Nun, wo wir wissen, dass es sich garantiert nicht um einen Geist, sondern um einen lebendigen Menschen handelt, der es auf verstecktes Geld abgesehen hat, ist ja wohl klar, dass es sich um einen Bösewicht handelt. Sind wir uns da einig?“ In Erwartung ausnahmsloser Zustimmung sah Lady Sophie ihre Tischnachbarn ernst an. Alle nickten, lediglich Mia verschluckte sich ein wenig, weil sie vom antiquierten Wort *Bösewicht*, das Lady Sophie mit größter Selbstverständlichkeit nutzte, überrascht war. Schnell griff sie nach einer Serviette.

„Ich finde, wir sollten deinem Bösewicht eine Falle stellen“, schlug sie vor.

„Ach, und warum ist es jetzt *mein* Bösewicht?“

„Dein Haus, dein Bösewicht.“

„Es ist auch Williams Haus.“

„Okay, dem die Allgemeinheit allgemein und uns ganz im Besonderen bösartig hintergehenden Bösewicht sollten wir trotzdem eine Falle stellen.“

Lady Sophie grinste. „Ganz deiner Meinung, mein Kind. Aber wie sollen wir das anstellen?“

„Och, ich hätte da so eine Idee.“

33

Pünktlich eine Stunde vor Mitternacht lag dunkle Stille über Gellam Manor. Nach und nach wurde in den verschiedenen Räumen das Licht gelöscht. Auch die Bibliothek lag in vollkommener Dunkelheit, lediglich im Bluebells-Zimmer glomm das fahle Licht einer Leselampe. Zum Lesen hatte niemand der drei Anwesenden Lust, stattdessen starrten sie alle auf den Bildschirm, den Sir William in aller Eile organisiert und mithilfe eines Technikers aufgebaut hatte. Dass er diesen aus dem Bett hatte klingeln müssen, hatte Mia auf einen mürrischen Besuch eingestellt. Dass der gute Mann das Anwesen am späten Abend bestens gelaunt wieder verließ, sprach dafür, dass er großzügig für seine späte Hilfe entlohnt worden war. Mit Geld ließen sich viele Probleme erstaunlich leicht aus der Welt schaffen.

In größter Eile hatten sie die erst kurz zuvor entdeckten Geldscheine notdürftig wieder in den Büchern verstaut. Dabei hatten sie keine Ahnung mehr, wie die Zuordnung gewesen war. In der Zwischenzeit hatte Sir William sich um den Aufbau der Technik gekümmert und nun lagen sie auf der Lauer. Wann der Geist sich das nächste Mal blicken lassen würde, stand in den Sternen. Blieb nur zu hoffen, dass es innerhalb der nächsten Nächte geschah.

„Wir müssen uns in Schichten einteilen, damit nicht jeder von uns jede Nacht durchmachen muss. Das halten wir sonst keine vierundzwanzig Stunden durch", schlug Lady Sophie vor.

Mia nickte und hob die Hand wie in der Schule. „Ich möchte mich hiermit für die erste Schicht bewerben. Die ganze Situation ist so aufregend, ich werde ohnehin kein Auge zu bekommen. Wenn es für euch in Ordnung wäre, fange ich an und wenn ich müde werde, wecke ich einen von euch."

„William, würdest du dann die zweite Schicht übernehmen?", fragte Lady Sophie. „Wie du sicher bemerkt hast, leide ich an einer Art seniler Bettflucht, weshalb ich ohnehin früh am Morgen wach werde. Ich denke, so ab fünf würde ich normalerweise aufwachen, du darfst mich also gern ab vier Uhr wecken. Dann hätte Mia die Schicht von jetzt bis zwei, du von zwei bis vier und ich von vier bis sechs. Klingt das fair?"

Auf die allgemeine Zustimmung hin krochen Lady Sophie und Sir William in ihre Betten. Mia blieb weiterhin vor dem Bildschirm sitzen und ließ ihn nicht aus den Augen.

Heather McCanns Überwachungsvideo hatte sie auf die Idee gebracht. Es hatte eine ganze Weile gedauert, bis sie die kleinen Kameras so positioniert hatten, dass alle Winkel der Bibliothek, besonders aber die geheime Wand, gut zu sehen waren. Nun mussten sie nur noch warten.

Nach einer halben Stunde begann Mia zu gähnen. Ihr Blick wanderte vom Bildschirm neiderfüllt zu Lady Sophie, die genüsslich auf ihrem Matratzenlager schnarchte. Sie hatte die Situation unterschätzt. In der

Erwartung, vor lauter Adrenalin ohnehin hellwach zu sein, hatte sie sich keinerlei Gedanken gemacht, dass sie müde werden könnte. Im Schummerlicht, die leere Bibliothek auf dem Display vor sich, wurde sie ganz schön träge. Die Situation war viel langweiliger, als sie gedacht hatte. Zudem war nicht zu sagen, wann der Geist sich die Ehre geben würde. Es konnte heute sein, genauso gut aber auch morgen oder erst in einer Woche.

Während sie gegen die Schläfrigkeit ankämpfte, kamen ihr zum ersten Mal Zweifel an der Idee, die sie bis vor einer halben Stunde noch für den genialsten Einfall aller Zeiten gehalten hatte. Ja, es war gut, die Bibliothek zu überwachen. Sinnvoller wäre es aber vielleicht gewesen, die Geheimtür mit einem Alarm zu versehen, der anschlug, sobald der Geist sie zu öffnen versuchte. Auf diese Weise hätten sie wenigstens alle drei schlafen können. Nein, Moment, das war nicht möglich. Denn wenn er beim Öffnen der Tür anschlüge, dann wäre der Geist gewarnt und würde natürlich kurzerhand die Flucht antreten. Und da sie selbst aus dem Bluebells-Zimmer starteten, hätte er einen nicht unerheblichen Vorsprung.

Nein, dies hier war die beste Methode. Sie mussten den Mann auf frischer Tat ertappen, auch wenn das bedeutete, dass die folgenden Nächte eine wirkliche Herausforderung werden würden. Hoffentlich tauchte er überhaupt nochmal auf und war von ihrer vergangenen Begegnung nicht abgeschreckt worden. Schließlich hatte sie ihn beim vorherigen Mal fast erwischt. Bis jetzt war alles ruhig. Zu ruhig. Und langweilig.

Mia kniff sich in die Wangen. Nicht einschlafen. Sie durfte jetzt nicht einschlafen. Trotzdem fühlte sie sich mit einem Mal vollkommen erschöpft, als legte sich eine bleierne Schwere auf ihren Körper.

Schlaftabletten.

O nein! Da würden doch wohl nicht wieder Schlaftabletten im Essen gewesen sein?

O Gott!

Gerade als sie im Begriff war, Sir William zu wecken, um ihn zu warnen, bemerkte sie, wie sie das Adrenalin, das ihr aufgrund des Verdachts durch die Adern geschossen war, wiederbelebte. Mit einem Schlag war sie hellwach. Kein Schlafmittel, Gott sei Dank!

Mia schüttelte sich, als könnte sie sich dadurch wieder in eine Realität zurückkatapultieren, in der ihr klar wurde, dass sie Wache halten musste, um den vermeintlichen Geist von Gellam Manor zu stellen. Falls er auftauchen sollte. Am liebsten wäre es ihr, wenn das direkt jetzt geschehen würde, noch in dieser Minute. Nur damit sie endlich Gewissheit hatten.

In derselben Sekunde sah sie, wie sich auf dem Bildschirm die Wand der Bibliothek öffnete. Ungläubig blinzelte sie, doch die beiden Spalte in der Wand, die durch den Drehmechanismus verursacht waren, nahmen keinerlei Rücksicht auf ihre Verwirrung und öffneten sich immer weiter. Mia schluckte einen Schrei des Erstaunens hinunter. Sie musste Sir William und Lady Sophie wecken, unbedingt. Nur blöd, dass es ihrem Körper scheinbar unmöglich war, den Befehlen ihres Gehirns zu gehorchen. Wie gebannt starrte sie auf die sich langsam öffnende Wand in der Bibliothek und die kleine, schmale Gestalt, die sich endlich durch den

Spalt zwängte. Nun erst kehrte die Reaktionsfähigkeit in ihren Körper zurück. Sie führte ihren Kopf so nahe an den Bildschirm heran, dass ihre Nase fast das Display berührte. Von der ersten Sekunde an hatte sie nicht den geringsten Zweifel. Es handelte sich um denselben Mann, den sie schon einmal in der Bibliothek überrascht hatte. Um denselben, der sie mit der erhobenen Statue in der Hand zur Flucht getrieben hatte. Um denselben, der auf so wundersame Weise verschwunden war und sie erst auf die Idee mit dem Geheimgang gebracht hatte.

Gleichzeitig war sie sich sicher, ihn noch nie zuvor gesehen zu haben, schon gar nicht in Pennygrave. Wer zum Teufel war er? Und was hatte er mit Gellam Manor zu schaffen?

Dem Bild nach zu urteilen, welches die Kamera etwas unscharf übertrug, war er unwesentlich größer als Lady Sophie, schlank und hielt sich sehr aufrecht. Etwas an seiner Haltung verlieh ihm eine würdevolle Ausstrahlung, die so gar nicht zum Image eines Verbrechers passen wollte.

Wie gebannt verfolgte Mia, wie der Mann nun zu einem der Regale ging, ein Buch herauszog, es am Buchrücken festhielt und mit den Seiten nach unten schüttelte. Fast hätte sie laut aufgelacht, so surreal wirkte es, dass er ausgerechnet die Geste wiederholte, die sie selbst noch vor wenigen Stunden selbst ausgeführt hatten. Offensichtlich wusste er von dem Geld zwischen den Seiten. Das war es, was er hier suchte, aber er hatte genauso wie Lady Sophie, Sir William, Carla Potter und sie selbst nicht die geringste Ahnung, in welchen Büchern es versteckt war. Oder war das doch der Fall und er musste nur deshalb suchen, weil sie selbst es falsch einsortiert hatten? Vollkommen egal, entschied Mia stumm. Wichtig war, dass er hier war und das Geld suchte.

Plötzlich wurde er fündig. Ein Strahlen erhellte sein Gesicht, während er die herabsegelnden Geldscheine aufhob und in einen mitgebrachten Rucksack stopfte. Im Gegensatz zu ihnen schien er zu wissen, dass es eine ganze Menge an Geldscheinen war, die man hier entwenden konnte.

Fasziniert beobachtete Mia, wie er in zwei weiteren Exemplaren fündig wurde. Dann fiel ihr wieder ein, dass das, was sich vor ihren Augen abspielte, kein Fernsehkrimi war, sondern live und in Farbe, wenige Zimmer entfernt von hier stattfand. Sie hätte sich ohrfeigen mögen.

„Er ist hier!", zischte sie gerade so laut, dass es alarmierend klang, der Schall ihrer Stimme aber mit Sicherheit innerhalb des Bluebells-Zimmers bleiben würde. Gleichzeitig begann sie abwechselnd an Sir William und Lady Sophie zu rütteln.

Sir William drehte sich brummend auf die andere Seite, Lady Sophie dagegen schnellte so schnell hoch, dass sie fast mit den Köpfen zusammengestoßen wären. Mit einem Satz war sie von ihrem Matratzenlager aufgesprungen und hastete zum Bildschirm. Unterwegs zwickte sie Sir William so kräftig in den Oberarm, dass auch dieser sich aus dem Tiefschlaf hochrappelte.

„Das ... nein ... das kann nicht sein. Woher hast du das?" Lady Sophie starrte auf den Bildschirm. Ihre Augen waren schreckgeweitet, ihr Gesicht weiß wie das Bettlaken.

„Woher habe ich was? Ging die Frage an mich?“

„Da ... da ... das da. Woher ...?“ Sie zeigte auf den Bildschirm. Ratlos sah Mia auf das Geschehen und auf Lady Sophie.

„Was ist mit dir, Sophie?“

„Ich ... er ... das ...“ Diese fasste sich an die Kehle und schnappte nach Luft. So langsam bekam es Mia mit der Angst zu tun.

„William, was ist mit ihr?“, fragte sie besorgt und ergriff den Arm ihrer Freundin, um sie zu stützen, falls sie ohnmächtig werden sollte. „Was ist denn mit ihr los? Das ist ein ganz schlechter Zeitpunkt, wir müssen diesen Verbrecher schnappen. Sophie, komm zu dir“, bat sie verzweifelt.

Endlich kam auch Sir William und trat vor den Bildschirm. Erschrocken sah Mia dabei zu, wie auch aus seinem Gesicht jegliche Farbe wich. Verdammt, was war denn nur los? Sie mussten diesen Verbrecher schnappen. Alles war genauso eingetreten, wie sie gehofft hatten, aber wenn beide hier ohnmächtig würden, dann musste sie ihn allein stellen.

„Was ist denn? Wir müssen los, was ist nur mit euch?“, rief Mia drängend, aber beide Gellams standen nach wie vor wie hypnotisiert vor dem Bildschirm.

Mia musste handeln. Schnell zog sie ihr Handy hervor und wählte.

„Detective Inspector Mellony?“, meldete sich seine verschlafene Stimme.

„Inspector Mellony, Sir, hier ist Mia Midway. Sie müssen sofort nach Gellam Manor kommen. Es ist ein Notfall! In der Bibliothek wird gerade eingebrochen. Jetzt im Augenblick. Und bringen Sie Doc Kenzo mit. Lady

Sophie und Sir William haben gleichzeitig einen Nervenzusammenbruch. Ja, beide. Weiß ich auch nicht, kommen Sie einfach. Schnell. Danke."

Sie legte auf, zog Lady Sophies Handtasche von der Kommode, griff hinein und ertastete den kalten goldenen Revolver. Sie zog ihn heraus, rannte zur Tür und riss mehrfach fest an der langen Schnur, die im Dienstbotentrakt das Personal alarmierte. Die Köchin würde sehen, dass der Ruf aus dem Bluebells-Zimmer kam. Sie würde nachsehen und sich um Lady Sophie und Sir William kümmern. Hoffentlich.

So schnell ihre Beine sie trugen, rannte Mia mit gezücktem Revolver zur Bibliothek. Vor der Tür hielt sie inne und versuchte sich daran zu erinnern, was ihr Lady Sophie über das Entsichern der Waffe erklärt hatte. Sie hatte es ihr sogar gezeigt, aber Mia hatte sich die Handgriffe nicht gemerkt, weil sie nicht damit gerechnet hatte, dieses Ding jemals benutzen zu müssen. Jetzt war es zu spät. Dann musste es eben als Attrappe herhalten.

So tief wie noch nie zuvor in ihrem Leben atmete sie ein. Dann stieß sie mit der einen Hand die Tür zur Bibliothek auf, zielte mit dem Revolver in der anderen Hand auf die schwarze Gestalt und brüllte: „Hände hoch oder ich schieße!"

Das Überraschungsmoment war auf ihrer Seite. Sofort riss der Mann die Hände in die Luft und starrte sie erschrocken an. Dann wandelte sich sein Gesichtsausdruck in Verwunderung.

Er zog leicht die Augenbrauen zusammen, die Arme hielt er weiterhin in die Luft. „Wer sind Sie denn?"

„Das ist *meine* Frage“, erwiderte Mia kühl. „Was fällt Ihnen ein, hier einzubrechen und die Gellams zu bestehlen?“

„Sind Sie von der Polizei?“

„Nein“, sagte Mia wahrheitsgemäß und wünschte sich im gleichen Moment, sie hätte gelogen. „Vielleicht doch ein bisschen“, fügte sie wenig intelligent hinzu.

„Wie kann man denn ein bisschen von der Polizei sein?“

„Sicherheitsdienst.“

„Sicherheitsdienst? Und dann wollen Sie mich mit einem goldenen Mädchenrevolver in Schach halten?“

„Die Farbe der Waffe ist egal, auf die Funktion kommt es an.“

„Und dieses Ding funktioniert?“

Sie hoffte es. So überzeugend wie möglich nickte sie.

„Lassen Sie mich mal sehen.“ Er ließ die Hände sinken und kam auf sie zu.

Erschrocken wich Mia zurück, streckte ihm die Waffe aber nach wie vor entgegen. Plötzlich fühlte ihr Daumen den kleinen Hebel. Sie zog daran. Der Mann kam noch einen Schritt näher, zögerte aber. Er lächelte.

„Kommen Sie schon, Sie wollen mir doch nicht wirklich etwas tun? Ich könnte wetten, Sie haben noch nie zuvor eine Waffe in der Hand gehalten. Lassen Sie uns Freunde werden. Ich gebe Ihnen etwas von dem Geld ab. Wir teilen. Und dafür haben Sie mich nie hier gesehen.“

Es knallte. Panik verzerrte das Gesicht des eben noch so selbstsicheren Mannes. Mit hastigen Bewegungen tastete er seinen Körper ab, während er langsam wieder zurückwich, bis er mit dem Rücken gegen das Bücherregal stieß. Dann erst hob er wieder die Hände.

Jeder Muskel in Mias Körper war bis zum Zerreißen gespannt. Sie hatte nicht schießen wollen. Sie hatte ja nicht einmal eine Ahnung, wohin sie dabei gezielt hatte. Glücklicherweise schien der Mann unverletzt.

„Sind Sie verrückt geworden?", schrie er.

„Ich bin nicht diejenige, die hier eingebrochen ist und eine ehrwürdige Familie bestiehlt", konterte Mia.

Weiterhin hielt sie die Waffe auf ihn gerichtet und entsicherte sie erneut. Wenn man es einmal heraushatte, war es ganz leicht. Und das goldene Gretchen vermittelte ihr Sicherheit.

Was dann geschah, hatte sie nicht kommen sehen. Zu spät verstand sie, dass der Fremde mit seiner erhobenen Hand rücklings ein Buch aus dem Regal zog und auf sie zu schleuderte. Dann noch eins und ein weiteres. Vollkommen überrascht von dem Bombardement ließ Mia die Waffe sinken, ging ein wenig in die Knie und hob die Arme schützend vor ihr Gesicht.

„Mit Büchern werfen, du elender Mistkerl!", hörte Mia plötzlich eine wutentbrannte Stimme hinter sich.

Dann nahm sie wahr, wie Lady Sophie an ihr vorbeistürmte, im Vorbeigehen die Statue vom Schreibtisch nahm, ebenjene, mit der Mia vergangene Nacht bedroht worden war. Wie eine griechische Amazone schwenkte sie diese über dem Kopf, wehrte mit der anderen Hand die Bücher ab, die ihnen immer noch entgegenflogen, und kämpfte sich bis zu dem verzweifelt werfenden Einbrecher durch. Genau vor ihm blieb sie stehen und ließ die Statue ohne Vorwarnung auf seinen Kopf niedersausen. Sofort ging der Fremde zu Boden.

Lady Sophie blieb einen Moment stehen, betrachtete ihn und schüttelte immer wieder den Kopf.

„Du elender Dreckskerl“, sagte sie dann, ließ die Statue zu Boden fallen und sank selbst neben dem Eindringling zusammen, schlug die Hände vors Gesicht und weinte bitterlich.

„Es ist gut, Mutter.“ Wo auch immer Sir William hergekommen war, vielleicht hatte er gemeinsam mit seiner Mutter den Raum betreten. Mia hätte es nicht sagen können, war aber froh, dass er hier war. Er schob seine Unterarme unter Lady Sophies Achseln und zog sie wieder auf die Beine.

Endlich erwachte auch Mia aus ihrer Starre. Gemeinsam halfen sie der noch immer leise weinenden Lady Sophie auf den gemütlich gepolsterten Bürostuhl am Schreibtisch.

Ein Geräusch von der Tür ließ Mia herumfahren. Mit gezückter Waffe betrat Sergeant Angel die Bibliothek, der Inspector folgte ihr mit überraschtem Gesichtsausdruck.

„Was ist denn hier los?“ Schnell verschaffte er sich einen Überblick über die recht eindeutige Lage, prüfte den Puls des ohnmächtig am Boden Liegenden und legte ihm dann Handschellen an. Mia atmete auf.

„Ist alles in Ordnung mit Ihnen, Miss Midway?“ Besorgt musterte er sie.

„Ich bin okay, danke“, antwortete sie gefasst. „Aber ich glaube, Lady Sophie ist ganz schön mitgenommen. Ich habe keine Ahnung, was mit ihr los ist. So kenne ich sie nicht. Wo ist denn Doc Kenzo? Ich sagte doch, Sie sollen ihn mitbringen. Vielleicht sollte er mal nach ihr sehen.“

„Niemand muss nach mir sehen.“ Lady Sophie winkte großzügig ab. „Ich brauche nur einen Moment, um das alles zu verkraften. Nein, ein Moment wird nicht reichen. Vermutlich brauche ich den Rest meines Lebens, um das alles hier zu verdauen.“

„Aber Sophie, wir haben doch weit schlimmere Dinge erlebt als das hier. Und wie du dich durch die Bücher auf ihn zu gekämpft hast ... also ich muss schon sagen, filmreif. Du bist mit Sicherheit die coolste Frau auf diesem Planeten. Was bringt dich denn so aus der Fassung?“

Mit einem tiefen Seufzer deutete sie auf den Fremden. „Er.“

„Aber warum? Du hast ihn überwältigt, Sophie, er ist keine Gefahr mehr. Der Inspector nimmt ihn jetzt mit, er kommt ins Gefängnis und dann hat dieser ganze Spuk ein Ende.“

„Mia, du hast keine Ahnung.“ Zu ihrem Schrecken rollten der alten Dame erneut die Tränen über die Wangen. „Der ganze Spuk hat gerade erst begonnen. Dieser Mann dort ...“, sie deutete erneut auf den Ohnmächtigen, „... das ist nicht irgendein Mann. Das ist *mein* Mann. Williams Vater. Das ist Lord Rupert, der vor zwölf Jahren verstorben ist.“

34

Alle Anwesenden brauchten einen Moment, um diese Nachricht zu verdauen. Während Mia die vollkommen aufgelöste Lady Sophie in den Armen hielt und tröstete, stand Sir William nur da und starrte auf seinen totgeglaubten Vater, der noch immer reglos am Boden lag.

Doc Kenzo war inzwischen auch aufgetaucht und hatte sich vergewissert, dass der Verletzte noch am Leben war. Eine schwere Gehirnerschütterung würde er wohl davontragen. Er hatte bereits das Krankenhaus informiert. Direkt nach einem ersten Verhör würden sie ihn mitnehmen und unter klinische Beobachtung stellen. Nanna hatte Walter aus dem Bett geklingelt, der treu, wie es seine Art war, sofort vom Dorf herbeigeeilt war und nun sein Bestes tat, gemeinsam mit Sarah und der Köchin Getränke, Schokolade und Kekse herbeizuschaffen.

Der Inspector hatte zunächst den goldenen Revolver eingehend betrachtet und dann sichergestellt, immerhin hatte Mia mit Gretchen geschossen. Dann hatte er sich über den PC, der auf dem Schreibtisch in der Bibliothek stand, in den Polizeicomputer eingeloggt und sich über Lord Ruperts Tod informiert. Tatsächlich war dieser vor zwölf Jahren mit seinem Auto die Klippen hinuntergestürzt. Seine Leiche war nie gefunden worden, aber da das Cabrio im Meer versunken war, war man davon ausgegangen, dass die Wellen seinen Körper davongespült hatten. Als es auch vier Jahre später kein Lebenszeichen von ihm gab, war er offiziell für tot erklärt worden. Trotzdem hatte niemand im Raum einen Zweifel daran, dass der Mann, der am Boden lag, Lord Rupert war. Zwölf Jahre älter als bei seinem Verschwinden und mit schlohweißen Haaren, aber die Gesichtszüge waren derart markant, dass man sie nur schwer hätte verwechseln können.

Lady Sophie schluckte. „Ich kann das einfach nicht glauben. Ich kann es nicht glauben, so sehr ich auch möchte", murmelte sie immer wieder.

Doc Kenzo reichte ihr ein kleines Schnapsgläschen, doch sie schüttelte den Kopf. „Keinen Alkohol, danke. Ich möchte unbedingt einen klaren Kopf bewahren."

„Das ist kein Alkohol, sondern Wasser mit ein paar Rescue-Tropfen. Pflanzliches Beruhigungsmittel, keine Sorge."

„Dann her damit." In einem Zug stürzte sie die Flüssigkeit hinunter. „Ich wusste gar nicht, dass Sie auch homöopathisch unterwegs sind, Doc."

„Och, ich bin immer so unterwegs, wie man mich gerade braucht. Sie kennen mich doch." Er klopfte ihr aufmunternd auf die Schulter, eine Geste, die in Anbetracht der Tatsache, dass jeder größten Respekt vor Lady Gellam hatte, etwas befremdlich wirkte, aber es schien sie nicht zu stören. Stattdessen legte sie ihre Hand auf seine und hielt sie einen Moment fest. „Dankeschön, Kenzo."

„Stets zu Diensten." Er deutete eine leichte Verbeugung an.

„Hätten Sie vielleicht auch etwas gegen meine Kopfschmerzen? Ich glaube, mir platzt gleich der Schädel." Alle Köpfe wandten sich zu Lord Rupert, der versuchte, sich aufzurichten. Niemand hatte bemerkt, dass er wieder zu sich gekommen war.

Detective Inspector Mellony warf Lady Sophie einen letzten beruhigenden Blick zu. Dann ging er zu ihm und half ihm, sich zumindest im Sitzen aufzurichten und den Rücken ans Regal zu lehnen.

„Lord Rupert." Er sprach den Namen so ernst aus, als wollte er ihn nicht befragen, sondern verläse direkt die Anklageschrift.

Der Adlige nickte. „Ein Versuch zu leugnen, wer ich bin, wäre wohl unangebracht, oder?"

Lady Sophie warf ihm einen so bösen Blick zu, dass er betroffen den Kopf senkte. „Gut. Ich bin Lord Rupert. Wie geht es weiter?"

Routiniert klärte ihn Sergeant Angel, die sich bisher überraschend zurückhaltend gezeigt hatte, über seine Rechte auf. Der Detective Inspector zückte derweil Notizblock und Stift.

„Nun, Lord Rupert, unter anderen Umständen wäre es mir eine Freude gewesen, Ihre Bekanntschaft zu machen. Sie würden uns allen die gesamte Situation erheblich erleichtern, wenn Sie einfach von vorn begännen und uns zusammenhängend erklärten, wie es dazu kam, dass Sie vor zwölf Jahren bei einem Unfall tödlich verunglückt sind und nun in ihr eigenes Haus einbrechen."

Lady Sophie neigte sich leicht zu Mia. „Und ich dachte immer, nur du könntest so lange Sätze formulieren", flüsterte sie ihr ins Ohr. Die Rescue-Tropfen schienen zu helfen.

„Es tut mir leid“, erklärte Lord Rupert. Er hob den Kopf und warf einen traurigen Blick in Lady Sophies Richtung. „Bitte glaub mir, Toffee, es tut mir leid, dass ich dir das alles angetan habe.“

„Ich bin nicht mehr dein Toffee“, schimpfte Lady Sophie. Der Blick, den sie ihm dabei zurückwarf, war schärfer als die Patrone, die Mia abgefeuert hatte. „Mein Name ist Lady Sophie Gellam. Und da du tot bist, verbitte ich mir, dass du mich überhaupt ansprichst. Du wirst jetzt dem Detective Inspector schön deine Geschichte erzählen und dann muss er entscheiden, was mit dir geschieht. Mir ist es egal, solange ich dich bloß niemals wiedersehen muss. Egal aus welchen Gründen du gehandelt hast, nichts, absolut gar nichts, kann diese Situation hier erklären oder gar rechtfertigen.“

„Das ist mir auch klar, Toff..., Sophie.“ Er seufzte tief. „Gut. Ich gestehe alles. Ich bin ein Ehrenmann und ich weiß, wann ich verloren habe.“

Bei der Bezeichnung lachte Lady Sophie kurz auf, schwieg dann aber eisern.

„Ich war unglücklich“, begann Lord Rupert sein Geständnis. „Nicht mit dir oder in unserer Ehe. Ich war insgesamt unglücklich in meiner Rolle als Lord Gellam. Eigentlich schon immer. Schon als Kind, als mein Vater hier noch Lord war und ich ein kleiner Junge, machte mir das Leben auf Gellam Manor keinen Spaß. Es bestand nur aus Etikette, Verpflichtungen und Regeln. Unzählige Bedienstete wuselten den ganzen Tag um mich herum und lasen mir jeden Wunsch von den Augen ab. Es war fürchterlich. Ich weiß, andere Menschen würden mich darum beneiden und viele taten das auch, aber für mich war es die Hölle auf Erden. Ich wollte auf Bäume klettern, mit einer selbstgebastelten Angel fischen gehen. Ich wollte mit streunenden Tieren spielen, mich schmutzig machen und auch mal meine Hosen zerreißen dürfen. Ich wollte so gern mit anderen Jungs aus dem Ort spielen. Ich hätte mich sogar geprügelt, Hauptsache, ich hätte mal Kontakt zu Gleichaltrigen gehabt. Aber sie gingen mir aus dem Weg. Ich war immer nur der kleine, feine Sir Rupert, der einmal der große Lord Gellam werden und das Anwesen übernehmen würde. Im Alter zwischen sieben und fünfzehn Jahren habe ich bestimmt an die fünfzig Versuche unternommen auszureißen, aber sie haben mich immer erwischt. Natürlich. Hier konnte man keinen Schritt tun, ohne von gefühlt hundert Augen beobachtet zu werden. Man konnte nicht einmal allein auf die Toilette gehen, ohne dass jeder wusste, ob der kleine Sir Rupert ein großes oder kleines Geschäft verrichtet hatte. Bitte verzeihen Sie meine Direktheit."

Noch vor wenigen Stunden hatte Mia sich vor diesem Mann gefürchtet, nun empfand sie beinahe Mitleid. Die Kindheit im goldenen Käfig, die er beschrieb, war nicht das, was sie sich unter einem glücklichen Leben vorstellte.

„Ich habe alles versucht, mich mit meiner Rolle zu arrangieren. Als mein Vater starb und ich Lord wurde, dachte ich, ich müsste nur die richtigen Entscheidungen treffen, dann könnte ich dieses Leben sehr angenehm gestalten und endlich glücklich werden. Ich heiratete Lady Sophie, die unkonventionellste, lustigste und verrückteste Frau, der ich bis dahin begegnet war."

Er sah zu ihr herüber. In seinen Augen glomm noch immer ein Funken der Begeisterung, den er verspürt haben musste, als er sie kennengelernt hatte.

„Ich dachte, mit ihr gemeinsam könnte ich dieses Leben aufmischen. Ich entließ einen Großteil des Personals, sodass ich nicht ständig das Gefühl haben musste, bei jedem Schritt beobachtet zu werden. Wir bekamen einen Sohn, vielleicht der einzige Moment in meinem Leben, in dem ich vollkommen von Glück erfüllt war. In diesem Moment dachte ich wirklich, ich könnte es hinbekommen: ein zufriedenes Leben auf Gellam Manor führen. Aber es war ein Irrtum. Die Geschäfte liefen weiter. Das Gebäude musste ständig saniert und instandgesetzt werden. Die vielen Ländereien und Gebäude mussten verpachtet werden. Die ständigen Pächterwechsel kosteten Zeit und Energie und es wuchs mir alles über den Kopf. Ich lebte ein Leben zwischen Pflichten und Arbeit, Verantwortung und Titelwürde und wollte doch einfach nur die Welt bereisen, verrückt sein und leben. Gleichzeitig wusste ich, dass das niemals möglich sein würde. Ich hatte eine Frau und einen Sohn, es war meine Verpflichtung, ihnen ein sicheres, gutes Leben zu bieten. Und wo hätte es sicherer und besser sein können als auf Gellam Manor? Ihr schient euch wohlzufühlen, du bist in deiner Rolle als Mutter vollständig aufgegangen und William wuchs zu einem herrlichen kleinen Frechdachs heran. Oh, wie sehr beneidete ich euch um eure gemeinsame Zeit, um euer gutes Verhältnis, um euer Lachen. Während ich am Schreibtisch saß, hörte ich euch lachen und wünschte mir nichts sehnlicher, als endlich alles hinter mir lassen und ausbrechen zu können. Ich hätte euch gerne mitgenommen, aber das wäre nichts für euch gewesen. Ein Vagabundenleben, undenkbar. Auf der anderen Seite wollte ich euch auch nicht einfach im Stich lassen. Also beschäftigte ich mich jahrelang damit, heimlich Geld beiseitezuschaffen, mit dem ich mir eines Tages ein eigenes Leben würde aufbauen können. Ich legte ein heimliches Konto an und verschob Millionen dorthin. Ich habe nicht wirklich daran gedacht, eines Tages zu gehen, aber wir entfremdeten uns immer mehr. Wir sahen uns nur noch bei den Mahlzeiten, schliefen in getrennten Zimmern und die Beziehung zwischen William und dir war viel enger als sie zwischen uns je hätte sein können. Und da überkam es mich. Es war eine Kurzschlussreaktion. In diesem Moment erschien es mir tatsächlich eine gute Idee, meinen eigenen Tod vorzutäuschen. Ich konnte endlich ausbrechen. Diesem Leben ein Ende machen und ein neues beginnen. Niemand würde mir Vorwürfe machen. Einen Toten konnte man nicht zur Rechenschaft ziehen. Also ließ ich alles zurück und schob meinen Wagen über die Klippen. Mit genügend Geld war es leichter als gedacht, vollkommen unterzutauchen. Niemand stellt unangenehme Fragen, wenn man genug für das Schweigen bezahlt."

„Und nun bist du zurückgekommen, um uns mit deinen Memoiren zu beglücken oder was soll das?" Die Wut und Enttäuschung in Lady Sophies Stimme zerriss Mia fast das Herz. „Oder hast du festgestellt, dass du doch lieber hier mit deiner Familie leben möchtest und dachtest dir, du könntest nun einfach nach Hause kommen und alles wäre wieder Friede, Freude, heile Welt?"

„Nein, nein Toffee ... Sophie. Sophie meine ich natürlich, es tut mir leid. Nein, das hätte ich euch niemals angetan. Ich hatte nie vor, hierher zurückzukehren, aber ich hatte keine andere Wahl. Mein Konto wurde gehackt und abgeräumt. Vom einen auf den anderen Tag besaß ich keinen Penny mehr. Vier Millionen Pfund, einfach weg. Ich konnte mir nicht einmal mehr etwas zu essen kaufen, geschweige denn für eine Unterkunft bezahlen.“

„Der große Lord Gellam als obdachloser Vagabund in der Welt“, spottete Lady Sophie. „Wenn ich dich richtig verstanden habe, war es doch genau das, was du immer wolltest.“

Lord Gellam schüttelte den Kopf. „Nein. Mein Herz wollte das, aber seien wir realistisch, ich wurde zu einem Lord erzogen, nicht zu einem Vagabunden. Ich hatte keine Ahnung, wie man sich durchs Leben schlägt und ich kann es heute noch nicht. Deshalb hatte ich mir ja genügend Geld auf dem Konto deponiert, um mir ein freies Leben finanzieren zu können. Ich wollte mich fühlen wie ein Vagabund, ohne jemals Not zu leiden. Ohne finanzielle Mittel bin ich jedoch aufgeschmissen. Deshalb kam ich zurück. Ich wusste ja, dass ich in der Bibliothek damals eine nicht unerhebliche Summe an Bargeld versteckt hatte. Als Notgroschen sozusagen. Jetzt war der Notfall eingetreten. Das würde mir fürs Erste über die Runden helfen.“

„Und dann?“

„Keine Ahnung. Ich bin kein Mensch, der vorausschauend plant. Ich denke von einem zum nächsten Tag. Mir würde schon etwas einfallen.“

„Na, das kann ich nur bestätigen", schnaubte Lady Sophie. „Dummerweise wurdest du aber entdeckt."

„Ja, diese blöde Heather McCann. Ausgerechnet ihr musste ich in die Arme laufen. Und das nur, weil ich einmal im Geheimgang falsch abgebogen bin. Statt in Carla Potters Schuppen kam ich direkt vor der Brennerei der McCanns heraus. Blöder hätte es nicht laufen können. O Gott, ich hätte diesen armen Mann niemals überfahren dürfen. Ich werde für immer in der Hölle schmoren. Und das nur wegen dieser bösen alten Frau." Auf einmal schlug er sich die Hände vors Gesicht und man hörte ersticktes Schluchzen.

Mia konnte nicht fassen, was sie da eben gehört hatte und den anderen ging es ihrem perplexen Schweigen nach zu urteilen nicht anders.

„Ich meinte eigentlich mich", sagte Lady Sophie kühl. „Ich habe dich erkannt, als du in Carla Potters Haus verschwunden bist. Aber ich dachte, ich hätte es mir nur eingebildet."

Lord Gellam schluckte. Flehend sah er Inspector Mellony an. „Ich schätze, jetzt ist es zu spät, alles zu leugnen."

„Allerdings." Mellony nickte würdevoll. „Meine Empfehlung lautet, dass Sie uns einfach alles erzählen, wenn Sie schon einmal dabei sind. Erstens erleichtert es das Gewissen und zweitens können wir das vor Gericht vielleicht zu ihren Gunsten anführen."

„Gut." Eine Sekunde lang schloss Lord Rupert die Augen und senkte den Kopf. Dann öffnete er sie wieder und seufzte. „Heather McCann. Ihr Schreck war genau so groß wie meiner, aber sie fing sich als Erste wieder. Auf den Kopf sagte sie mir zu, dass sie mich erkannte und dass ich nun ganz schön in der Tinte sitzen würde. Allerdings machte sie mir ein Angebot. Ich sollte mit Edward Mostlys Wagen Tristan Ratherford überfahren. Natürlich erklärte ich sie für verrückt und stieß sie von mir, aber sie zückte ein Handy, fotografierte mich, lachte und sagte, wenn ich tun würde, was sie von mir verlange, würde sie niemandem ein Sterbenswörtchen von unserer Begegnung verraten. Stattdessen würde sie mir eine Million Pfund auf ein Konto meiner Wahl überweisen oder bar aushändigen. Andernfalls würde sie das Foto sofort an die Polizei schicken und die würden mich für den Rest meines Lebens ins Gefängnis werfen. Zudem sei mein Ruf und der der gesamten Familie Gellam für immer ruiniert. Nach hunderten von Jahren. Was hätte ich denn da tun sollen?"

„Nein sagen und verschwinden natürlich", riet Lady Sophie. „Aber du denkst ja nur von der Tapete bis zur Wand."

Lord Rupert seufzte. „Es tut mir schrecklich leid. Ich habe eingewilligt. Wenigstens habe ich daran gedacht, ein Pfand zu verlangen, damit sie mich nicht übers Ohr hauen kann. Sie gab mir ihre goldene Kette und sagte, wenn ich den Auftrag erledigt hätte, könne ich die Kette gegen das Geld eintauschen. Allerdings habe ich im letzten Moment Gewissensbisse bekommen. Als ich auf den armen Tristan Ratherford zugefahren bin, habe ich festgestellt, dass er total betrunken war. Noch während ich aufs Gaspedal drückte, wurde mir bewusst, was ich gerade im Begriff war zu tun. Es reichte leider nicht mehr, um zu bremsen. Also riss ich das Lenkrad zur Seite. Im gleichen Moment schwankte er und für ein Ausweichen war es zu spät. Ich überfuhr ihn. Im gleichen Moment kam seine Frau schon schreiend aus dem Haus gerannt und ich raste davon, so schnell es mit dieser alten Kiste möglich war. Als ich den Wagen wieder in Mostlys Schuppen abstellte, war mir fürchterlich schlecht. Mein Gewissen würde mich für den Rest meines Lebens quälen, das wusste ich. Aber wenigstens hätte ich wieder ein Auskommen und könnte mein Leben weiterleben. Als ich bei Heather McCann ankam, um mir das Geld abzuholen, stellte ich fest, dass ich die Kette verloren hatte. Das alte Biest lachte nur. Keine Kette, kein Geld. So musste ich wohl oder übel doch wieder in Gellam Manor einbrechen, um das Geld aus der Bibliothek zu holen. Es war mehrmals schon knapp. Einmal habe ich mich in den unterirdischen Gängen verlaufen und bin in der Kirche rausgekommen. Ein Mann hat mich gesehen, aber ich glaube, der war geistig verwirrt oder betrunken. Auf jeden Fall hat er sich gar nicht darüber gewundert, dass ich plötzlich aus dem Kirchenboden herauslugte, sondern hat nur seltsam gekichert. Und einmal hätte Carla Potter mich fast erwischt. Aber es ist gutgegangen. Bis jetzt. Tja, und hier sind wir nun."

„Ja, hier sind wir nun", sagte Lady Sophie traurig. „Ich kann nicht fassen, dass du das alles getan hast. Und noch weniger, wie sehr ich mich in dir getäuscht habe, Rupert. Ich habe dich wirklich geliebt. Ich habe unter deiner ständigen Abwesenheit gelitten. Du hast nur gearbeitet, nie am Familienleben teilgenommen. Egal was geschah, Williams erstes Wort, seine ersten Schritte, sein Schulabschluss ... du warst nie da, hast dich immer mit deiner Arbeit herausgeredet. Trotzdem habe ich dich geliebt. Ich dachte, du tust das alles nur für uns, um uns ein sorgloses Leben zu ermöglichen. Nach deinem Tod habe ich um dich getrauert, Rupert. Ich habe mir große Vorwürfe gemacht, dass wir so wenig Zeit miteinander verbracht haben. Dass ich dich vielleicht mehr hätte zwingen müssen, die Arbeit liegenzulassen und deine Zeit mit uns, deiner Familie, zu verbringen. Stattdessen hast du dein eigenes Leben vorbereitet. Dein eigenes, egoistisches Leben. Ich will dich nie wieder sehen, Rupert."

„Das kann ich verstehen."

Der Inspector räusperte sich. „Nun, Lord Gellam, ich habe eine gute und eine schlechte Nachricht für Sie. Die schlechte: Sie werden vermutlich die nächsten Jahre ihres Lebens im Gefängnis verbringen. Die gute: Sie werden dort kein Geld mehr benötigen. Für Kost und Logis ist gesorgt." Er gab Sergeant Angel ein Zeichen. „Setzen Sie ihn in den Streifenwagen und warten Sie dort auf mich."

Diese half dem bedrückten Lord Rupert, aufzustehen. Dann führte sie ihn in Richtung Tür. Auf Höhe von Lady Sophie blieb sie noch einmal stehen, aber die wandte gekränkt das Gesicht ab. Lord Rupert seufzte tief, sagte jedoch nichts. Verwundert sah Mia dabei zu, wie er an Sir William vorbeiging. Die Blicke von Vater und Sohn trafen sich. Anstatt etwas zu sagen, nickten sie einander respektvoll zu. Dann wurde der Geist und ehemalige Lord Gellam hinausgeführt.

„Was war das denn?", fragte Mia.

Sir William sah sie an. Dann zog er sie an sich und küsste sie. „Nichts."

„Er kennt seinen Vater kaum", erklärte Lady Sophie und sah sie traurig an. „Für William machte es kaum einen Unterschied, ob sein Vater arbeitete oder tot war. Er war nicht für ihn da."

„Ich habe sein Haus und den Titel geerbt", ergänzte Sir William. „Ansonsten verbindet mich nichts mit ihm."

Mia umarmte ihn lange und fest.

Bis jetzt hatte der Inspector zurückhaltend geschwiegen und Doc Kenzo hatte seit Langem kein einziges Wort mehr gesagt. Nun packte er seine Arzttasche zusammen.

„Wenn es in Ordnung ist, würde ich mich auf den Heimweg machen. Ich denke, hier ist meine Arbeit getan. Achten Sie nur darauf, dass der Gefangene in der Haft auf die Krankenstation kommt und ärztlich überwacht wird. Mit einer Gehirnerschütterung ist nicht zu spaßen. Aber wenigstens hat er nun Zeit, sich auszuruhen."

Inspector Mellony nickte. „Die Damen, Sir William ...", sagte er dann leise. „Ich weiß, es ist Ihnen dreien in dieser Nacht schon genügend zugemutet worden. Aber da ich Sie sehr gut kenne, kann ich mir vorstellen, dass es etwas gibt, was die gedrückte Stimmung etwas aufheitern könnte."

Fragend sahen ihn alle an.

„Ich weiß, es ist ebenso unüblich wie fragwürdig, aber ich weiß auch, dass es Ihnen eine Genugtuung sein wird, deshalb drücke ich ein Auge zu. Möchten Sie uns vielleicht zur Verhaftung von Heather McCann begleiten?"

35

Eine knappe halbe Stunde später wurden Mia, Lady Sophie und Sir William Zeuge davon, wie Heather McCann von Sergeant Angel in Handschellen gelegt wurde.

„Ich wusste, dass sie es war", sagte Mia, als die alte Frau an ihnen vorbeigeführt wurde.

„Mia Midway!", keifte Heather verächtlich. „Ich hätte es wissen müssen. Seit Sie hier in Pennygrave aufgetaucht sind, gibt es nur noch Ärger. Das war einmal so ein friedlicher Ort. Aber Sie müssen Morde aufklären und Geheimnisse aufdecken, die Sie einen feuchten Dreck angehen! Verschwinden Sie wieder in ihr blödes Deutschland und lassen Sie uns hier gefälligst in Ruhe."

Sir William stand hinter Mia und legte ihr schützend beide Hände auf die Schultern, aber da Heather Handschellen trug, ging von ihr keinerlei Gefahr aus.

Mia lachte nur. „Verehrte Mrs McCann, ich glaube nicht, dass es an mir liegt, dass es in Pennygrave so wild zugeht. Ich bin nicht diejenige, die hier Menschen umbringt oder Geheimnisse birgt. Ich bin diejenige, die sie aufdeckt."

„Und genau das ist das Problem. Lassen Sie uns unsere Geheimnisse und verschwinden Sie. Niemand will neugierige Frauen aus Deutschland, die hier herumschnüffeln."

„Doch, ich", protestierte Sir William laut.

„Und ich ebenfalls", rief Lady Sophie. „Haben Sie wirklich geglaubt, damit davonzukommen? Einen Mann umbringen zu lassen, damit Ihr Sohn die Familie bekommt, die Sie für ihn wollen?"

„Es ist nicht nur die Familie, die ich für ihn will, es ist *seine* Familie. Alle Kinder sind von ihm, wussten Sie das? Es ist nur richtig, dass sie endlich zusammen sein dürfen: Noah, Sissi und die Kinder. Niemand braucht Tristan Ratherford."

„Sie hätten sich die Mühe sparen können", meinte Lady Sophie kühl. „Wenn Sie sich etwas mehr für die Menschen interessieren würden, hätten Sie mitbekommen, dass die Ratherfords ohnehin kurz vor der Trennung standen. Es hätte genügt, Tristan zu erzählen, dass die Kinder nicht von ihm sind. Das wäre nicht strafbar gewesen. Eine Anstiftung zum Mord hingegen schon."

„Anstiftung zum Mord ..." Heather McCann lachte schrill. „Wen soll ich denn angestiftet haben? Einen Geist? Lord Rupert wurde für tot erklärt, nicht wahr? Kann man für die Anstiftung eines Toten belangt werden? Ich glaube kaum."

Sergeant Angel führte die lachende alte Frau zum Polizeiwagen und setzte sie auf die Rücksitzbank neben Lord Rupert. Sofort entbrannte zwischen den Festgenommenen ein lautstarker Streit.

Lady Sophie legte verdutzt den Zeigefinger an ihr Kinn. „Wie ist das denn? Kann man einen Toten wieder für lebendig erklären lassen, oder wie funktioniert das?"

In diesem Moment klingelte Mias Handy.

„Ja? Melody ... wow, du überraschst mich immer wieder. Wir sind doch gerade erst ... ach so. Ja, ich komme gleich." Sie legte auf und runzelte die Stirn. „In Tante Lenas Cottage brennt Licht."

36

Wenig später hielt der schwarze Bentley vor dem Cottage. Mia, Sir William, Lady Sophie und sogar der Inspector waren mitgekommen, da Mia sich sicher war, diesmal kein Licht angelassen zu haben. Sie war zwischenzeitlich nicht einmal mehr im Cottage gewesen.

Die Haustür war nicht aufgebrochen. Leise schloss Mia auf und ließ Inspector Mellony vorangehen. Diesmal brannte das Licht nicht im Schlafzimmer, sondern im Wohnzimmer. ES schien hell durch die Glastür und erleuchtete den Flur. Mia folgte dicht hinter ihm, dahinter Sir William, so nah, dass sie seinen Atem im Nacken spürte, und hinter diesem wiederum Lady Sophie, die unaufhörlich von hinten drängte und schob. Es gefiel ihr gar nicht, die Letzte in der Schlange zu sein.

Vorsichtig drückte der Inspector die Klinke hinunter und stieß die Tür auf. „Poli…", begann er. Der Rest blieb ihm vor Erstaunen im Hals stecken. Auch die anderen drei standen still und betrachteten irritiert die zarte Frau, die mit einem Buch in der Hand auf dem Sofa saß und ebenso überrascht zurückstarrte.

„Mia!", rief sie dann.

„Tante Lena!", schrie Mia auf und stürmte ihrer Lieblingstante in die Arme. „Was machst du denn hier? Wir dachten, du seist ein Einbrecher. O Mann, mit dir habe ich ja überhaupt nicht gerechnet." Sie ließ die Tante los, die sich sofort in eine Umarmung mit Lady Sophie ergab, die nicht weniger herzlich ausfiel. Schließlich schüttelte sie den beiden Männern höflich die Hand.

Wenig später saßen alle gemeinsam auf dem Sofa, mit einer von Tante Lenas geblümten Teetassen in der Hand, und bedienten sich an dem herrlich duftenden Pfefferminztee, den sie in einer Kanne auf den Wohnzimmertisch gestellt hatte.

„Ich habe mich schon gewundert, warum du mitten in der Nacht nicht daheim bist." Lena Midway grinste breit und deutete auf Sir William. „Aber das erklärt natürlich einiges. Mir war klar, du würdest dich hier gut einleben, aber dass du gleich mit unserem jungen Lord anbändelst ... alle Achtung." Sie lachte sympathisch.

Mia errötete. „Woher weißt du das?"

„Ach, mich haben da so ein paar Melodien erreicht."

„Melodys Gerüchte kommen ganz schön weit in der Welt herum", staunte Mia. „Aber was machst du denn schon hier? Wolltest du deine Weltreise nicht erst in fünf Monaten beenden? Was ist denn passiert?"

Bedächtig fuhr Lena Midway mit dem Zeigefinger am Rand ihrer Teetasse entlang. „Edwards Mostlys hundertster Geburtstag. Ich habe lange hin und her überlegt, aber ich möchte ihn nicht verpassen. Seit ich vor vielen Jahren nach Pennygrave kam, vergöttere ich den alten Herrn. Seine Lebensfreude, sein Lebenswille, seine ganze Einstellung ... ich denke, wenn es eine Feier zu seinen Ehren gibt, dann sollten wir alle ihm diese erweisen. Außerdem ... aber das behaltet ihr bitte für euch, es ist mir echt peinlich ...", sie hielt sich eine Hand vor den Mund und verzog geheimnistuerisch das Gesicht, „... außerdem habe ich Pennygrave vermisst. Ihr werdet es nicht glauben, ich bin nun fünf Monate lang um die Welt gereist und es gibt kein schöneres Fleckchen Erde als genau dieses hier. Ich musste einfach wieder nach Hause. Trotz meiner achtundfünfzig Jahren habe ich doch tatsächlich Heimweh bekommen."

Alle lachten. Dann erzählte Lena munter von ihren Reisehighlights. Anfangs hörte Mia noch zu, aber zu schnell drifteten ihre Gedanken ab. Heimweh … Seit sie in Pennygrave war, hatte sie nicht ein einziges Mal auch nur den Anflug davon verspürt. Sie war glücklich hier. Dieser Ort, so verrückt es auch schien, war ihr Zuhause geworden. Obwohl sie erst seit fünf Monaten hier lebte, konnte sie sich nicht mehr vorstellen, irgendwo anders zu sein als hier. Ein dicker Klumpen Traurigkeit bildete sich in ihrem Herzen und breitete sich von dort aus durch ihren gesamten Körper aus. Unwillkürlich rückte sie ein Stück näher an Sir William heran und griff nach seiner Hand. Er hatte gebannt den Ausführungen der Weltreisenden gelauscht und sah Mia nun erstaunt an. Im gleichen Moment verschwand das Lächeln von seinen Lippen. Er ließ ihre Hand los und legte den Arm um ihre Schultern.

„Ach, das junge Glück", freute sich Lena, der die Interaktion nicht entgangen war.

„Tante Lena?", fragte Mia leise.

„Ja, Schatz?"

„Wirst du deine Weltreise nach Edward Mostlys Party fortsetzen oder bleibst du hier?"

„Ich bleibe." Lena Midway strahlte über das ganze Gesicht. „Wenn ich etwas auf meiner Reise gelernt habe, dann das, dass ich für immer hier sein will, genau hier. In meinem Pennygrave, in meinem Cottage."

Traurig senkte Mia den Kopf. „Dann bedeutet das wohl, dass meine Zeit hier endet, oder? Ich meine ... für die Bibliothek brauchst du mich dann nicht mehr. Ich war bloß die Vertretung, bis du wieder hier bist. Und jetzt ist das ja der Fall und ..." Die Tränen waren nicht länger aufzuhalten.

Erschrocken sprang Lena auf und setze sich auf Mias linke Seite. Auf der rechten wurden auch Sir Williams Augen feucht.

„Kind, nur weil ich wieder hier bin, werfe ich dich doch nicht hinaus", sagte sie sanft. „Natürlich werde ich die Arbeit in der Bibliothek wieder aufnehmen und leider kann ich mir keine zusätzliche Hilfskraft leisten, aber du kannst gerne hier wohnen bleiben."

„Und mit dir in einem Bett schlafen? Oder auf dem Sofa?" Gegen ihren Willen musste Mia bei der Vorstellung lachen, ohne dass sie ihre Zerknirschung verbergen konnte. „Das erscheint mir doch auf Dauer etwas untauglich."

„Aber für den Anfang wird es gehen."

„Papperlapapp", mischte sich Lady Sophie ein und auch Sir William hatte den Mund geöffnet, um etwas zu sagen, ließ seiner Mutter aber höflich den Vortritt. „Du kannst natürlich bei uns auf Gellam Manor wohnen, Mia. Wir haben genug Zimmer. Du kannst bei William schlafen oder dich in einem der zwanzig Gästezimmer einrichten ... wie es dir lieber ist. Wenn du möchtest, dann kannst du sogar einen eigenen Flügel beziehen. William und ich brauchen nicht so viel Platz."

„Aber ich kann doch nicht einfach bei euch einziehen."

„Selbstverständlich kannst du." Lady Sophie war nun wieder ganz die resolute ältere Dame, als die Mia sie kannte und liebte. „Nach der Hochzeit mit William würdest du ja eh bei uns einziehen. Warum also warten?"

„Nach welcher Hochzeit bitte?", fragte Tante Lena und ihre Augen weiteten sich auf die doppelte Größe.

„Davon höre ich auch zum ersten Mal", gab Mia überrumpelt zu.

„Keine Sorge, ich auch", sagte Sir William schnell. „Mutter ist ihrer Zeit mal wieder ein paar Schritte voraus. Aber im Grunde hat sie vollkommen recht. Natürlich kannst du bei uns wohnen, wenn dir das nicht unangenehm ist. Ich wäre überglücklich."

„Ich denke darüber nach", sagte Mia leise.

Die Situation fühlte sich eigenartig an. Nicht richtig und nicht falsch. Sie brauchte wenigstens ein bisschen Bedenkzeit.

„Ja, tu das." Lady Sophie nickte. Dann grinste sie breit. „Aber lass uns deine Entscheidung bitte vor der Hochzeit wissen."

„Also, ohne hier irgendjemanden unter Druck setzen zu wollen, werde ich jetzt eine Flasche Champagner öffnen." Tante Lena erhob sich und verschwand kurz in der Küche. Mit der angekündigten Flasche in der Hand kam sie zurück, stellte sie auf den Tisch und nahm Gläser aus der Vitrine. „Auch wenn die Hochzeit noch fern sein mag, haben wir vieles zu feiern. Meine Rückkehr ..."

„Einen gelösten Mordfall", ergänzte Lady Sophie.

„Die Lösung des Rätsels um den Geist von Gellam Manor", fügte Sir William an.

„Und euch alle. Danke, dass ihr mir das Leben in Pennygrave so schön macht", freute sich Mia.

Tante Lena schenkte ein und alle erhoben die Gläser. Sie stießen an und lachten. Innerhalb kürzester Zeit war die Stimmung mitten in der Nacht, mitten in einem Cottage, mitten in Pennygrave, auf dem Höhepunkt. Lediglich Inspector Mellony wirkte etwas nachdenklich.

Bis weit nach Mitternacht feierten sie und bei der einen Flasche Champagner blieb es auch nicht. Glücklicherweise war wenigstens der Inspector bis zum Schluss nüchtern und erklärte sich schließlich bereit, die Gellams mit Lady Sophies Bentley nach Hause zu fahren. Mia hatte beschlossen, diese Nacht noch im Cottage zu verbringen. So kam es, dass sie in Tante Lenas Bett schlief, während diese auf dem Sofa nächtigte.

37

Vorsichtig lugte Sarah durch den Türspion. Wer klingelte denn zu so später Stunde noch in Gellam Manor? Und ausgerechnet jetzt waren alle außer Haus. Die Herrschaften und Miss Midway waren mit dem Inspector fort. Walter war zu seinem Vater ins Dorf gefahren, schließlich sollte der morgen seinen hundertsten Geburtstag feiern. Und Nanna war sofort in einen tiefen Schlaf gefallen. Diese Frau war wirklich gesegnet. Nach dem, was sich vorhin hier in der Bibliothek abgespielt hatte, war Sarah derart vollgepumpt mit Adrenalin, dass an Schlaf gar nicht zu denken war. Seit Stunden lief sie durchs Haus, um sich abzureagieren, hatte sich sogar heimlich einen winzigen Martini aus der Bar gegönnt. Das war verboten, aber es war ja niemand hier, um sie zu schelten. Außer dieser Frau vor der Tür, die schon wieder klingelte. Sarah zuckte bei dem lauten Geräusch zusammen. Was sollte sie denn bloß tun? Nanna wecken?

„Bitte öffnen Sie", sagte die Frau. Offenbar war Sarahs Blick durch den Spion nicht unbemerkt geblieben.

„Der Butler ist nicht da", sagte das Mädchen vorsichtig. „Kommen Sie morgen wieder."

„Das geht nicht. Ich muss Lady Gellam etwas geben."

„Ihre Ladyschaft ist auch außer Haus."

„Haben Sie keine Angst vor mir, ich tue Ihnen nichts. Aber es ist wirklich wichtig, dass Lady Gellam diesen Koffer hier bekommt."

„Stellen Sie ihn vor der Tür ab und gehen Sie."

Die Frau zögerte. Schließlich stellte sie den Koffer ab. „Sie müssen ihn Lady Gellam geben. Nur ihr. Versprechen Sie das."

„Ich verspreche es. Gehen Sie bitte."

Die Frau seufzte und entfernte sich endlich.

Flink öffnete Sarah die Haustür und zog den Koffer herein. Wie angewiesen brachte sie ihn in Lady Gellams Schlafzimmer und stellte ihn vor dem Bett ab. Auf den Deckel legte sie eine kurze Nachricht, dass der Koffer von einer fremden Frau für sie abgegeben worden sei. Als sie hinausgehen wollte, zögerte sie. Dann ging sie wieder zurück, sah sich kurz um und öffnete die Schnallen. Nur ganz kurz wollte sie hineinsehen, nur einen winzigen Blick riskieren.

Ihr stockte der Atem. Der Koffer war voller Geldbündel.

38

Erst als die Mittagssonne längst durch das kleine Fenster schien, wachte Mia auf. Leise stieg sie die Treppe hinab, vermied die knarrende Stufe sorgfältig und schlich sich vorbei an Tante Lena, die friedlich auf dem Sofa schlummerte. Der erste Schritt hinaus in den Garten war wie eine Offenbarung. Die Herbstsonne glänzte golden und ließ die Blumen in bunter Farbenpracht leuchten. Es war der perfekte Ort. Genau hier, im Garten dieses winzigen Cottages, war das Paradies.

Die Traurigkeit übermannte sie unerwartet. Sollte das wirklich alles gewesen sein? Noch nie in ihrem Leben hatte Mia sich so wohl, geborgen und zu Hause gefühlt wie hier, sodass sie darüber regelrecht vergessen hatte, dass sie nur übergangsweise hier leben durfte. Das heimelige Cottage war und blieb in Tante Lenas Besitz, ihre Erzählungen hatten keinen Zweifel daran gelassen, dass sie es genauso liebte wie Mia. Niemals würde die Tante ihr das Cottage überlassen. Leider verfügte es nur über ein einziges Schlafzimmer, sonst wäre vorerst eine Art Wohngemeinschaft denkbar gewesen. Letztendlich wäre auch das keine Dauerlösung. Mia schniefte. Sie musste sich von diesem Cottage verabschieden. Ihr Zuhause der vergangenen fünf Monate gehörte nicht mehr ihr. Es war lieb von Lady Sophie und Sir William, ihr Gellam Manor als neue Bleibe anzubieten, aber es würde doch nie wieder dasselbe sein.

Tränen des Abschiedsschmerzes sammelten sich in ihren Augen. Sie hatte viel zu wenig Zeit damit verbracht, dieses wunderschöne Cottage zu genießen. Zum Beispiel hatte sie noch nie gemütlich im Garten gesessen und ein Buch gelesen, obwohl das ihr erster Gedanke gewesen war, als sie es damals betreten hatte. Damals vor fünf Monaten, als sie dachte, sie hätte noch zehn Monate Zeit. Tante Lenas verfrühte Rückkehr gab ihr das Gefühl, ihr seien die restlichen fünf Monate gestohlen worden. Unwillkürlich fühlte sie sich beraubt und um ihr Glück betrogen, wohl wissend, dass die in ihr aufkeimende Wut unfair war. Wer hätte Lena Midways Sehnsucht besser verstehen können als sie? Pennygrave war wie ein verzauberter Ort inmitten einer weiten Welt, die, wenn man hier lebte, vollständig aus dem Bewusstsein verschwand. Hier zu wohnen war, als würde man in seinem Lieblingsbuch zu Hause sein. Und allein der Gedanke daran, dass die letzte Seite des letzten Kapitels nun erreicht sein könnte, versetzte Mias Herzen einen schmerzhaften Stich. Leise weinend setzte sie sich auf das eiserne Bänkchen und betrachtete durch einen Tränenschleier den bunten Garten.

Etwas Schwarzes schob sich in ihr Blickfeld. Zunächst nahm sie nur Farbe und Bewegung wahr, dann blinzelte sie die Tränen weg.

„Mellony?“ Ihre Überraschung hätte nicht größer sein können. Was machte er denn in Tante Lenas Garten? Gab es schon einen neuen Mordfall?

„Miss Midway, entschuldigen Sie bitte die Störung, aber ich weiß mir keinen anderen Ausweg.“

„Setzen Sie sich doch zu mir.“

„Vielen Dank, ich möchte lieber stehen.“

Erwartungsvoll sah sie ihn an. Er stand direkt vor ihr. In seinem Blick lag etwas so Flehendes, dass sich ihr Herzschlag beschleunigte.

„Nein, ich glaube, ich muss mich doch lieber setzen."

Mia rückte ein Stück zur Seite, aber er griff nach einem der gusseisernen Stühle, platzierte ihn ihr direkt gegenüber und setzte sich darauf.

„Miss Midway ..." Er schluckte. Dann atmete er tief ein und wieder aus. Sein Mund verzog sich zu einem verlegenen Lächeln. „O Mann, das ist schwieriger, als ich dachte." Wieder schluckte er. Dann griff er nach ihrer Hand und hielt sie zwischen seinen beiden Händen fest. Mias Herz raste.

„Mia ..." Noch nie hatte sie ihren Namen mit einer solchen Sanftheit ausgesprochen gehört. Sie wagte es nicht, sich zu bewegen. Das war auch nicht nötig.

Wieder atmete er tief ein. Er quälte sich, kämpfte.

„Miss Midway, möglicherweise werde ich mit dem, was ich nun sagen werde, alles verderben, aber Sergeant Angel hat mir bewusst gemacht, dass man seine Gefühle nicht kontrollieren kann. Bitte seien Sie versichert, dass es mir leidtut und ich nicht im Geringsten die Absicht habe, Sie zu verärgern oder die Beziehung zwischen Ihnen und Sir William Gellam zu torpedieren." Er hielt inne und neigte den Kopf etwas zur Seite. „Doch. Doch, wenn ich es mir recht überlege, wäre das natürlich das wünschenswerteste Resultat meines Geständnisses. Miss Midway ..." Er atmete so tief ein, dass sich sein gesamter Oberkörper hob. „Ich liebe Sie. So, jetzt ist es raus. Ich bin mir sicher, Sie wussten es ohnehin schon längst, aber ich musste es einmal aussprechen. Der Gedanke, dass Sie in Gellam Manor einziehen und nach einer pompösen Hochzeit mit dem Hausherrn zu Lady Mia Gellam werden, bringt mich um. Ich habe nur diese eine Chance, um den Vorgang zu beeinflussen. Es tut mir aufrichtig leid, das müssen Sie mir glauben, aber es würde mich mein Leben lang quälen, wenn ich dabei zusehen müsste, wie Sie an seiner Seite leben und ich nicht wenigstens mein Glück versucht hätte. Das könnte ich mir nicht verzeihen. Seien Sie versichert, ich möchte auf keine Weise Ihre Gefühle verletzen oder Sie unter Druck setzen. Mir ist bewusst, dass ich Sie allein durch mein Geständnis in eine missliche Lage bringe, aber es gibt keine andere Möglichkeit. Ich liebe Sie. Ich kann und will es nicht weiter leugnen. Selbstverständlich werde ich jedwede Entscheidung Ihrerseits akzeptieren. Ich bin bereit, mein Leid lebenslang mit Würde zu tragen, wenn Sie nur Ihr Glück finden. Aber ich muss versuchen, mich Ihnen zur Wahl für Ihr Lebensglück zu stellen. Sie sind die wundervollste, schönste, intelligenteste, frechste und faszinierendste Frau, die mir je in meinem Leben begegnet ist. Ich bin nicht mehr derselbe, seit Sie in mein Leben geplatzt sind. Sie können mich ablehnen. Sie können mich auch fortschicken. Sie können mit mir befreundet bleiben oder ... alles, was Sie tun, werde ich akzeptieren. Mir ist nur wichtig, dass Sie es wissen. Ich liebe Sie. So. Und nun werde ich gehen, damit Sie sich nicht zu einer Reaktion genötigt fühlen, die Sie hinterher bereuen. Was ich zu sagen hatte, habe ich gesagt. Ich danke Ihnen, dass Sie einem Trottel wie mir so geduldig zugehört haben. Ich bin wahrlich nicht gut darin, meine Gefühle zu äußern." Er führte ihre Hand zu seinem Mund, hauchte einen Kuss darauf, ließ sie los und

erhob sich. „Ei der Daus, war das schwer." Er schenkte
ihr sein typisches charmantes Lächeln. Den deutschen
Ausdruck hatte sie ihm beigebracht.

Selbst wenn er eine direkte Antwort verlangt hätte,
Mia wäre nicht in der Lage gewesen, auch nur ein ein-
ziges Wort herauszubringen. Mit einer Mischung aus
Gefühlen, die sie noch nie zuvor empfunden hatte, sah
sie ihm nach. Da drehte er sich noch einmal um. „Auf
Wiedersehen, Miss Midway."

Sie hob ein wenig die Hand. „Auf Wiedersehen."

Er wandte sich um und ging.

„Auf Wiedersehen, Adam", flüsterte sie.

39

Staunend ging Mia über den Vorplatz zur Kirche. Was Theresa Morten und Caroline Sanders auf dem Gelände veranstaltet hatten, grenzte an ein Kunstwerk. Lange Tische mit weißen Tischdecken zogen sich quer über das Areal. Noch nie zuvor hatte Mia so viele Stühle in einer Reihe gesehen. An den Seiten waren Tische für ein üppiges Buffet aufgebaut, die sie schon von Elisas Taufe kannte. Allerdings hatte sich die Dimension um ein Vielfaches erhöht. Vermutlich würde der gesamte Ort hier zusammenkommen, um den Geburtstag ihres ältesten Mitbürgers zu feiern. Etwas abseits war eine Bühne aufgebaut worden, auf der getanzt werden sollte. Für die Musik sorgte eine Pennygraver Rockband, von der Mia nie zuvor gehört hatte, die aber gerade noch dabei war, einen letzten Soundcheck durchzuführen.

Reverend Martin Morten stand am Eingang zur Kirche und begrüßte jeden einzelnen persönlich. Zu Beginn der Feier würde es einen offiziellen Festakt geben, mit einer ehrenden Rede über Edward Mostlys Leben und Wirken während der vergangenen hundert Jahre. Es würden seine Lieblingslieder gesungen und dann durfte gratuliert werden. Im Anschluss würde man sich dann zum gemeinsamen Essen und für eine Feier, die bis tief in die Nacht hinein dauern sollte, auf den Vorplatz begeben.

Mia betrat die Kirche und reichte dem Reverend die Hand.

„Miss Midway, schön, dass Sie gekommen sind", begrüßte er sie freundlich. Dann deutete er verwundert auf ihren Koffer. „Oh, mir war nicht bewusst, dass Sie auch noch etwas für den Festakt vorbereitet haben. Um was für eine Nummer handelt es sich denn? Oje, am besten geben Sie Theresa Bescheid, damit die Sie noch irgendwo dazwischen schiebt. Sie hat den Überblick über alle Abläufe. Wo ist sie denn nur?" Suchend verrenkte er seinen Hals, aber Mia legte ihm beruhigend die Hand auf den Oberarm.

„Keine Sorge, ich möchte keinen zusätzlichen Act veranstalten. In dem Koffer sind nur meine Habseligkeiten. Meine Tante ist überraschend zurückgekommen, deshalb werde ich aus dem Cottage ausziehen."

„Ah, natürlich. Dann ziehen Sie nach dem Fest bei den Gellams ein? Das freut mich sehr. Ihre Lordschaften sind auch schon da." Er wies mit der Hand ins Innere des Kirchenraums. „Den Koffer dürfen Sie einstweilen gerne in der Sakristei unterbringen. Zwischen den Kirchenbänken ist es etwas eng und Sie wollen ihn sicherlich nicht den ganzen Abend herumschleppen, oder?"

Dankbar nahm Mia das Angebot an, brachte den Koffer in den kleinen Raum und setzte sich dann neben Sir William in die Kirchenbank. Tante Lena hatte sich noch einmal umziehen müssen, weil sie sich im letzten Moment mit Kaffee bekleckert hatte, aber nun kam auch sie angelaufen und drückte sich auf Mias andere Seite. Lächelnd winkte sie den anderen Bürgerinnen und Bürgern zu, die in diesem Moment erst von ihrer Rückkehr erfuhren, und versprach gestenreich, später noch alle ausgiebig zu begrüßen. Ihr Strahlen ließ keinen Zweifel daran, dass sie mit der vorzeitigen Rückkehr die für sich beste Entscheidung getroffen hatte.

Tante Lena schien vollkommen glücklich, was Mia freute, auf der anderen Seite aber auch ein wenig neidisch machte. Zu viele Gefühle und Gedanken trieben sie seit der unerwarteten Planänderung um. Zu vieles, was in ihr rumorte, besonders seit der etwas unbeholfenen Liebeserklärung Inspector Mellonys. Sie hatte niemandem davon erzählt, auch nicht Tante Lena, aber in ihrem Kopf wiederholte sich die Szene wie in einer Endlosschleife.

Plötzlich spürte sie, wie sich Tränen in ihren Augen sammelten. Schnell hob sie den Blick und blinzelte mehrmals hintereinander. Die riesigen Girlanden, die Mia bei ihrem vorherigen Besuch schon bewundert hatte, wurden nun von riesigen Blumenarrangements ergänzt. Sträuße und Gebinde aus Blumen in allen Formen und Farben waren üppig in der Kirche und auf dem gesamten Gelände verteilt. Natürlich kam es den beiden Organisatorinnen hier zugute, dass Caroline Sanders mit dem Inhaber der örtlichen Gärtnerei, John Johnson, liiert war. Auch während sich die Kirche nun füllte, waren die beiden mit der Dekoration zugange, zupften hier und ordneten da. Immer, wenn sie sich zufällig dabei über den Weg liefen oder berührten, gaben sie sich einen kurzen, liebevollen Kuss, begleitet von Melodys und Clara Clottinghams Getuschel, die in ihrer Kirchenbank angesichts des jungen Glücks dahinschmolzen.

Auch Noah und Sissi hatten Hand in Hand die Kirche betreten, gefolgt von den vier Jungs in hübschen Anzügen. Elisa schlief in einer Trage an Sissis Brust.

Wieder stiegen Tränen in Mia auf. Tapfer schluckte sie dagegen an. Das späte Glück, das Noah und Sissi gefunden hatten, rührte sie. Offenbar waren die beiden ihr Leben lang füreinander bestimmt gewesen und jeder der Anwesenden freute sich mit ihnen, dass sie nun endlich ihre Erfüllung gefunden hatten. Das konnte Mia ihnen deutlich ansehen. Seltsamerweise schien sich kaum jemand Gedanken um den armen Tristan zu machen, der ebenfalls ein Bürger des Ortes war und nun zusätzlich der Leidtragende aus dem gesamten Vorfall. Seine Beliebtheit hielt sich wohl in Grenzen. So wirklich sympathisch war er nicht einmal ihr gewesen.

Mia war froh, als der Festakt endlich begann. Dazu wurde Edward Mostly von seinem Sohn Walter nach vorne geführt und durfte auf einem eigens für ihn angefertigten Thron neben dem Altar Platz nehmen. In einer ebenso respektvollen wie ergreifenden Rede blickte Reverend Martin Morten auf das Leben des nun Hundertjährigen zurück. Dabei erwähnte er sowohl schöne Ereignisse und gute Taten, die Edward Mostly vollbracht hatte, als auch traurige Erlebnisse und hob dabei besonders seine bewundernswerte Art, mit Tiefschlägen umzugehen, hervor. In seinem positiven Wesen und seinem zuversichtlichen Vertrauen in Gott und das Gute im Menschen sei er für alle Pennygraver ein Vorbild. Als der Tod seiner Frau Catherine zum Thema wurde, der schlimmste Schlag, den Edward Mostly je in seinem Leben hatte einstecken müssen, blieb kaum ein Auge trocken. Endlich konnte Mia ihren angestauten Tränen hemmungslos freien Lauf lassen.

Nach einigen Lobreden und anerkennenden Worten verschiedenster Pennygraver Bürger ergab sich Edward Mostly schließlich vollständig seiner Ergriffenheit, als die gesamte, bis auf den letzten Platz gefüllte Kirche für ihn *Happy Birthday* sang. Er weinte wie ein kleines Kind, wusste vor Rührung nicht ein noch aus und griff sich immer wieder mit dankbarer Geste an sein Herz. Die ersten Male befürchtete Mia, er könnte einen Infarkt erleiden, aber sein seliges Lächeln widerlegte ihre Angst. Edward Mostly erfreute sich einer robusten Gesundheit. Die stellte er demonstrativ unter Beweis, als er nach dem Festakt jedem einzelnen Gratulanten die Hand schüttelte und anschließend sogar mit einem kleinen Stehblues in Melodys Armen die Tanzfläche eröffnete.

Anschließend wurde gegessen, gelacht und gesungen. Es war ein rauschendes Fest und das Geburtstagskind strahlte durchweg über das ganze Gesicht. Ihn so glücklich zu sehen, war eine wahre Freude. Walter ließ ihn keinen Moment aus den Augen, als fürchte er, sein Vater könnte jeden Moment zusammenbrechen, aber der strahlende Edward wirkte, als sei er in einen Jungbrunnen gefallen und dachte gar nicht daran, sich zurückzunehmen. Auch als der Abend hereinbrach und die ersten Gäste sich auf den Heimweg machten, unterhielt der alte Mann sich noch ausgelassen mit jedem, der zu ihm kam. Fast konnte einem Walter leidtun, der sich in einem fort Sorgen machte. Auf Mia, die ihn bisher nur als Butler von Gellam Manor kannte, wirkte es sogar ein wenig irritierend, dass er sich so gar nicht für Lady

Sophie und Sir William zu interessieren schien, obwohl sie sich schon seit Stunden am selben Ort aufhielten. Es gelang den Dreien perfekt, das Private vom Beruflichen zu trennen. Auch wenn Walter seinen Job mit Leidenschaft ausübte, es war eben doch nur ein Beruf.

„Na, worüber denkst du nach?" Sir William war neben Mia getreten, legte den Arm um ihre Schultern und küsste sie auf die Schläfe. Auch er beobachtete hingerissen, wie sich der alte Edward Mostly an seinem Fest erfreute.

„Darüber, dass Glück das Einzige ist, was man im Leben unbedingt erreichen sollte."

„So melancholisch?" Spielerisch zog er einen Schmollmund. Dann lachte er und küsste sie auf die Nase. „Komm, lass uns aufbrechen. Dann kannst du dich auf Gellam Manor einrichten und wir können dort unser Glück erreichen." Er zwinkerte ihr zu. „Ich kann es kaum erwarten."

Mia holte tief Luft und trat einen Schritt zurück. Ihr ernster Blick zeichnete Verunsicherung auf sein Gesicht.

„Was hast du?"

„Ich werde nicht mitkommen, William. Es tut mir schrecklich leid."

„Wie meinst du das, du wirst nicht mitkommen?"

„Ich werde nicht auf Gellam Manor einziehen."

Er ließ ihre Hand los. „Du willst dich von mir trennen." Es war keine Frage.

Schnell griff Mia wieder nach seiner Hand und wollte sie festhalten, aber er entzog sie ihr.

„Es ist wegen ihm, habe ich recht?" Er schielte zu Inspector Mellony hinüber, der mit Hunter Brisbay in ein

Gespräch vertieft war und trotzdem immer wieder zu ihr herübersah. „Was ist zwischen euch vorgefallen, Mia? Hat er dich endlich rumgekriegt?"

„Nein." Sie schüttelte traurig den Kopf. „Niemand hat mich rumgekriegt, William. Ich bin mir einfach nicht sicher, was ich will. Und ich fände es ungerecht, es auf eure Kosten auszuprobieren. Ich dachte, ich liebe dich, aber ich bin mir nicht mehr sicher, ob ich nicht nur in den Traum verliebt war, hier zu leben. Auf Gellam Manor erscheint mir alles so angenehm und einfach. Ich meine, du hast mir sogar ein Hausmädchen geschenkt. Ich dachte immer, dieses ganze Prinzessinnending wäre nichts für mich, aber ehrlich gesagt finde ich die Vorstellung von mir in einem so sorglosen Leben doch verlockend. Auf der anderen Seite dachte ich bisher, ich mag Mellony, weil wir auf derselben Wellenlänge sind, aber inzwischen bin ich mir nicht mehr sicher, ob ich nicht doch in ihn verliebt bin. Ich liebe Pennygrave." Auf einmal konnte sie die Tränen nicht mehr zurückhalten. „Aber ich weiß nicht mehr, ob ich hier zu Hause bin oder überhaupt nicht hierhergehöre. Bitte versteh mich, William. Ich weiß, es ist total unfair und egoistisch von mir und vielleicht der dümmste Fehler, den ich je in meinem Leben machen werde, aber ich muss erst herausfinden, wo ich hingehöre. Wenn ich mein Glück finden will, muss ich wissen, woraus es besteht. Weißt du noch, was Tante Lena gesagt hat?"

„Sie hat viel gesagt."

„Das mit dem Heimweh, meine ich. Dass sie erst draußen in der Welt gemerkt hat, wie sehr sie Pennygrave vermisst. Dass sie Heimweh hatte und begriffen hat, dass sie nirgends anders glücklich sein kann als hier.

Das will ich auch. Ich will Heimweh haben und wissen, wo ich hingehöre, wo ich glücklich sein kann. An welchem Ort, mit welchen Menschen an meiner Seite. Ich will mir sicher sein. Und wenn ich das herausgefunden habe, dann kann ich nur hoffen, dass es nicht zu spät ist.“

„Das hoffe ich auch.“

Es war vermessen, sich eine andere Antwort zu wünschen. Sir William war zutiefst verletzt und das war allein ihre Schuld.

„William, ich hoffe, du kannst mir eines Tages verzeihen und mich vielleicht sogar verstehen. Glaub mir, die Gefühle, die ich für dich habe, sind echt. Ich weiß nur nicht, ob sie tief und beständig genug sind, um uns für immer glücklich zu machen. Und das will ich, Glück. Für mich, für dich, für alle. Aber das fällt einem eben nicht in den Schoß, auch wenn ich so naiv war, das zu glauben.“

„Sag' jetzt nichts mehr, Mia, bitte.“ Er hob seine Hand und streichelte ihr übers Gesicht. „Sag' nichts mehr und lass' mich einfach hoffen, dass du schon morgen deine Antwort gefunden hast. Dass du zurückkommst, zu mir, nach Pennygrave, und verstehst, dass dein Glück hier ist. Es ist hier, Mia.“ Er nahm ihre Hand und zog ihre Handfläche an seine Brust. Sie spürte die harten schnellen Schläge bis unter ihre Haut. „Ich liebe dich, Mia Midway.“

Sie sah gerade noch, wie seine dunkelblauen Augen verwässerten, dann ließ er sie abrupt los, drehte sich um und ging davon.

Einen ewig erscheinenden Augenblick lang blieb Mia stehen und sah ihm nach. Dann atmete sie tief ein, ging zu Reverend Morten und reichte ihm den Brief, den sie vor dem Fest unter Tränen verfasst hatte. Erstaunt sah er sie an.

„Reverend Morten, wären Sie so lieb, diesen Brief im nächsten Gottesdienst vorzulesen?"

„Selbstverständlich, Miss Midway. Ich nehme an, ich muss den Inhalt nicht überprüfen?"

„Nein." Mia lächelte. „Im Grunde ist er harmlos."

Der Reverend hob eine Augenbraue, stellte aber keine weiteren Fragen. Er steckte den Brief in die Innentasche seines Jacketts und legte ihr die rechte Hand auf den Scheitel. „Gott segne dich und behüte dich, mein Kind. Er lasse sein Angesicht leuchten über dir und sei dir gnädig. Er hebe sein Angesicht über dich und gebe dir Frieden."

„Danke", flüsterte Mia. „Danke für alles."

In seinem Blick lag so viel Sanftmut, dass sie die Tränen nicht zurückhalten konnte. Schnell wandte sie sich ab, rannte in die Sakristei und holte ihren Koffer.

40

An der Bushaltestelle herrschte gähnende Leere. Weit und breit war niemand zu sehen. Halb Pennygrave vergnügte sich noch auf Edward Mostlys Party, die andere Hälfte schlummerte wohl schon selig in ihren Betten.

Traurig stellte Mia den Koffer ab und wandte ihre Aufmerksamkeit auf den Fahrplan im Aushang. Sie konnte nur hoffen, dass ihre Entscheidung richtig war und sie nicht im Begriff war, die größte Dummheit ihres Lebens zu machen.

Plötzlich stockte sie. Zwei. Es gab genau zwei Busse, die hier am Tag fuhren. Einer morgens um acht und einer um sechzehn Uhr.

Ein glucksendes Lachen bahnte sich den Weg durch ihren Körper und kam schallend über ihre Lippen. Seit Stunden versuchte sie, das Gefühlschaos in ihrem Inneren zu unterdrücken und nun brach alles aus ihr heraus. Sie weinte, lachte, schluchzte und kicherte gleichzeitig und war froh, dass die Straßen so leer waren. Es musste regelrecht irre wirken, wie sie da mutterseelenallein auf dem Wartebänkchen mit der abblätternden grünen Farbe saß, neben sich einen Koffer und mit schmerzverzerrtem Gesicht lachend, während ihr die Tränen über die Wangen strömten.

„Kann ich Sie mitnehmen, junge Dame?“

Mia hob den Kopf und wischte sich mit dem Handrücken über die Augen. Vor ihr hatte ein schwarzer Bentley angehalten. Aus dem heruntergekurbelten Fenster heraus lächelte Lady Sophie.

Mia schüttelte den Kopf. „Nein, danke."

Traurig wandte sie den Blick ab. Sie wollte sich der Freundin so gerne erklären, aber ihr fehlten die Worte. Bei Sir William war es ihr schon schwergefallen, bei Lady Sophie war es unmöglich.

Die stieg nun aus ihrem Wagen und setzte sich neben sie.

„Ich …", begann Mia. Dann warf sie sich an die Brust ihrer Freundin und heulte wie ein Schlosshund.

„Scht, ist ja gut, Liebes." Tröstend strich sie ihr über den Kopf.

Mia sah auf. „Ich komme nicht mit nach Gellam Manor, Sophie. Bitte frag William warum. Ich kann es dir nicht erklären."

„Ich habe schon mit ihm gesprochen."

„Dann willst du mich überreden? Bitte versuch das nicht."

„Würde ich niemals tun. Auch wenn es William nicht passt, ich finde gut, was du vorhast. Sein Glück zu finden, ist das Wichtigste, was man tun kann. Das kommt doch von dir, oder?"

„Ungefähr."

„Na siehst du."

„Und was machst du dann hier, wenn du mich nicht zurückholen willst?"

Statt einer Antwort stand Lady Sophie auf und öffnete den Kofferraum. Darin befanden sich zwei Koffer. „Ich komme mit."

„Du kommst ...“

„Wenn das für dich in Ordnung ist, natürlich. Sieh mal, ich bin seit meiner Hochzeit auch nie aus Gellam Manor herausgekommen. Du kennst mich, Mia, ich bin für das Abenteuer geboren, nicht dafür, als vertrocknete alte Lady hinter diesen riesigen Steinmauern Pullover zu stricken. Ich will auch mal die Welt sehen. Und wenn nicht jetzt, wann dann? William hat auf Gellam Manor alles im Griff. Er ist alt genug, um alles zu verwalten, es wird ohnehin einmal alles ihm gehören. Warum soll ich mir nicht noch ein schönes Leben machen?“

„Aber Sophie, ich kann mir kaum ein schöneres Leben vorstellen, als du es in Pennygrave hast. Du hast deinen Sohn, du arbeitest in der Bibliothek, du ...“

„Ich habe die Welt nicht gesehen. Lass uns doch einfach losmarschieren und sehen, was das Leben noch für uns bereithält. Ich bin mir sicher, du stolperst demnächst über einen Mordfall. Und es würde mich tierisch ärgern, das zu verpassen.“

„Sophie!“

„Mia!“

Sie lachten.

„Also, was ist jetzt, kann ich deinen Koffer in den Bentley schmeißen oder willst du lieber auf den Bus warten?“

„Schmeiß ihn in den Bentley.“

Jauchzend fiel Lady Sophie ihrer Freundin um den Hals. Gemeinsam verstauten sie Mias Koffer im Wagen und setzten sich dann auf die Vordersitze.

„Los!“, rief Lady Sophie euphorisch und startete den Motor.

„Wo fahren wir denn eigentlich hin?"

„Keine Ahnung. Ich dachte, du hast vielleicht ein Ziel."

Grinsend zuckte Mia mit den Achseln. „Die Welt?"

„Dann lass doch mal sehen, wohin diese Straße führt." Gewohnt elegant setzte sich der Wagen in Bewegung.

„Soll ich dich eigentlich jetzt gleich oder lieber später damit aufziehen, dass du im Gegensatz zu meinem kleinen zwei riesige Koffer brauchst, Lady Gellam?", feixte Mia.

„Och, nur in einem sind Kleidung und Schuhe."

„Und im anderen?"

„Vier Millionen Pfund." Lady Sophie drückte aufs Gaspedal.

Epilog

Reverend Martin Morten hatte keine Ahnung, was ihn erwartete, als er das weiße Papier aus dem Umschlag zog. Er hatte nur den Anfang gelesen und als er begriffen hatte, dass die Worte, die ihm Mia Midway übergeben hatte, an die gesamte Gemeinde gerichtet waren, hatte er das Blatt zurück in den Umschlag geschoben und ihn bis zum jetzigen Moment verschlossen gehalten. Nach der Feier von Edward Mostlys hundertstem Geburtstag war die junge Deutsche ebenso plötzlich aus Pennygrave verschwunden, wie sie fünf Monate zuvor hier aufgetaucht war. Es tat ihm sehr leid. Er hatte sie ins Herz geschlossen. Ihre freundliche Art und ihr lebenslustiges Wesen waren eine Bereicherung für den Ort und den hatte sie während ihres Aufenthaltes ganz schön aufgemischt. Nicht nur dass sie einige Verbrechen aufgeklärt hatte, die sonst möglicherweise nicht einmal als solche bemerkt worden wären, darüber hinaus hatte sie auch die Einwohner Pennygraves in ihren Herzen berührt. Das hatte er über all die Zeit hinweg gespürt. Er hatte seit jeher eine feine Antenne für die Nöte und Sehnsüchte der Menschen, deshalb hatte er sich auch für den Beruf des Reverends entschieden.

Schon am Festabend hatte er bemerkt, dass die junge Miss Midway in ihrem Inneren sehr aufgewühlt gewesen war. Im ersten Moment hatte er vermutet, es sei wegen der beiden Männer, deren Herzen sie ganz schön in Aufruhr versetzte, aber als er ihr den Segen erteilt hatte, hatte er in ihren Augen noch etwas anderes gesehen. Einen tiefen Schmerz, der weit über Liebeskummer hinausging.

Unruhiges Gemurmel riss ihn aus seinen Gedanken. Wie lange hielt er das Blatt schon in den Händen? Er ließ seinen Blick über die Gottesdienstbesucher wandern. Die Kirche war voll bis auf den letzten Platz und alle starrten ihn an.

„Liebe Gemeinde", begann er endlich. „Mia Midway, die, wie wir alle mitbekommen haben, Pennygrave verlassen hat, hat mir am Abend von Edward Mostlys Geburtstag einen Brief übergeben, den ich hier verlesen soll. Diesem Wunsch komme ich hiermit nach. Ich hoffe, daraufhin erübrigen sich alle weiteren Gerüchte." Grinsend flogen einige Blicke zu Melody und Clara, die sie schulterzuckend zur Kenntnis nahmen.

Reverend Morten las vor:

Liebe Pennygraver,
es tut mir so leid, dass ich auf diese Weise Abschied nehmen muss. Nur zu gerne hätte ich mich von jedem einzelnen von euch persönlich verabschiedet, aber als ich dieses Szenario im Kopf durchgegangen bin, wusste ich: Das bringe ich nicht übers Herz.
Vor fünf Monaten bin ich durch einen Zufall nach Pennygrave gekommen. Im Nachhinein kann ich sagen, das war der schönste Zufall meines Lebens und ich werde ewig dankbar dafür sein. Einige von euch hatten anfangs ihre Schwierigkeiten mit mir. Das tut mir leid. Aber ihr könnt

mir glauben, ich habe auch ein bisschen gebraucht, um euch zu verstehen. Ihr Pennygraver seid die verrückteste, schrulligste, lustigste und liebenswerteste Ansammlung von Menschen, die ich je erlebt habe. Nichts für ungut, ihr wisst, dass es stimmt. Ich bin glücklich und dankbar, dass ich fünf Monate lang ein Teil von euch sein durfte. Nicht immer ist es mir leichtgefallen, mich einzufügen, aber letztendlich habe ich mich wie ein Teil von euch gefühlt, wie ein Teil von Pennygrave.

Wenn ich jemanden emotional oder verbal oder auf eine sonstige Weise verletzt haben sollte, möchte ich mich hiermit von ganzem Herzen dafür entschuldigen. Ich bin nicht perfekt, bei Gott, das wisst ihr, und trotzdem habt ihr mich in euren Reihen akzeptiert. Ihr seid mir so sehr ans Herz gewachsen, dass ich Angst habe, es zerbricht, wenn ich nun gehe, aber ich kann nicht anders. Es tut mir so leid, euch das auf diese Weise mitteilen zu müssen, doch zum ersten Mal in meinem Leben fühle ich mich vollkommen unfähig, die passenden Worte zu finden.

Ich werde Pennygrave verlassen. Von jetzt an, auf unbestimmte Zeit.

Ich möchte sehen, ob es in der Welt irgendeinen Ort gibt, an dem ich lieber leben möchte als hier, obwohl ich glaube, die Antwort schon zu kennen. Vermutlich ist es absolut dämlich, aber ihr kennt mich: Ich bin jung und dumm, ich muss es ausprobieren. Mal etwas Verrücktes tun, so, wie Pennygrave es mir beigebracht hat.

Ich möchte mich hiermit bei jedem einzelnen von euch bedanken. Für eure Aufmerksamkeit, für euer Interesse an mir. Für eure Geschichten, eure Herzlichkeit, euren Humor, die Gespräche und alles, womit ihr mich unterhalten habt.

Ich durfte so wunderbare Stunden in Pennygrave verbringen und war so glücklich hier, wie ich es kaum sagen kann. Lady Sophie hat einmal gesagt, das Leben sei wie ein Buch: Bei der Geburt bekäme man es mit weißen Seiten und dann müsse man es mit erlebten Geschichten füllen. Das Kapitel Pennygrave werde ich nun schweren Herzens vorläufig abschließen, aber glaubt mir, ich werde immer wieder gerne zurückblättern.

Vielleicht sehen wir uns eines Tages wieder und schreiben ein neues Kapitel zusammen. Das wünsche ich mir von Herzen. Falls nicht, sollt ihr wissen, wie viel ihr mir bedeutet. Ich werde euch alle so sehr vermissen.

Danke für die tolle Zeit. Danke für alles. Ihr seid wundervoll und ich werde euch und eure Geschichten für immer im Herzen bei mir tragen, wohin mich mein Weg auch führen mag.

Fühlt euch alle fest umarmt.
Eure Mia Midway

Danksagung

Ich möchte an dieser Stelle allen Personen danken, ohne die es meine Geschichten so nicht gäbe:

Johanna, mein Schwesterherz, ohne deine Unterstützung, deine Kommentare, deine konstruktive Kritik, deine Ermunterung und dein endloses Vertrauen in meine Kreativität wäre ich vielleicht nie so weit gekommen. Danke für dich und alles, was ein eigener Roman wäre, wenn ich es aufschreiben würde.

Denny, du feierst mit mir die Erfolge und bedauerst mit mir die Tiefschläge. Du kritisierst, motivierst, diskutierst, hinterfragst, lachst und liebst – und das alles im richtigen Moment. Ich liebe dich.

Ich danke von Herzen meinen Töchtern Rosalie und Viola. Eines Tages werdet ihr verstehen, wie ihr dazu beigetragen habt, meinen Traum zu verwirklichen. Ich liebe euch.

Ich danke dir, meine geliebte Mama. Ich weiß, dass die himmlischen Geistesblitze von dir kommen. Ich liebe dich über alle Grenzen hinaus und vermisse dich unendlich.

Ein riesiges Dankeschön geht an meine wundervollen Testleserinnen: Johanna Kugler, Rosi Hund, Anja Maier und Kathrin Jüchter. Eure konstruktive Kritik ist für mich unbezahlbar. Vielen Dank für eure Zeit und die

Leidenschaft, mit der ihr euch auf die Geschichte eingelassen habt. Ihr seid ein Geschenk.

Herzlichen Dank an meine unvergleichliche Lektorin Astrid Rahlfs. Mit dir macht sogar das Überarbeiten Spaß. Danke, dass ich an deinen Tipps und Korrekturen lernen und reifen darf. Deine Genialität steht außer Frage. Danke für sechs gemeinsame Projekte. Ich bin dein Fan.

Des Weiteren danke ich meiner engagierten Agentin Alisha, sowie dem wunderbaren und immer hoch motivierten Team von den Digital Publishers, allen voran Carina Krug, die meine Mia-Serie von Anfang an so kompetent, engagiert und mit unglaublich viel Herzblut begleitet hat. Tausend Dank für euer Vertrauen in meine Geschichten und die tolle Zusammenarbeit. Es ist mir immer wieder ein Fest.

Zum Schluss möchte ich natürlich von Herzen Ihnen danken, meine lieben Leserinnen und Leser. Jede und jeder von Ihnen ist für mich unglaublich wertvoll. Jede gelesene Seite, jedes Lächeln, Knobeln, Jauchzen und Stirnrunzeln während des Lesens, jeder Kommentar und jede Rezension machen mich unfassbar glücklich. Vielen Dank, dass meine Geschichten in Ihren Händen und Herzen ankommen dürfen.

Allen Menschen, die mich und mein Schreiben unterstützen, danke ich von Herzen.

Ohne euch wäre ich nicht, was ich bin. Danke!

Wenn ihr Lust habt, besucht mich gerne auf Instagram unter gisela.b.schmidt_autorin.

Bis dahin: Haltet die Ohren steif und die Seiten geschmeidig.

Eure Gisela B. Schmidt